MW00980555

ON S'Y FERA

Romancière, traductrice (*Alice au pays des merveilles*, poésie japonaise…), nouvelliste hors pair, Zoyâ Pirzâd, née en 1952, fait partie des auteurs qui font sortir l'écriture persane de ses frontières et l'ouvrent sur le monde. Après *Comme tous les après-midi*, recueil de nouvelles très remarqué, *On s'y fera* est son premier roman traduit en français. Elle y explore les multiples facettes de la vie iranienne au quotidien – avec un regard affûté et un charme fou !

ZOYÂ PIRZÂD

On s'y fera

ROMAN TRADUIT DU PERSAN PAR CHRISTOPHE BALAŸ

ZULMA

Titre original :
ADAT MIKONIM

Ouvrage traduit avec le concours du Centre national du Livre.

ISBN : 978-2-253-12446-7 – 1re publication LGF

AVERTISSEMENT — En persan, par politesse, ou affection, on fait suivre le prénom d'un *khanom*/madame, *khan*/monsieur (généralement pour un homme jeune), *agha*/monsieur (pour un homme plus âgé). Cet usage dénote soit la familiarité, soit le respect. *Agha* peut aussi, dans un registre familier (de supérieur à subalterne), précéder le prénom. *Agha* et *khanom* peuvent aussi précéder un nom de famille ; c'est l'usage normal pour dire « monsieur X, madame Y ». Le mot *djan* (qui devient *djoun* en persan courant) postposé au nom équivaut à cher/chère, chéri/chérie. Le redoublement indique une grande intimité (ex. : Nosrat *djoun djoun*). Mah-Monir (« Lune resplendissante »), le prénom de la grand-mère d'Ayeh, et mère d'Arezou, n'est pas un titre ni un surnom, mais un prénom féminin composé. On notera que dans le texte de Zoyâ Pirzâd un certain nombre de prénoms, masculins ou féminins, sont tirés du *Livre des Rois* de Ferdowsi. Ce n'est sans doute pas fortuit. Culturellement, cela peut marquer soit le milieu social, soit les idées d'une famille (son rapport à l'histoire de la nation iranienne). Un grand nombre de ces prénoms ont été donnés à nouveau sous les Pahlavi (1925-1979), dans un contexte idéologique nationaliste. Enfin, certains noms de lieux marquent le roman dans son époque. Par exemple : l'avenue Sepah devenue aujourd'hui Imam-Khomeyni. En revanche, certains noms ont été conservés au-delà de la période révolutionnaire ; ils correspondent à de vieux quartiers, voire villages, de Téhéran : Tajrish, Sar-Tsheshmeh, Gholhak… Ou des lieux historiques comme Toup-Khaneh (la place de l'Artillerie).

La plupart des termes ou expressions en italique sont expliqués dans un glossaire en fin de volume.

1

Arezou observa la Xantia blanche qui cherchait à se garer devant l'épicerie. « Je parie que tu vas rater ton créneau, p'tit mec », grommela-t-elle, le coude sur le rebord de la portière, une main sur le volant.

Le conducteur, un jeune homme, barbe taillée en bouc, fit plusieurs manœuvres sans succès.

Arezou passa la marche arrière et prit appui sur le dossier du siège passager pour regarder derrière elle. Le jeune barbu l'observait, ainsi qu'un homme qui mangeait du cake en buvant son cacao à la porte de l'épicerie. Les pneus crissèrent, la R5 réussit son créneau.

« Bravo, dit l'homme au cake, quelle maestria ! » À l'adresse du chauffeur de la Xantia : « Prends-en de la graine, mon poulet ! »

Le jeune homme baissa sa vitre, donna un coup d'accélérateur, se dégagea et lança : « La R5, ça se gare dans une boîte d'allumettes ! »

Arezou descendit de voiture. D'une main elle tenait une serviette noire dont les deux sangles étaient prêtes à rompre, de l'autre un échéancier en cuir et un téléphone portable.

De taille moyenne, vêtue d'un manteau droit de couleur grise, elle se dirigeait vers un magasin à double porte d'entrée[1] dont l'enseigne de bois avait perdu ses couleurs. On pouvait y lire cette inscription calligraphiée : « Agence immobilière Sarem & fils. »

Un homme à l'épaisse chevelure blanche se précipita pour ouvrir la porte vitrée. Il portait des lunettes à fine monture métallique. Il prit la lourde serviette et l'échéancier.

— Bonjour, Arezou khanom !

Ses cheveux blancs et les rides de son visage ne collaient pas bien avec sa démarche vive et souple.

— Bonjour, agha Naïm. Félicitations pour les lunettes !

— Madame est bien bonne, dit Naïm en riant. Elle a un goût très sûr.

Arezou regarda le costume marron que portait Naïm. Encore un cadeau de la mère pris dans la garde-robe du père.

Derrière les quatre bureaux, deux jeunes filles et deux hommes se levèrent. Ils saluèrent presque en même temps :

— Bonjour, madame Sarem.

— Bonjour, tout le monde !

Passant devant les bureaux, elle se dirigea vers une des deux portes du fond.

— Quel est le programme aujourd'hui ?

Le jeune homme du premier bureau dégagea la mèche molle de cheveux noirs qui lui barrait le front.

---

1. Magasin à double porte d'entrée : dans le langage du bazar, la surface des boutiques est calculée au nombre de portes d'entrée sur la rue. Une porte = une boutique. Une boutique à double entrée signifie donc une grande boutique plus prestigieuse avec diverses possibilités (deux compteurs électriques, avantages fiscaux, etc.).

— Ce matin j'ai trois visites, deux locations et une location en pleine hypothèque[1].

Il portait un polo noir à col roulé sur un jean noir.

— Superbe ! Mohsen khan, tu te débrouilles bien maintenant.

Derrière le deuxième bureau, un petit gros déclara :

— Aujourd'hui, nous signons la promesse de vente de la rue Rafii. Si tout va bien.

Il remonta son pantalon.

— Si tout va bien, monsieur Amini !

La jeune fille du troisième bureau sourit. Deux fossettes se formèrent sur ses joues.

— Monsieur Zardjou a téléphoné deux fois. J'ai passé la communication à madame Mosavat.

— Et comment va la souriante Nahid ?

Derrière le quatrième bureau, l'autre jeune fille ne souriait pas.

— J'ai envoyé les publicités aux journaux.

C'était une fille mince, au teint mat. On eût dit qu'elle allait se mettre à pleurer.

— Tahmineh khanom, un sourire, s'il te plaît !

Naïm ouvrit la porte du fond et s'effaça.

Le sol était recouvert d'un carrelage brun. Tout un pan de la pièce était occupé par une baie vitrée ouvrant sur une petite cour. À l'un des murs était accrochée, dans son cadre en bois, la photo d'un homme portant une fine moustache, vêtu d'un costume rayé, le coude appuyé sur le socle d'une jarre dans laquelle s'épanouis-

---

1. Mode de location répandu en Iran : il consiste à verser à l'avance le montant d'une hypothèque au propriétaire en dépôt de garantie, en échange d'un loyer mensuel modique. La somme bloquée est restituée au locataire au départ de celui-ci.

sait une fougère très feuillue. Deux bureaux se faisaient face devant la fenêtre.

Assise à l'un d'eux, une femme, la tête couverte d'un foulard blanc, était au téléphone :

— Elle a certainement dû conduire Ayeh à la fac et elle avait une ou deux courses à faire.

Elle regarda Arezou ôter son manteau. Elle lui fit un clin d'œil, un doigt sur les lèvres pour lui faire signe de se taire, et poursuivit sa conversation :

— Vous savez, Monir djan, le portable, ça ne sert pas vraiment à téléphoner, mais plutôt à faire chic !

Elle se mit à rire :

— D'accord ! Elle vous rappelle dès qu'elle arrive.

Elle reposa le combiné. Elle avait de petits yeux verts et de fins sourcils. Un instant, Naïm fixa du regard la femme aux yeux verts et posa sur le bureau d'Arezou la serviette et l'échéancier :

— Madame vous a téléphoné trois fois depuis ce matin. Du thé ou de l'eau ?

— De l'eau.

Naïm se tourna vers la femme aux fins sourcils :

— Et pour vous, Shirine khanom ?

Celle-ci fit signe qu'elle ne voulait rien. Elle se leva et s'approcha d'Arezou.

— Comment vas-tu ?

Naïm sortit.

— Pas mal, malgré cette vipère d'Ayeh !

Elle s'acharna sur les sangles de la serviette, la mine boudeuse. Elle parvint finalement à les défaire et son visage s'éclaira. Ses grands yeux bruns brillèrent quand elle regarda Shirine :

— Je suis allée voir la vieille maison de la rue Rezayeh.

Elle ferma les yeux une seconde :

— Ah ! Quelle maison !

Elle rouvrit les yeux.

— Des volets verts en bois, une façade toute en brique *bahmani*. Je me suis pâmée devant son jardin. J'aurais voulu que tu voies ça, c'était plein de fleurs des glaces[1].

Elle releva la tête, ferma les yeux à nouveau et poussa un long soupir :

— Quel parfum !

Elle sortit quelques chemises de sa serviette.

— Il y avait une montagne de kakis. J'ai immédiatement téléphoné à Granit. Il a dit oui sans la voir.

Shirine s'assit d'un bond sur le bureau.

— À qui as-tu téléphoné ?

— À cet entrepreneur qui ne fait que des façades en granit. C'est pour ça que Mohsen et Amini lui ont donné ce surnom.

Elle demeura immobile, le dossier à la main. Elle plongea son regard dans la cour.

— Il y avait aussi un bassin. La propriétaire m'a dit qu'elle y avait planté des nénuphars. Quel dommage !

Tout en secouant la tête, elle retira une feuille du dossier.

— J'ai les clefs pour faire visiter la maison à Granit aujourd'hui ou demain.

Puis avec un rire amer et fixant une photo posée sur son bureau, elle ajouta :

---

1. Fleur des glaces (en français le nom savant est « chimonanthe », *Gol-e yakh*, en persan) ; petit arbuste à fleurs blanches très odoriférantes, qui s'épanouissent quand tombent les feuilles au début de l'hiver.

— D'ici une semaine il aura détruit la jolie maison et avant six mois, il aura construit une tour à colonnes grecques. Dieu sait de quelle couleur sera le granit cette fois ! Quel dommage ! Quel dommage !

C'était une photo d'elle, le bras autour du cou d'une jeune fille aux grands yeux marron. Brusquement, elle remit sa mèche sous son foulard en faisant la moue :

— Après tout, qu'est-ce que cela peut bien me faire ? Ce qui est dommage, c'est que mon père soit mort.

Elle observa le document.

— Ensuite, je suis allée chez l'expert géomètre, mais il n'était pas là. Son fils a attrapé la rougeole.

Elle tendit le document à Shirine.

— Le fils a attrapé la rougeole, alors papa n'est pas venu travailler !... Pour l'instant, j'ai calculé les pourcentages. Attendons la suite.

Shirine lut les chiffres.

— Bon ! En voilà un qui assume sa paternité, de quoi te plains-tu ?

— Tu as raison, je n'ai pas l'habitude...

Arezou décrocha le téléphone.

— Avant que la Princesse ne rappelle, tu peux me dire ce qu'elle voulait ?

Elle tenait le combiné à la main, le regard rivé sur le téléphone.

— Il y a deux pièces au fond de la cour avec salle de bains, cuisine et une entrée indépendante qui donne sur une rue voisine. La propriétaire m'a dit qu'elle avait construit cet appartement pour son fils. C'est une petite femme très marrante.

Elle composa un numéro.

— Si j'avais l'argent, j'achèterais pour moi.

Shirine prit le téléphone des mains d'Arezou.

— Souffle un peu d'abord. Qu'est-ce qui se passe avec Ayeh ?

— Toujours la même histoire. Elle a parlé avec Hamid la semaine dernière et depuis, elle a le spleen de Paris. Hier, elle et sa grand-mère me sont tombées dessus et ce matin encore, elle n'a pas arrêté de grogner de la maison jusqu'à la fac.

On frappa deux coups à la porte. Naïm entra, un plateau à la main et une brochure sous le bras. Il offrit de l'eau à Arezou en déposant la brochure sur son bureau :

— Cela vient de l'usine qui fabrique des vitres à double sens[1]. On nous demande de l'adresser à…

Arezou but son eau en hochant la tête et jeta un regard entendu à Shirine qui s'efforçait de ne pas rire. Naïm, le plateau sous le bras, donna un coup de chiffon à l'armoire à dossiers. Au-dessus, était accrochée la photo de l'homme à la moustache sur fond de fougère touffue.

— Madame vous fait demander de lui téléphoner immédiatement.

Il remonta ses lunettes sur son nez.

— Je ne comprends pas pourquoi Shirine khanom ne vous l'a pas passée.

Arezou reposa son verre sur le bureau.

— Très bien, j'ai entendu, inutile de répéter.

Naïm grommela en se dirigeant vers la porte.

— Madame dit que c'est une affaire urgente.

La porte resta entrouverte. Arezou décrocha.

— Il faut que je règle ça tout de suite, sans quoi on ne pourra pas se défaire de Mah-Monir et de son agent double.

---

1. Le vieux Naïm ne cesse de prendre un mot pour un autre ; ici *dojânebe* (bipartite) pour *dojedâre* (double paroi).

Shirine éclata de rire en sautant du bureau pour regagner sa place. De taille moyenne, mince, et même plutôt maigre, elle portait une blouse blanche à fines rayures bleues. Elle prit la feuille des chiffres qu'elle tapa à toute vitesse sur sa machine à calculer.

— Bonjour, Monir djan, dit Arezou. Je viens juste d'arriver. J'avais plusieurs courses à faire. Oui ! Je l'ai emmenée à l'université… C'était bien la soirée ?… Formidable !…

Elle tripotait des papiers sur son bureau.

— Quoi ? Vous voulez rire ! Ah bien ça alors !…

Elle éloigna le combiné de son oreille en secouant la tête et regarda Shirine. La main sur le combiné, elle chuchota :

— Madame Nouraï a commandé du potage votif pour le septième jour du deuil[1] mais elle a fait croire qu'elle avait pris un cuisinier.

Shirine se frappa la joue :

— Oh la cata !

Elles pouffèrent de rire.

— Monir djan, je suis occupée pour l'instant, reprit Arezou, je rappelle plus tard… Shirine ne va pas mal. Elle est en train de faire les comptes. On va voir si on est riches elle et moi. D'accord… Peut-être jeudi… D'accord, donnez la liste à Naïm ce soir. Je l'enverrai faire les courses demain… Je me charge moi-même de la viande… D'accord… Je l'achèterai chez Amir… À part le pressing, vous n'avez pas besoin de Naïm pour le moment ? D'accord, d'accord… Au revoir.

1. Le deuil shiite se célèbre au bout de sept jours, quarante jours et un an. À cette occasion certains plats spécifiques sont préparés et distribués.

Elle reposa le combiné, s'appuya sur le dossier de son fauteuil en soupirant : « Pff… »

Shirine fit tourner son fauteuil pivotant de droite et de gauche.

— Bon ! Maintenant que la cérémonie matinale est terminée, il faut qu'on vous dise : monsieur Zardjou a téléphoné deux fois pour demander…

Le téléphone d'Arezou sonna.

— Oui !… Non… Pourquoi faut-il que j'y sois ? Parle avec le notaire. S'il te plaît, fais attention, nous n'avons pas de chèque nominal. En numéraire ou un chèque de banque… Oui… Bon courage !

Elle reposa le combiné.

— Amini est chez le notaire pour le « trois étages » de la rue Rafii. Pourvu que le type ne nous joue pas encore un tour de…

Shirine l'interrompit.

— Tu m'écoutes ou quoi ?

— Oui, je t'écoute.

Elle ouvrit le tiroir de son bureau et se mit à farfouiller dedans.

— Monsieur Zardjou perd son temps à me téléphoner. Où veut-il que je trouve dans ce chaos un appartement haut de plafond, et qui plus est dans un immeuble de brique, lumineux, spacieux, avec de grandes chambres, un salon donnant sur la montagne, comme ceci, pas comme cela ?… Mais où croit-il que nous vivons ? Dans les Alpes ? Ah ! Où est cette maudite facture ?

Elle cria en direction de la porte :

— Naïm !

Naïm entra.

— Le *press-in* de madame ?

Il tenait à la main la facture du pressing.

— Madame veut-elle qu'on fasse les courses dès aujourd'hui pour la soirée de jeudi ?

Arezou le regarda un instant.

— Pas press-in, pressing ! Pour les courses, je t'appellerai plus tard. Ferme bien la porte derrière toi.

Naïm se dirigea vers la porte :

— Pour les fruits secs, on nous a dit d'aller chez *Tavazon*[1]… Mais avec toute cette circulation…

Dès qu'elle entendit la porte se refermer, Shirine éclata de rire.

— Ta mère ne peut donc pas acheter ses fruits secs ailleurs que chez Tavazo !?

Arezou but deux gorgées d'eau.

— Qu'est-ce que tu crois ? Si, pour sa soirée, la Princesse n'a pas les fruits secs de chez Tavazo, les gâteaux de chez Bibi, et les biscuits de je ne sais qui encore, le monde s'écroule !

— Pauvre Naïm ! Toujours à courir d'un bout à l'autre de la ville…

— Ne t'inquiète pas pour lui. Pour la Princesse, il courrait d'une seule traite jusqu'au bout du monde.

Arezou ouvrit l'échéancier. Shirine lui tendit un dossier.

— C'est ça, l'amour. Dis voir, ton père n'était pas jaloux ?

Arezou regarda la photo de l'homme à la moustache.

— Jaloux ? dit-elle en ricanant. Ils rivalisaient au service de la Princesse !

Elle tourna la tête vers la baie vitrée et regarda la cour. Plus de la moitié de sa surface était plantée de fleurs.

1. Naïm confond le mot *tavâzo'* (« humilité ») et le mot *tavâzon* (« équilibre »). Ici, *Tavâzo'* est un nom propre.

Ses yeux se posèrent sur les arbustes sans feuilles et sur les branches nues de la vigne vierge agrippées aux murs.

— Si c'était vraiment une princesse, murmura-t-elle, ils n'auraient pas eu tant d'égards pour elle.

Le téléphone sonnait. Arezou répondait. Le téléphone sonnait encore. Arezou répondait encore. Shirine faisait la comptabilité en tapotant sur sa machine. Elle souriait, grimaçait, faisait les additions, les soustractions, les multiplications, les divisions. Arezou téléphonait, demandait des explications, en donnait, signait les lettres que lui apportait la maigre et mélancolique Tahmineh.

Elle dit à la souriante Nahid :

— Tu as encore tapé *apte* pour *acte* de vente !

Elle demanda à Naïm d'étendre les habits de sa mère à plat sur le siège arrière de la R5, en prenant garde de ne pas les froisser.

Naïm se vexa :

— Merci bien ! Après toutes ces années de service, je ne sais pas qu'…

Shirine le coupa :

— Qu'il est onze heures. Et ce café ?

Elle recula son fauteuil, mit les deux pieds sur le bureau et regarda dans la cour en buvant son café.

— Mmm ! Chaque fois que je félicite Naïm pour son café, il me répond, l'œil brillant, que c'est madame qui lui a appris à le faire. Et ta mère, où a-t-elle appris ?

Elle portait des tennis et des socquettes blanches. Arezou recula son fauteuil et mit à son tour les pieds sur le bureau. Elle prit sa tasse de café, regarda dans la cour :

— Sans doute auprès d'une de ses amies armniennes… Cette fois, si Hamid me téléphone, je lui cracherai à la figure tout ce que je pense. Depuis qu'on est rentrées en Iran, tous les ans, tous les mois, enfin dès qu'il peut téléphoner gratis et qu'il se souvient de l'existence de sa fille, il lui fourre dans la tête des idées de voyage en France. Je me demande si je ne dois pas carrément lui téléphoner ! Qu'est-ce que tu en penses ?

Arezou portait des chaussures à lacets et à talons plats, des bas de nylon noir épais.

Shirine retourna sa tasse dans la soucoupe.

— Si ta mère était là, elle lirait dans mon marc de café.

— Tu crois vraiment qu'il faut que je téléphone à Hamid ?

— Non. Et si lui te téléphone, tu ne dis rien. Tout ce que tu lui as déjà dit a-t-il servi à quelque chose ?

Shirine mit les deux pieds par terre et se cala dans son fauteuil.

— Cela n'aurait aucun résultat, si ce n'est de le pousser à se plaindre encore auprès de ta mère qu'Arezou est une emmerdeuse. Ta mère te reprocherait d'avoir détruit la vie de son neveu et tu aurais droit aux gémissements d'Ayeh parce qu'on l'a séparée de son adorable papa !

Elle posa la tasse à café sur un mouchoir en papier plié en quatre, la retira, la reposa, la retira encore, et ainsi plusieurs fois de suite.

— Au lieu de téléphoner à ton ex, si tu veux mon avis, téléphone donc à Zardjou.

Arezou se hérissa. Shirine encore plus :

— Il faut s'occuper de nos clients, de celui-ci comme des autres.

Elle repoussa sa tasse, prit un crayon et se mit à le tailler.

— Les autres clients, tu leur téléphones au moins cent fois, tu leur fais visiter deux cents fois. Ils te font faire tout ce qu'ils veulent.

Les grands yeux bruns se firent tout petits. Pourquoi Shirine insistait-elle autant ? Qu'est-ce qui lui passait encore par la tête ? Elle alluma une cigarette.

— Pour quelqu'un qui sait ce qu'il veut et qui ne se croit pas en Suisse, je pourrais danser sans orchestre, rien qu'avec les nouvelles à la radio. Amini lui a déjà montré trois appartements, moi quatre ou cinq. Chaque fois il nous snobe…

Elle se mit à l'imiter : « Je n'aime pas ces appartements postmodernes. Mon genre, c'est la simplicité, l'absence de prétention, le caractère… »

Elle tira une bouffée.

— Le caractère ! Tu parles !

Shirine poussa un petit cri quand la mine de son crayon se brisa. Elle le tailla de nouveau.

— Finalement, en voilà un qui a nos goûts. Où est le problème ?…

Elle s'immobilisa soudain. Ses yeux verts lancèrent des éclairs. Puis, comme une enfant espiègle qui chipe discrètement un morceau de brioche, elle tendit la main vers le téléphone, décrocha le combiné et appuya sur une touche :

— Fais le numéro de Zardjou et passe la communication à madame Sarem.

Elle se retourna en riant et fit un clin d'œil à Arezou qui en resta bouche bée, les yeux ronds comme des soucoupes.

— Montre-lui la vieille maison de la rue Rezayeh.

Elle haussa les épaules avec une drôle de moue. Elle avait mangé sa brioche, personne n'y pouvait rien, le téléphone d'Arezou sonna.

Le bruit de deux paires de chaussures résonna dans la maison vide. À travers les persiennes, la lumière de midi formait des hachures sur le carrelage gris, jusqu'au manteau de la cheminée composé d'un rectangle de briques rouges.

Arborant un large sourire, Arezou s'arrêta au milieu du salon :

— Vous aviez dit un appartement, mais j'ai pensé – ou plutôt : madame Mosavat a pensé – que cet endroit pourrait vous plaire.

Zardjou, les mains dans les poches de son pantalon de velours côtelé, examinait la hauteur du plafond. Son regard glissa le long du mur jusqu'à la plinthe de bois :

— Oui, c'est ce que vous m'avez dit au téléphone et à l'agence. Je voulais me rendre compte par moi-même. Quelle belle plinthe !

Arezou releva sa frange et observa Zardjou. Il avait le front dégarni, mais des cheveux lui tombaient sur la nuque. L'homme avait raison, elle avait déjà tout expliqué. Pourquoi se laissait-il pousser les cheveux ? Était-ce exprès ou par paresse d'aller chez le coiffeur ? Elle mit son portable dans la poche de son manteau et se dirigea vers la fenêtre qui donnait sur la cour. « Qu'est-ce que cela peut bien me faire ? » Elle ouvrit la fenêtre. « Au pire, comme dit Amini, il n'accrochera pas. » Elle ouvrit les persiennes. « Bravo, Shirine ! J'ai perdu la moitié de ma journée. » Le parfum des fleurs des glaces pénétra dans la pièce en même temps que la pâle lumière du soleil d'hiver. Elle contempla la cour. Les branches de l'arbuste striaient le sol comme des dessins d'enfant. Le bassin dessinait un ovale parfait. Quelques kakis pendaient encore à la pointe des branches. « Peu importe qu'il soit preneur ou non ! » songea-t-elle, de toute façon, c'était une occasion de revoir la maison. Même vide, elle donnait l'impression d'être meublée, comme si chaque chose était encore à sa place, comme si rien ne manquait, que rien n'était de trop... Elle essaya de vanter la maison : simple et sans prétention. Elle lança un regard en coin vers Zardjou, debout au bas de l'escalier. Ensemble, ils montèrent les marches de brique jusqu'au palier d'où, par un œil-de-bœuf, on apercevait la façade du grand immeuble voisin dont chaque étage était d'un style différent : petites briques, marbre vert, ciment lisse et peint en rose, pierres blanches veinées de noir. Les fenêtres avaient des vitres teintées et des volets dorés. Elle aperçut une femme qui semblait avoir emprunté son sac, ses chaussures et ses vêtements aux uns et aux autres ; elle était couverte de bijoux de pacotille, ses bas nylon avaient probablement filé. Les pièces de cet immeuble paraissaient bien sombres. La femme avait sûrement les talons calleux. Les cuisines n'avaient sans doute pas d'aération. Arezou ramena son attention à cette vieille maison au fond d'un grand jardin. L'œil-de-bœuf était encadré d'une moulure de plâtre en forme de cep de vigne.

Zardjou ouvrit en silence les persiennes de la chambre à coucher. « Il faut que je dise quelque chose. »

— Il y a un mois, la propriétaire habitait encore la maison. C'est une solide construction, comme au bon vieux temps...

— Le bon vieux temps où l'on avait du goût !

Dans l'encadrement de la fenêtre se découpaient les montagnes.

— Vous êtes architecte ? demanda Arezou.

— Non. Pourquoi veut-elle vendre ?

Il ouvrit la porte du placard. « Elle ne lui plaît pas, pensa Arezou. Ma vieille, tu perds ton temps ! Mais pour l'instant, on se calme et on répond à ses questions idiotes. » Puis ses pensées la portèrent vers la propriétaire, cette femme aux cheveux blancs et à l'air rieur, qui lui avait fait visiter la maison en s'aidant d'une canne. Plusieurs fois, elle avait répété : « C'est que je laisse ici tant de souvenirs !… »

Zardjou, une main sur la poignée de la porte du placard, semblait attendre une réponse.

— Elle a décidé de partir aux États-Unis pour rejoindre ses enfants.

Elle regarda à l'intérieur du placard. Que de place !

— C'était sa dot, ajouta-t-elle sans trop savoir pourquoi. Elle a planté les kakis dans la cour avec son père. Elle y a marié sa fille.

Et, réalisant qu'elle était encore en train de donner des explications, son regard croisa celui de Zardjou qui l'écoutait attentivement. Ils redescendirent à l'étage du dessous.

— Évidemment, une maison donne plus de peine qu'un appartement, mais à mon avis, le prix qu'elle en demande est tout à fait raisonnable. Et on pourra certainement obtenir une ristourne… Évidemment, vous voudrez sans doute y apporter quelques changements.

Elle jeta un regard circulaire.

— Évidemment, à votre place, je ne changerais rien, juste les peintures…

Elle ajouta vivement :

— Évidemment, si elle vous plaît.

Zardjou la regardait fixement, l'air goguenard :

— Évidemment, évidemment ! Vous permettez que je fasse encore un tour ?

Elle allait répondre « évidemment », mais elle se retint :

— Vous ne voulez pas voir la cour ? De ce côté, il y a encore deux pièces avec leur entrée indépendante dans la ruelle. Et puis…

— Oui, vous me l'avez déjà dit. Plus tard.

Les mains dans les poches de son pantalon gris, il se dirigea vers la cuisine en sifflotant.

Elle le regarda s'éloigner, serra les lèvres, retourna se poster près de la fenêtre. Elle admira les cimes des montagnes qui dépassaient la crête du mur de la cour, puis les fleurs des glaces, les kakis, le bassin. Elle réalisa soudain qu'elle était fatiguée, contrariée, énervée. La nuit précédente, Ayeh avait encore fait sa crise : tous ses amis étaient partis. Elle seule était restée dans cette université de merde. Son père lui avait dit de ne pas regarder à la dépense. Elle n'avait qu'à venir. Elle s'était tournée vers sa grand-mère : « Bonne-maman, dites quelque chose, vous ! » et la grand-mère avait catégoriquement pris le parti de sa petite-fille. Le « pauvre Hamid » le lui avait assuré : « Ma tante, ne vous préoccupez pas de la dépense. » Puis elle avait lancé à sa fille, sur un ton furieux : « Pourquoi ne te montres-tu pas plus raisonnable ? » Arezou avait répliqué : « Dès qu'Hamid aura obtenu la pré-inscription universitaire, envoyé le billet d'avion et fourni l'acte notarié garantissant qu'il prend à sa charge toutes les dépenses… » Mah-Monir avait bondi : « L'acte notarié ! L'acte notarié ! avait-elle ironisé, on voit bien ce que tu as appris dans cette agence minable. » Ayeh avait grogné. La tête sur l'épaule de sa grand-mère, elle avait fondu en larmes.

Le regard perdu vers les montagnes, Arezou songeait : « Mettons qu'Ayeh soit une enfant qui ne comprenne rien à rien. Mais ma mère ! N'a-t-elle pas encore compris après toutes ces années que les paroles d'Hamid, c'est du vent ? » Elle regarda les fleurs des glaces et se fit cette réflexion : « Depuis son enfance, Hamid séduit tout le monde avec son bagout. »

— Il y a des nénuphars dans le bassin !

Arezou sursauta. Zardjou sortit la main de sa poche.

— Excusez-moi, je vous ai fait peur !

— Oui, ou plutôt non. En fait, j'étais distraite. C'est sans importance. Vous avez tout vu ?

— Oui, mais… En fait je ne sais pas trop.

Il se frotta le lobe de l'oreille.

— Je comprends, vous vouliez un appartement. Cependant, trouver un appartement avec les caractéristiques que vous avez données, vous savez…

Elle haussa les épaules.

— À votre avis, deux chambres à coucher, est-ce vraiment suffisant ?

Il regarda par la fenêtre.

« C'est à toi de voir, mec ! » se dit Arezou, puis à voix haute :

— Il y a aussi les deux pièces au fond de la cour.

Elle essaya de se rappeler combien de chambres Zardjou avait spécifiées dans le formulaire de demande. Elle ne se souvenait pas. Elle ajouta :

— Évidemment, ça dépend combien de personnes logeront ici.

« J'ai encore dit "évidemment" », pensa-t-elle.

— Une seule personne, peut-être deux… ou trois. À votre avis, quelle couleur choisir pour les murs ?

Il alla s'adosser au manteau de la cheminée et examina les murs. Les briques de la cheminée jouaient à cache-cache avec le soleil.

« Il n'est pas acheteur », se dit-elle.

— Choisissez la couleur qu'il vous plaira, dit-elle tout haut en regardant sa montre.

— Vous êtes en retard ? demanda Zardjou.

Avant qu'elle ait pu ouvrir la bouche pour proférer un mensonge, il se retourna vers la fenêtre, les deux mains dans les poches.

— Combien peuvent se louer les deux pièces dans la cour ? Quelle couleur choisiriez-vous pour les murs ?

Arezou serra les lèvres en se remémorant les conseils qu'elle donnait aux employés de l'agence : « Il faut toujours être de l'avis du client, même s'il n'est pas acheteur. »

— Elles pourraient se louer un bon prix. Pour les murs, le blanc irait bien. Cela facilite le choix des couleurs pour les rideaux et l'ameublement.

— Vous avez raison, dit-il en se retournant. Vous avez dit les rideaux et l'ameublement ? Mais où achète-t-on tout cela ?

« Il est bête ou quoi ? » se dit Arezou et, oubliant « l'avis du client », elle se mit à ricaner :

— Dans les boutiques de rideaux et d'ameublement.

Zardjou la regarda fixement :

— Ah ! Vos lacets sont défaits !

Au moment où Arezou se penchait pour vérifier, son portable s'échappa de la poche de son manteau et tomba sur le carrelage.

— Oh ! s'écria-t-elle en s'apprêtant à le ramasser.

Mais Zardjou fut plus rapide. Il prit le portable sans prêter attention à Arezou qui restait courbée, la main tendue. Il examina le téléphone et déclara :

— Il s'est éteint.

Il appuya sur « OK », secoua la tête, appuya de nouveau sur la touche :

— Je pense qu'il est cassé, dit-il en le rendant à Arezou.

Les mains dans les poches, il redescendit l'escalier jusqu'à la fenêtre du palier et s'arrêta. Puis il se dirigea vers la porte d'entrée :

— Les portes sont belles, mais pas les poignées.

Arezou essaya plusieurs fois de mettre en marche le téléphone en se répétant intérieurement : « Salaud de connard d'imbécile de timbré ! »

— J'achète, dit Zardjou sur le pas de la porte.

Le restaurant était situé dans un petit parc proche de l'agence. Le maître d'hôtel se précipita :

— Bonjour, madame Sarem, bonjour, madame Mosavat, soyez les bienvenues, je vous en prie.

Shirine et Arezou s'assirent à leur table habituelle, près de la fenêtre qui donnait sur le parc, face au petit rond-point. Le maître d'hôtel retira les couverts superflus.

— Comme d'habitude ou je vous apporte le menu ?

Shirine posa son portable et son trousseau de clefs sur la table.

— Pour moi, comme d'habitude.

Arezou déposa son sac sur le large rebord de la fenêtre, entre deux pots d'azalées.

— Pour moi aussi : un poulet grillé désossé.

— Nous avons aussi des truites fraîches, ajouta le maître d'hôtel.

— Deux poulets grillés… très…, reprit Shirine.

— Très grillés, coupa le maître d'hôtel en riant.

— Et deux salades sans…

— Sans sauce, avec des citrons, compléta toujours souriant le maître d'hôtel.

— Et comme boissons ?

— Bière sans alcool, dirent-ils en chœur tous les trois.

Le maître d'hôtel s'inclina légèrement et se retira. Shirine mit les deux coudes sur la table en croisant les doigts.

— Parfait !

Elle avait mis du vernis à ongle couleur crème. Arezou retira du centre de la table le petit vase et son glaïeul, et le fit glisser dans un coin.

— En fait, gloussa-t-elle, j'ai d'abord cru qu'il n'était pas acheteur et je n'arrêtais pas de te maudire intérieurement de m'avoir prise de court.

Ses ongles étaient courts, sans vernis.

— Évidemment, quand il m'a annoncé qu'il achetait, je t'ai immédiatement adressé des excuses !

Elle se remit à rire doucement en défaisant les attaches de son sac.

— Il n'en demeure pas moins qu'il m'a posé toutes ces questions idiotes : « Quelle couleur pour les murs, où acheter les meubles… »

Elle sortit son portable de son sac.

— Enfin voilà, grâce à Dieu, nous sommes délivrées de Zardjou et la maison n'est pas tombée aux mains des promoteurs.

Elle testa le portable.

— … Il a aussi détruit cette misérable chose.

— Mais tu as dit toi-même qu'il était tombé de ta poche.

— Oui ! Mais il est tombé parce que ce crétin m'a dit que mon lacet était défait, et qu'en me baissant, il a glissé de ma poche.

Elle remit le portable dans son sac.

— En fait, mon lacet n'était même pas défait !

Le garçon déposa sur la table une corbeille de pain, une assiette de fines herbes et du fromage. Les petits yeux de Shirine se firent encore plus petits :

— Tu veux dire que ton lacet n'était pas défait ?

— Non ! Il a sans doute voulu faire l'intéressant.

Sa main saisit la corbeille. Shirine lui donna une tape :

— Tu as décidé d'arrêter le pain !

Elle prit un radis dans l'assiette :

— Tiens, prends plutôt un radis.

— Laisse tomber pour aujourd'hui. Je ne suis absolument pas d'humeur à suivre un régime.

Elle s'appuya contre le dossier de sa chaise et regarda le parc. Le petit rond-point était encerclé par une ligne de saules pleureurs. En son centre, se dessinait un bassin rond. La statue d'un cygne ou peut-être d'un canard se dressait au milieu.

— La grogne de ma mère et d'Ayeh, l'inconscience d'Hamid !…

Un jeune homme était en train de peindre en rouge un des bancs installés autour du bassin.

— Et aujourd'hui, tout ce que cet imbécile m'a obligé à supporter !

Elle reprit le portable, appuya sur la touche OK en imitant Zardjou :

— À votre avis, deux chambres à coucher, est-ce vraiment suffisant ?

Elle retira la batterie.

— À votre avis, où faut-il acheter les rideaux ?

Elle retira la carte Sim, tenta de rallumer le portable.

— J'avais l'impression qu'il était en train de recruter une décoratrice !

Elle regarda le téléphone d'un air sombre.

— Non, décidément, il ne marche plus.

Shirine observait Arezou tout en mâchant un brin de poireau. Quand le garçon eut servi la bière et après qu'il se fut retiré, elle déclara :

— Il en pince pour toi !

— Qui ça ?

Elle but une gorgée de bière.

— Zardjou.

— Je voudrais bien voir ça !

Shirine attendit que le garçon eût déposé sur la table la salade et les moitiés de citron.

— Et pourquoi pas ? C'est un homme poli et courtois, on ne peut pas le nier. Il semble avoir du fric. Il n'est pas vilain non plus.

— C'est vrai qu'il n'est pas vilain, avec ces cheveux longs !

Elle se servit de la salade. Shirine pressa un jus de citron sur la laitue, les concombres et les tomates.

— Tiens ! Tu as donc remarqué ses cheveux !

Arezou prit un morceau de pain en regardant Shirine droit dans les yeux.

— Arrête de râler ! J'ai parfaitement raison de manger du pain. Et puis, je ne suis quand même pas aveugle au point de ne pas remarquer ses cheveux.

Le maître d'hôtel servit les grillades de poulet.

— Désirez-vous autre chose ?... Eh bien, bon appétit !

Il se retira.

Shirine pressa un peu de jus de citron sur sa grillade.

— S'il te plaît, ne commençons pas ! Je ne suis pas d'humeur à ça.

— Pourquoi ?

Elle lécha le jus de citron sur ses doigts.

— Tu vas me lâcher, oui ? Ma mère a monté une agence matrimoniale pour marier Ayeh. Tu ne vas pas t'y mettre toi aussi !

Elle lécha de nouveau ses doigts.

— Ayeh peut très bien se défendre contre Mah-Monir ; moi, contre toi, je suis impuissante.

Shirine leva la tête. Ses yeux verts ressemblaient à ceux d'une panthère.

— Qui parle de mari ? De l'aspirine, ma chère, il te faut de l'aspirine !

— Qui a dit que j'avais besoin d'aspirine ?

— Moi.

— Et toi, tu n'en aurais pas besoin ?

— Non, moi, je ne souffre pas de migraine. Je veux dire que je n'ai pas à m'occuper à la fois de ma mère et de ma fille, à entretenir deux maisons, et en plus à supporter les problèmes de mon ex...

Son regard s'adoucit.

— Mais pourquoi ne comprends-tu pas ? Tu as besoin de quelqu'un qui t'apaise avec des attentions, des « je t'aime », des fleurs, des petits mensonges, des gâteries... C'est tout. Et mon petit doigt me dit que ce monsieur est une aspirine exceptionnelle.

— Ton petit doigt te dit n'importe quoi ! Tu ne manges pas tes pommes de terre ?

— Non, je n'en veux plus, ni toi non plus. Tu as déjà valé toutes les tiennes, ça suffit.

Elle vida le contenu de son assiette dans le pot d'azaées. Arezou regarda autour d'elle et pouffa de rire.

— Tu es folle !

Elle croisa ses couverts sur son assiette et la repoussa.

— Toi qui t'es entichée de cette merveille, pourquoi en fais-tu pas ton affaire ?

— Moi, j'ai encore sur l'estomac la soupe mitonnée par ma merveille à moi. Dès que j'irai mieux, et que j'aurai de nouveau envie de soupe, pas de problème !

À son tour, elle croisa ses couverts sur son assiette et la repoussa. Arezou alluma une cigarette, tira une bouffée, rejeta la fumée.

— Ne te raconte pas d'histoires, tu es encore amoureuse d'*Esfandyar* et tu attends qu'il revienne du bout du monde ! Petite chèvre, ne meurs pas, le printemps arrive ! Passe-moi ce téléphone que je vérifie si la coquine est rentrée à la maison.

— Qui t'a dit que je l'attendais ?

Elle lui passa le portable et, une main sous le menton, elle regarda le parc. Le jeune homme était toujours occupé à peindre son banc.

— La ligne est encore en dérangement ; à moins qu'Ayeh ne soit sur Internet.

Elle reposa le téléphone sur la table et regarda Shirine, toujours absorbée dans sa contemplation du parc. Le rouge du banc faisait une tâche vive sur le brun des arbres dénudés et le gris du ciel. Le cygne – ou le canard – au milieu du bassin était d'un mauve soutenu. Elle poussa un profond soupir :

— Bon ! Très bien ! Arrête de faire la tête. Je retire ce que j'ai dit. Il reviendra peut-être, après tout !

Avant que Shirine ne se transforme en panthère
Arezou lui dit tout bas :

— Veux-tu que nous fassions quelque chose d'essen
tiel ? Hein ? Au diable les hommes ! On s'envoie ch
cune une énorme plombières ! susurra-t-elle en avança
la tête.

Shirine se retourna, se frotta la joue contre s
épaule. Une vraie chatte.

Naïm ouvrit la porte de l'agence. Seule Tahmineh, la petite brune grincheuse, était à son bureau, d'où elle se leva en repoussant brusquement sa chaise. Naïm se mit à ronchonner :

— Personne n'est encore rentré, vous les laissez faire tout ce qu'ils veulent !

— Ils ne sont pas en retard, dit Shirine. Il n'est que trois heures moins le quart. Et toi, Tahmineh, pourquoi n'es-tu pas allée déjeuner ?

Tahmineh baissa les yeux. Naïm alla ouvrir la porte du fond.

— Madame a téléphoné pour commander des fruits. Je suis allé les acheter. Un colis est arrivé pour vous. Je l'ai posé sur votre bureau. Je ne sais pas d'où ça vient. C'est arrivé par courrier expert.

— Quoi ? demanda Shirine.

— Par courrier express, corrigea Arezou.

Un colis rectangulaire, enveloppé dans du papier cadeau, attendait sur le bureau. Arezou prit le paquet, l'examina par-devant et par-derrière, tandis que Naïm dansait d'un pied sur l'autre dans l'embrasure de la porte en répétant :

— Vous ne voyez pas qui a pu l'envoyer ?

Les deux femmes se regardèrent.

— Naïm, de l'eau ! dit Shirine

— À vos ordres ! répondit Naïm sans bouger.

— De l'eau, agha Naïm ! répéta Arezou.

— Vous n'ouvrez pas ? insista Naïm. Et si c'était une bombe, ou quelque chose dans le genre ?...

Arezou se cala dans son fauteuil en posant délicatement le colis au milieu du bureau.

— Tu as raison. Et si c'était une bombe, ou quelque chose comme ça ?... Va donc nous chercher de l'eau. On t'attend pour l'ouvrir.

Dès que Naïm fut sorti, Arezou et Shirine se précipitèrent sur le paquet et déchirèrent l'emballage. Sur la boîte, il y avait la photo d'un téléphone portable, avec la marque, le modèle, le numéro, la description, le tout accompagné d'une petite carte. Dehors, on entendit un bruit de pas. Les deux femmes se regardèrent un instant. Shirine fit du papier d'emballage une boule qu'elle jeta dans la corbeille placée sous son bureau. Arezou mit la boîte et la carte dans le tiroir du sien qu'elle referma.

On frappa deux coups à la porte. Naïm entra avec deux verres d'eau. Shirine ouvrit un dossier, tandis qu'Arezou remerciait Naïm en prenant son verre d'eau. Le regard de Naïm passa alternativement de l'une à l'autre, puis il demanda :

— C'était quoi, Arezou khanom ?

— Quoi donc ?

Les sourcils blancs se froncèrent :

— Le colis !

— Quel colis ? s'étonna Shirine.

— Quel colis ? répéta Arezou.

Les sourcils retombèrent, la mine se renfrogna. Les lunettes glissèrent sur le nez. Naïm se dirigea vers la porte en grognant :

— C'est bien aimable de votre part ! Après toutes ces années de service, elle est belle la confiance ! Vraiment, je vous remercie !

Et il claqua la porte derrière lui. Les deux femmes éclatèrent de rire. Elles prirent la carte et la lurent ensemble :

« De la part de celui qui causa la ruine du téléphone.

Respectueusement,

Sohrab Zardjou. »

Elles se regardèrent, levèrent les sourcils en même temps et penchèrent la tête du même côté en s'écriant : « Oh là là !… »

2

Le portail était grand ouvert.

La R5 bleu marine pénétra dans la cour et stoppa au bas des marches. Depuis la véranda, une femme maigre et élancée s'écria :

— Pas dans la cour, cela fait désordre ! Gare-toi dans la rue.

Elle avait les cheveux tirés en arrière et portait en boucles d'oreilles deux rubis sertis d'or.

Arezou, Shirine et une jeune fille descendirent de la voiture.

— OK, Monir djan ! dit Arezou. On est quand même autorisées à décharger nos courses ? Où est Naïm ? Dites-lui de venir nous aider.

— Pourquoi déranger Naïm, intervint Shirine, on va porter tout ça à trois.

— Bonjour, bonne-maman, dit la jeune fille en rejoignant sa grand-mère debout sous la véranda.

— Oh là, mademoiselle Ayeh, s'écria Arezou, pas les mains vides s'il te plaît. Prends un ou deux paquets.

— Moi ? demanda Ayeh, déjà dans l'escalier.

— Oui, toi. Viens donc par ici.

La mère d'Arezou ouvrit les bras pour embrasser sa petite-fille :

— Appelle donc Naïm et Nosrat. Avec cette taille de guêpe, ma petite-fille n'est pas faite pour porter les paquets ! Comment va ma chérie ?

Elle repoussa le foulard et caressa les cheveux lisses. Une mèche retombait sur l'épaule, une autre avait glissé derrière l'oreille.

— Une nouvelle coiffure. Bravo ! Tu es belle comme la lune !

La grand-mère et sa petite-fille rentrèrent dans la maison en se tenant par la taille.

Naïm descendit l'escalier, suivi par une grosse femme vêtue d'une jupe plissée et d'un chemisier à fleurs. Arezou s'avança vers elle en tendant la joue :

— Bonjour, Nosrat, comment vas-tu ?

La femme lui prit la tête entre les mains et l'embrassa deux fois sur chaque joue :

— Bonjour, ma belle. Ne touche à rien ! Vous non plus, Shirine khanom.

Elle se tourna vers Naïm :

— Eh bien, pourquoi restes-tu planté là ? Emmène-moi tout ça à la cuisine. Et que ça saute !

Elle se retourna vers Shirine et Arezou :

— Je vous en prie.

Elles gravirent toutes trois les marches de la véranda.

Des fauteuils en bois doré tendus de tissus aux diverses nuances de bleu pâle ou foncé étaient alignés dans le grand salon. Du feu crépitait dans la cheminée au-dessus de laquelle était accroché le portrait d'une femme aux yeux bleus assise dans un fauteuil en bois doré. Chaque fois qu'on évoquait ce tableau, la mère d'Arezou se passait la main dans ses cheveux châtain clair et souriait de ses lèvres roses :

— J'ai dit à Kazarian : « Maître, faites-moi des yeux bleus en harmonie avec les couleurs de mon salon ! »

Elle réprimait un petit rire :

— Bleu et or : les couleurs royales !

Arezou jeta son sac sur le premier fauteuil venu :

— Bienvenue au château de Versailles ! Mais où est donc Marie-Antoinette ?

Sa mère entra par la porte du hall :

— Ayeh est allée lire ses e-mails.

Elle se tourna vers Arezou :

— Ôte ton sac de ce fauteuil, cela fait désordre.

Puis vers Shirine :

— Comment vas-tu, ma belle ? Tu as encore minci.

Elle jeta un regard en coin à Arezou :

— En revanche, ton amie a encore fait du lard. N'est-ce pas la robe que tu avais achetée l'an dernier pour Nowrouz[1] ? Elle est vraiment serrée.

Elle s'assit dans un fauteuil.

— Shirine, viens donc t'asseoir. Ta robe est splendide ! Elle vient de chez Yassi Abtahi ? Quel chic !

Shirine s'assit en déployant sur le fauteuil sa longue jupe rouge vif brodée de mauve. Elle croisa les jambes en riant :

— Mes faibles moyens ne me permettent pas encore d'aller chez Yassi Abtahi, ma chère Monir !

Mah-Monir fronça les sourcils :

---

1. *Nowrouz* : jour de l'an iranien, le 21 mars. En Iran, le changement d'année se fait tous les ans à une heure différente selon un calcul astronomique de l'équinoxe de printemps. Le changement d'année est annoncé à l'heure, la minute et la seconde près, à la radio et à la télévision, de façon très officielle ; et cela à l'avance, pour que chacun se prépare.

— Qu'est-ce que tu racontes ? Les robes de Yassi ne sont pas si chères ! Et puis, le goût et la beauté, ça coûte forcément un petit peu ! Je ne connais rien d'aussi bon goût, d'aussi chic ni d'aussi mignon que ce que fait cette fille.

Arezou rajusta sa jupe noire et rentra son ventre :

— Mah-Monir répète son texte pour la représentation !

Elle retira son sac du fauteuil et le posa à côté de la table en bois doré sur laquelle étaient disposés de petits bols de toutes tailles en cristal et en argent, contenant fruits secs, gâteaux, baklavas et chocolats étrangers.

La sonnette retentit, et l'on entendit quelques minutes après la voix de Mah-Monir :

— Bonjour, Nasrine ! Bonjour, ma chérie. C'est gentil d'être venue. Cela me fait tellement plaisir. Naïm, le manteau de monsieur le docteur. Maliheh, quel foulard magnifique !

Les invités étaient en gros ceux qu'Arezou voyait tous les premiers jeudis du mois chez sa mère depuis de longues années. Autrefois, ils lui paraissaient ou grands ou vieux. Mais aujourd'hui, certains des plus âgés manquaient à l'appel, les autres avaient vieilli, ou du moins ne paraissaient plus aussi grands. Quand elle était en première année d'école primaire, elle devait lever la tête très haut pour voir Nasrine qui, elle, allait au lycée. Nasrine, en tailleur rayé, se tenait debout à côté de la cheminée. Elle racontait le mariage de sa fille à Los Angeles :

— Il y avait un orchestre traditionnel iranien et un orchestre occidental, tous frais payés par le marié. Nous aussi, nous avons mis le paquet : une Rolex en or massif pour le marié…

Un de ces jeudis-là, Arezou avait demandé à Shirine : « Tu crois que Nasrine s'est fait un lifting ? » Shirine avait éclaté de rire : « Et le pape, il est devenu catholique ? » Mah-Monir avait ricané : « Ma pauvre Arezou, ce que tu peux être sotte ! »

Un rire fusa d'un coin de la pièce. Arezou n'eut pas besoin d'en voir l'auteur pour reconnaître Hesam, le frère d'Hamid. La mère des deux frères était la sœur aînée de Mah-Monir. Dans sa jeunesse, elle avait été sage-femme. Après sa mort, elle était devenue dans la bouche de sa sœur : « Ma chère sœur la Doctoresse. »

Hesam portait un costume bleu marine et un foulard de soie. Il se rapprocha de Nasrine pour lui glisser quelque chose à l'oreille.

— Encore tes plaisanteries vaseuses ! répondit-elle en riant.

« C'est la copie conforme d'Hamid », songea Arezou en le regardant. Elle venait juste de passer son bac quand Hamid et Hesam étaient rentrés de France, à la fin de leurs études. Quelques jours après leur retour, Mah-Monir avait dit à Arezou : « Hesam et Hamid songent à se marier… Ta tante et moi, nous avons pensé que… » Elle avait parlé pendant une demi-heure puis, finalement, lui avait demandé : « Lequel des deux ? Hamid ou Hesam ? » Les yeux rivés sur les fleurs du tapis, Arezou avait fait ses calculs. Hesam resterait en Iran et Hamid repartirait en France. Elle avait répondu : « Hamid ! »

Shirine, sa tasse de thé à la main, vint s'asseoir à côté d'Arezou :

— Encore dans la lune ?

Arezou croisa les jambes. Elle tira sur sa jupe noire pour cacher ses genoux. Sa mère avait raison. Elle avait grossi :

— J'étais en train de me dire que si c'était lui qui avait voulu repartir en France…

D'un signe de tête, elle désigna Hesam en train de chuchoter à l'oreille d'une femme aux cheveux teints.

— … C'est probablement lui que j'aurais épousé…

— C'est donc la France que tu as épousée ! dit Shirine en riant.

Arezou pouffa. Elle lui présenta Mahboubeh, la femme aux cheveux teints, la fille de monsieur Djalali, un ami de son père. Elle était restée brouillée pendant des années avec Mah-Monir, mais elles venaient juste de se réconcilier toutes les deux. La mère de Mahboubeh détestait celle d'Arezou. Jusqu'à sa mort, elle avait répété à tous ses amis que Mah-Monir courait après son mari. Shirine avala une gorgée de thé en écarquillant les yeux :

— C'était vrai ?

— Mais non ! fit Arezou en riant. La mère de Mahboubeh n'a jamais compris que les charmes de ma mère n'avaient rien de bien dangereux !

Elle se retourna pour observer Mah-Monir qui embrassait une petite dame.

— Ma mère est une séductrice-née. Elle séduit les hommes, elle séduit les femmes, et probablement, quand elle est seule face à son miroir, elle se séduit elle-même.

Elle se retourna vers Shirine pour lui parler encore de Mahboubeh. Son premier mari était entrepreneur immobilier, mais elle et toute sa famille lui donnaient du monsieur l'ingénieur. Son deuxième mari était un marchand du bazar que tout le monde surnommait Hajji agha[1], ce qui agaçait prodigieusement Mahboubeh. Le troisième mari était importateur de matériel médical et Mahboubeh, comme tout le monde, l'appelait monsieur le docteur. Ils avaient filé ensemble des jours très heureux jusqu'à ce que monsieur le docteur la répudie pour épouser une jeunesse de vingt ans.

Shirine prit un air étonné.

— Vingt ans ?

— Non merci ! dit Arezou à Naïm qui lui présentait le plateau de thé.

Elle lança un regard dubitatif à Shirine, qui voulait dire « Ça t'étonne ? » Shirine reposa sa tasse au pied de la statuette de porcelaine, sur la petite table installée à côté de son fauteuil. Elle fit un signe pour refuser le thé.

Ayeh l'appela, du bout de la pièce :

— Tante Shirine !

Un CD à la main, elle cria :

— Jacques Brel !

Shirine se leva et se faufila jusqu'à elle parmi les invités assis, debout ou déambulant.

Arezou examina la statuette de porcelaine. Elle représentait une fille vêtue d'une robe bleue et d'un chapeau rose à ruban. À ses pieds était couché un chien au pelage tacheté de brun qu'elle caressait d'une main. La mère d'Arezou répétait à qui voulait l'entendre – et même à qui ne voulait rien : « C'est du Limoges français. » Son chéri lui avait rapporté ce cadeau de France pendant leurs fiançailles. Son chéri, c'était le père d'Arezou, mais celle-ci savait fort bien que ses parents n'avaient

1. *Hajji agha* : titre donné à ceux qui ont fait le pèlerinage à La Mecque, mais plus ordinairement aux marchands du bazar ; dans ce contexte bourgeois occidentalisé, peut être légèrement condescendant. Dans ce cas, *Hajji* devient *Hajj*.

pas eu de fiançailles et qu'il n'y avait pas eu plus de quinze jours entre la demande en mariage et les noces. Leur premier voyage à Paris datait de sa troisième année d'école primaire. Elle était restée avec Nosrat et Naïm à la maison. Au retour de ses parents, Arezou avait demandé : « Papa, c'était comment Paris ? » Son père lui avait répondu : « Des crottes de chien partout ! »

Ayeh et Shirine bavardaient avec Hesam. Arezou se leva et se rapprocha d'une très grosse dame. Elle et son mari étaient des descendants de la dynastie Qajar, apparentés d'assez loin à Mah-Monir. Arezou aimait cette grosse femme qui plaisantait tout le temps, disait tout ce qui lui passait par la tête et ne se gênait avec personne. La mère d'Arezou, en sa présence, la nommait Princesse ou Sorourossaltaneh[1], mais dès que celle-ci avait le dos tourné, elle ne l'appelait plus que Sorour en levant les yeux au ciel.

La grosse femme posa l'assiette de fruits secs sur la table en s'écriant :

— Ah ! la voilà ! Ajou, ma jolie, viens par ici mon cœur que je te voie.

Elle s'efforça de lui faire un peu de place sur le canapé.

— Comment vas-tu, ma belle ?

— Pas si mal, répondit-elle en prenant sa place sur un canapé prévu pour trois personnes.

— Pas si mal ? lui dit Sorour à l'oreille. Menteuse comme son père !

Elle éclata de rire. Puis elle reprit son sérieux :

— Nosrat m'a dit à quel point tu étais occupée.

Elle hocha la tête.

---

1. Sorourossaltaneh : « Joie de l'empire », exemple de ces nombreux titres donnés à l'aristocratie Qajar.

— Quand tu étais dans le ventre de ta mère, ton pauvre père avait baptisé son agence « Sarem & fils ». Et puis, lorsque tu es née, il a dit : « Quelle différence ? » et n'a pas changé le nom.

Elle poussa un grand soupir :

— En effet, quelle différence ?

Elle décortiqua une pistache.

— Seulement, quel dommage qu'il n'ait pas été là pour voir que cela ne fait effectivement aucune différence !

Elle offrit la pistache à Arezou et lui chuchota encore à l'oreille :

— Dis-moi, quel est donc ce monsieur important qui taille une bavette avec Mah-Monir ?

Elle montra la direction de la cheminée.

Le monsieur qui conversait avec Mah-Monir était un homme chauve portant cravate et chemise blanche. Les « fines » jambes de Mah-Monir apparaissaient par instants à travers les plis de la jupe rouge dans la lueur du feu de bois artificiel. « Marlène Dietrich, en pire ! » grommela Arezou. Sorour khanom tendit la main vers l'assiette :

— Monsieur qui ?

À l'autre bout du salon, Shirine lui faisait signe.

— Je n'en sais rien, ma chère Sorour, je ne le connais pas. Je reviens tout de suite.

Elle se leva. La voix de Jacques Brel perçait péniblement le brouhaha et les rires. Elle alla s'asseoir à côté de Shirine :

— Alors, Hesam a encore fait le pot de colle ?

— Il m'a invitée dans le midi de la France, répondit-elle en riant, dans sa villa de dix chambres à …

— À Juan-les-Pins ! s'écrièrent-elles en chœur dans un éclat de rire.

— De quoi rient-elles encore ces deux-là ?

La main droite de Mah-Monir se trouvait à un centimètre de l'épaule du monsieur chauve, tandis que la main gauche caressait un rubis en pendentif. La main droite décrivit un lent arc de cercle en direction des deux jeunes femmes :

— Ma fille Arezou et Shirine, son amie, qui est comme ma seconde fille.

La main gauche se tourna vers le monsieur chauve :

— Monsieur Khosravi, notre nouveau voisin. Avant-hier, il nous a fait la gentillesse de nous envoyer son domestique pour changer les globes des lampes de la piscine. Il possède plusieurs propriétés dans les environs. Je lui ai dit que mes deux gracieuses filles étaient des as de l'immobilier. Je vous laisse aux mains de ce cher monsieur Khosravi.

Elle jeta un coup d'œil à sa montre. Arezou ne put voir si c'était la Cartier ou la Rolex que son père lui avait offertes.

— Oh ! Quelle hôtesse misérable je fais ! Il est déjà dix heures. Allons voir où en est notre dîner.

Arezou se mit à imiter sa mère en silence : « Oh ! Quel faux jeton je fais ! Je viens de lever un nouveau pigeon et je lui fais du gringue pour le mettre à contribution. » Et elle réfléchit : « Les lampes de la piscine n'étaient pas plus fichues que ça. » Sous le regard insistant de monsieur Khosravi, Mah-Monir se dirigea vers la porte vitrée de la salle à manger qui communiquait avec la cuisine. Elle se dandinait comme quelqu'un qui se sait observé. L'homme se tourna vers Arezou :

— Quelle grande dame que votre mère !

Il se mit à rire. Son crâne chauve brilla. S'inclinant devant Shirine, il tendit sa main droite aux doigts crispés :

— Mes hommages !

La voix d'Ayeh fusa :

— Je vous en prie, oncle Hesam, arrêtez de me taquiner ! Vous avez promis de donner une grande fête pour l'anniversaire de Sami.

Son jean moulait son corps svelte. Elle tenait par le bras un jeune homme aux cheveux frisés qui portait des lunettes rondes aux verres fumés.

Hesam tira une bouffée de son cigare :

— Je ne reviens pas sur ma promesse. Mais à condition que le père de Sami soit aussi invité !

Il se retourna vers Mahboubeh, Nasrine et deux hommes d'un certain âge :

— Je paierais tous les frais et je ne serais pas invité ? N'est-ce pas injuste ?

Mahboubeh secoua sa cigarette en l'air :

— Laisse tomber, Hesam. Mettons que tu sois invité, tu aurais les oreilles cassées par leur musique. Quand mes enfants donnent des soirées, je me mets des boules Quies.

Sami chuchota quelque chose à l'oreille d'Ayeh. Tous deux éclatèrent de rire. Arezou observa sous les pieds de Mahboubeh le tapis de Tabriz aux motifs de poissons, craignant les cendres de cigarette.

Les portes à double battant de la salle à manger s'ouvrirent ; Mah-Monir annonça à haute voix :

— Le dîner est servi !

Les odeurs de parfum et d'eau de toilette, les relents de pipe, de cigarette et de cigare allèrent à la rencontre du fumet des grillades, des lasagnes, du pilaf aux fèves et du soufflé aux asperges.

3

Arezou releva le bas de son manteau et sauta par-dessus la flaque d'eau en grommelant :

— Pourquoi faut-il toujours que je t'écoute ? Je me le demande. Avec ce temps épouvantable, avions-nous absolument besoin de venir à Tajrish[1] aujourd'hui ?

Shirine marchait devant.

— Marche et pense à la chaleur de l'été au lieu de râler. Quelques grammes de neige fondue n'ont jamais tué personne. On va commencer par acheter des gants de bain[2], de la gomme adragante et de l'extrait de feuilles de platane.

— Nosrat a aussi demandé qu'on lui prenne des fines herbes pour la soupe chez Sabzeh Badji.

— On les prendra au retour.

Un jeune homme aux cheveux noirs gominés suivait Arezou en répétant à voix basse :

— Coupons, des coupons ! Riz, sucre en morceau, sucre en poudre, huile. J'achète et je vends.

---

1. Tajrish : quartier nord de Téhéran, lieu d'un marché très populaire.

2. Les Iraniens affectionnent une sorte de gants de crin (*lif*) pour se frotter pendant le bain.

Il avait le visage tout grêlé. Arezou secoua la tête plusieurs fois pour lui signifier qu'elle n'avait pas l'intention d'acheter ni de vendre. L'homme insista :

— K7 étrangères, K7 iraniennes…

Arezou se retourna vers le visage grêlé et cria :

— Je t'ai dit non !

Elle pénétra dans le bazar avec Shirine. L'homme lui jeta un regard furieux.

— Pourquoi tu cries ? Dis poliment que tu n'en veux pas !

Arezou fit brusquement volte-face :

— Qu'est-ce que tu as dit ?

L'homme se mit à rire :

— Rien !

Shirine la tira par la manche :

— Allez, viens ! Laisse tomber !

Le bazar était noir de monde. Elles passèrent devant la série des boutiques : orfèvres, drapiers, droguistes, jeans et chaussures de sport, chapelets, tapis de prières, boussoles pour trouver la direction de La Mecque et produits de beauté.

Arezou défit le nœud de son foulard noir en disant :

— J'étouffe !

— Il ne fait pas si chaud. Qu'est-ce que tu as ? La ménopause probablement…

— Toi alors, tu es bien comme tout le monde ! À quarante-deux ans, la ménopause ?…

— Quarante et un !

Un homme bouscula Arezou :

— Attention, Hajj khanom !

Arezou grinça des dents :

— Hajj khanom, tante truc muche !…

— Allez, viens, lui dit Shirine en la tirant par la manche. Tu n'es pas dans ton assiette aujourd'hui.

Arezou regarda la voûte du bazar en soupirant. Son regard s'accrocha aux tôles ondulées toutes de travers puis redescendit vers un long drap noir qui pendait entre deux mezzanines. Il portait une inscription : « Cruel décès de… » Un peu plus bas, elle aperçut une pancarte tordue aux couleurs passées : « Grillades Salehieh, *halim* et soupe aux nouilles. » Elle resserra le nœud de son foulard en soupirant à nouveau :

— Ça ne va pas très fort. Bon ! Voilà les gants de bain. Fais tes achats et rentrons. Oublions les fines herbes.

— Je vais les acheter au vieil aveugle, dans le tekieh[1].

Elles passèrent devant le drapier, le marchand de grillades et l'horloger. Le tekieh était entouré de boutiques. Shirine se dirigea vers un aveugle qui vendait des gants de chanvre. Pendant ce temps-là, Arezou observait le centre du tekieh avec ses tas de choux, de céleris, d'aubergines, de choux-fleurs et de courgettes dressés dans la lumière de grosses ampoules électriques. « Au printemps, songea-t-elle, on y vendait des vers à soie dans un coin. » Combien de printemps étaient-ils venus, elle et son père, pour y acheter des vers à soie ? Son père lui avait appris comment les élever. Ils avaient fait toutes les rues de Shemiran à la recherche de mûriers pour en cueillir les feuilles. Le premier printemps qui avait suivi son retour de France, elle y avait amené Ayeh. Elle lui avait acheté des vers à soie et lui avait appris à son tour comment les élever. Mais Ayeh n'avait pas la patience de courir les rues à la recherche

1. Tekieh : lieu saint pour la représentation des mystères shiites. En temps ordinaire, peut avoir d'autres usages ; ici sert de place de marché couvert.

de feuilles de mûrier. Arezou avait dû s'en charger elle-même. Elle avait retrouvé les arbres, cueilli les feuilles. Puis les vers avaient grandi. Ayeh avait dit : « Comme ils sont laids ! Tu aurais mieux fait d'acheter des Kinder surprise. » Arezou avait couru chez son père pour lui dire : « Viens voir comme ils sont beaux ! »

Elle regarda les cageots de radis, à côté des engrais pour fines herbes. « Peut-être n'y avait-il pas de Kinder surprise de mon temps ! »

Shirine la tira par la manche :

— À quoi rêves-tu ?

— À rien ! Tu as trouvé tes gants ? On peut rentrer ?

Elle consulta sa montre :

— Il est midi passé, je meurs de faim. J'ai rendez-vous à deux heures et demie. On rentre ?

Shirine mit les gants de chanvre dans un grand sac noir :

— Que dirais-tu d'une grillade de foie ?

Elle indiqua du menton une gargote dans un coin du tekieh. Un éclair passa dans les yeux d'Arezou. Bras dessus, bras dessous, elles se dirigèrent vers la gargote qui n'avait pas plus de deux tables. L'une des deux était occupée par un homme vêtu d'une parka militaire et d'un foulard à carreaux. Il avait le front dégarni et les cheveux dans le cou. Arezou prit une chaise à la table voisine.

— Je garde la table, toi, va commander. Je ne prendrai que du foie. Bien grillé. Je ne veux ni rognons ni cœur.

Shirine écarquilla les yeux :

— Tu fais bien de me le dire !

Elle se dirigea vers le jeune garçon debout derrière le comptoir, occupé à attiser le braséro. La chaise en fer remua. Pourquoi devait-elle constamment donner des explications ? Depuis qu'elle connaissait Shirine, combien de fois avaient-elles mangé ensemble des grillades de foie ? Un nombre incalculable. Les coudes sur la table, les mains sous le menton, elle observait la silhouette fine et les yeux verts de celle qui discutait avec le garçon au comptoir. « Bienheureuse Shirine ! songea-t-elle. Elle a toujours le moral, elle ne rouspète jamais, ne se plaint de personne. Pas le moindre commentaire inutile. Jamais à parler d'elle-même, à moins qu'on ne l'interroge. Serait-ce l'influence du yoga, de la méditation transcendantale ?… Cet Esfandyar, quel âne ! Laisser tomber une telle perle ! Shirine a bien raison ; les hommes sont tous des ânes, il n'y a que le bât qui change, sans doute ! »

— Vous auriez des allumettes ? leur demanda l'homme à la table voisine.

Arezou le regarda un instant puis plongea la main dans son sac. En fouillant, elle mit la main sur les allumettes et les lui donna. « Quel déguenillé ! pensa-t-elle ; un drogué ou un voleur, ou probablement les deux. » Elle changea son sac de place et le posa contre le mur.

— Merci, dit l'homme en lui rendant les allumettes.

En les rangeant dans son sac, elle aperçut le téléphone portable. Elle le prit et le regarda. Pourquoi l'avait-elle accepté ? Par crainte d'avoir à s'en payer un autre ? Sa situation financière n'était pas mauvaise pour le moment. Craignait-elle quelque chose en particulier ? Ou bien…

Shirine s'assit et d'un signe de tête montra le téléphone.

— Tu lui as téléphoné pour le remercier ?

Arezou fixa la salière sur la table : un vieux pot de mayonnaise au couvercle percé de trous.

— J'aurais dû le renvoyer tout de suite.

Le garçon posa le plat de grillades sur la table en ajoutant :

— Vous prendrez des boissons ?

— Oui, deux, répondit Shirine.

— Il n'y en a pas, il faut les acheter à côté.

Les deux femmes se regardèrent tandis que le garçon retournait à son comptoir. Shirine prit un morceau de galette de pain, y fourra sa brochette puis tira dessus.

— Renvoyer quoi ? s'enquit-elle en saupoudrant de sel.

Arezou mit son foie dans son pain, mordit une bouchée et désigna le téléphone. Shirine, la bouche pleine, la regarda d'un air interrogateur.

— Est-ce qu'il a cru que j'avais besoin de ce téléphone minable ? Je me demande bien pourquoi j'ai ouvert la boîte. C'est de ta faute. Tu n'as rien dit.

— Mange plus lentement, tu vas avoir le hoquet !

Elle se retourna vers le garçon pour lui demander :

— Vous n'avez pas d'eau non plus ?

Le garçon fit signe que non.

— Qu'est-ce qu'il croit ? Qu'avec cent mille tomans…

— Trois cent mille ! Ce modèle vaut…

— Bon ! X centaines de mille ! J'aurais dû le lui renvoyer immédiatement. Qu'est-ce qu'il s'imagine ? Que j'ai besoin d'argent ? Il croit qu'on peut m'avoir avec un cadeau ? Ou bien qu'il obtiendra un rabais sur le prix de la maison ?

— Il n'a peut-être rien pensé de tout ça.

Shirine prit un morceau de foie du bout des doigts, en croqua une bouchée. Arezou avala la sienne.

— Aïe ! le hoquet !

Elle respira un grand coup.

— Alors, à quoi a-t-il pensé selon toi ?

— Il a pensé qu'il avait fait une belle action, et c'est aussi mon avis !

— Aïe ! le hoquet.

— Je t'avais bien dit de manger lentement. Je vais acheter quelque chose à côté, dit-elle en se levant.

L'homme de la table voisine se leva en même temps. Il déposa devant Arezou une petite bouteille d'eau minérale :

— Je vous en prie, je n'y ai pas touché.

Il alla vers le garçon et lui demanda l'addition. Arezou le regardait, stupéfaite.

— Trop aimable, dit le garçon, laissez donc !

Arezou fixait l'homme du regard. Celui-ci tira une bouffée sur sa cigarette. Il se tourna vers le garçon qui reprit :

— Trop aimable, sept cent cinquante.

L'homme donna l'argent, enroula son foulard à carreaux autour de son cou et sortit de la gargote, les mains dans les poches :

— Trop aimable ! répéta le garçon depuis le comptoir.

Arezou eut un hoquet.

— Alors, il a tout entendu ? Qu'a-t-il pu penser ?

Elle eut un second hoquet.

— Bois deux gorgées d'eau, dit Shirine, et retiens ta respiration. Il a pensé qu'il avait fait une bonne action, voilà tout.

Elles sortirent. Shirine proposa :

— Occupe-toi des fines herbes. Tu n'as besoin de rien à la droguerie ?

— Non ! Ah si ! Des graines pour le sirop *tokhm-e sharbati* de Nosrat.

Elle se dirigea vers la marchande de primeurs.

La grosse femme aux joues rouges portait un foulard attaché derrière la tête. La main gantée de plastique rose prit une botte de coriandre qu'elle mit dans la balance avec les poireaux et le persil.

— Des épinards ?

— Hum ?... On en met dans la soupe ?

— Oui, dans le Nord, on en met.

La marchande ajouta quelques feuilles d'épinard. Elle emballa toutes les herbes dans du papier journal qu'elle ficela avec du nylon.

— Ça fera trois cents.

Arezou tendit deux billets de deux cents.

— Quelles nouvelles de ta fille ?

Sabzeh Badji prit un billet de cent dans la boîte à côté de la balance et l'épousseta :

— Aucune !

La feuille de coriandre qui était attachée au billet tomba.

— Tout va certainement très bien pour elle et son fainéant de mari, puisqu'il n'y a pas de nouvelles ! Mais n'aie pas peur, pour les fêtes de Nowrouz, je les aurai sur le dos. Tu ne veux pas de sac ?

— Si, donne-m'en un. Mais les fêtes sont encore loin...

— T'as pas le temps de fermer l'œil que Nowrouz est déjà là. Je te fais cadeau du sac. Tout de bon ! Mon souvenir à Nosrat khanom.

Elle était au téléphone.

— Comment ça « On ne sait pas où il est » ? On a rendez-vous chez le notaire à la fin du mois.

Pendant quelques instants, tout en écoutant, elle jeta un coup d'œil à son agenda :

— Tu fais bien de me le dire, sinon je n'aurais pas su que nous avions encore le temps. Bon ! Dis à sa secrétaire de le prévenir que Sarem a téléphoné au sujet du portable… Non ! Ce n'est pas nécessaire. Dis-lui simplement que Sarem a téléphoné. Et puis non ! Ne dis pas que tu as téléphoné de ma part. Dis-lui qu'elle me prévienne dès qu'il sera rentré.

Elle fit pivoter son fauteuil vers la cour.

— Comment cela « Il n'a pas de secrétaire » ? Alors, avec qui as-tu parlé ?

Dans la cour, quelques moineaux voletaient dans les rosiers dénudés. Elle reposa le récepteur en disant :

— Je me demande ce qu'il peut bien trafiquer celui-là !

Les coups frappés à la porte firent à nouveau pivoter le fauteuil.

Elle n'avait pas dit « Entrez ! » que la porte s'ouvrait sur Ayeh et Naïm. Ayeh enleva sa guimpe. Naïm reçut les classeurs et le sac à dos. La guimpe atterrit sur le bureau et sa propriétaire dans le canapé à deux places.

— Ouf ! Je suis morte de fatigue.

— Bonjour, bonjour ! fit Arezou.

Ayeh se laissa glisser dans le canapé, les jambes sur la table basse, la tête dans les coussins :

— Je me suis farci quatre heures d'inepties.

Naïm posa le sac à dos à côté du canapé et les classeurs sur le bureau.

— Mademoiselle Ayeh est fatiguée pour de bons motifs. Aller à l'université, faire des études, n'est pas à la portée du premier venu.

Il pendit la guimpe au portemanteau.

— La brave petite est comme sa mère… (Un petit coup d'œil à Arezou.) Vous aussi étiez très studieuse.

Il se tourna vers Ayeh :

— Qu'est-ce qui vous ferait plaisir, mademoiselle Ayeh ? Du jus d'orange ? Du thé ? Du café ?

Ayeh passa une main dans ses cheveux :

— Hum… Tu m'achètes un hamburger ? Je n'ai pas déjeuné.

— À vos ordres ! répondit Naïm en riant.

Puis il ajouta tout en regardant Arezou :

— Depuis qu'elle est toute petite, mademoiselle Ayeh aime les hamburgers. Exactement comme vous. Vous souvenez-vous du temps où nous allions acheter des hamburgers chez Yekta ?

Arezou ouvrit son tiroir en riant :

— Oui ! Je m'en souviens, agha Naïm.

Elle en sortit son porte-monnaie et lui donna de l'argent.

— Reviens vite. Tu as toutes ces publicités à distribuer. Il faut aussi que tu passes chez l'imprimeur. Les épreuves sont prêtes.

Elle regarda Naïm en songeant : « À l'époque où nous allions chez Yekta, tes cheveux n'étaient pas aussi blancs ! »

— Prends-moi aussi des frites ! cria Ayeh.

Quand la porte fut refermée, elle resta un moment les yeux clos. Puis, elle les rouvrit et bâilla en regardant la porte du bureau :

— Où est tante Shirine ?

Elle se tourna de côté et plongea la main dans la poche revolver de son jean pour y attraper ses chewing-gums.

— Elle est aux Impôts, répondit Arezou qui signait le courrier. Quelles nouvelles de la fac ?

— Aucune.

Elle se mit à mâcher son chewing-gum et bâilla en regardant le sucrier posé sur la table basse. Puis elle se leva en s'étirant. Elle se détendit et fredonna une chanson française. Elle alla se placer derrière le fauteuil d'Arezou.

— Depuis la soirée de bonne-maman, je suis folle de cette chanson de Jacques Brel.

Elle passa les bras autour du cou d'Arezou.

— Elle date de ta jeunesse, pas vrai ?

Ayeh posa le menton sur l'épaule de sa mère.

— Exceptionnellement, ce n'est pas ringard. Surtout à cause des paroles.

Elle émit un petit rire en poursuivant :

— Les pistes sont ouvertes. Tu m'achètes des vêtements de ski ? J'ai rendez-vous avec Marjane à Dizine.

— Tu as ceux de l'an dernier, répondit Arezou en frottant sa joue contre la main de sa fille.

Ayeh recula. Elle s'adossa au mur. Frappa du pied en faisant la moue :

— Ils sont trop petits. Et puis, c'est plus la mode. En plus, Marjane s'est acheté une combinaison de ski italienne super-belle.

— Et tes examens ?

— Mes examens ? Ça alors ! Même pas la peine de parler de ceux de première année, ceux de dernière année sont quasi dans la poche !

— De dernière année ?

Arezou ferma son porte-monnaie et le rangea dans le tiroir.

— Oui, ceux du master.

Et avant qu'Arezou n'ait eu le temps de refermer le tiroir, sa fille s'écria :

— Attends ! Ferme pas.

Elle bondit vers le tiroir et prit le paquet contenant le téléphone portable :

— Ouaouh ! Et ça, d'où ça sort ?

— C'est à un de mes clients, répondit Arezou en tendant la main. Rends-moi ça.

Ayeh retira sa main et se dirigea vers le canapé.

— Mais c'est qu'il est ma-gni-fi-que ! Pas plus tard qu'avant-hier, Babak Azimi nous a fait tout un speech sur le portable que son père lui a acheté pour son anniversaire. Exactement le même !

Elle s'assit, le paquet à la main, et regarda Arezou.

— Je peux le regarder ? Juste une seconde, je t'en prie.

Elle inclina la tête en faisant des mimiques.

— Moi qui n'ai même pas de portable, j'ai au moins le droit d'admirer !

— Bon ! Mais fais attention à ne pas l'érafler. Je dois le rendre à son propriétaire.

Elle referma son parapheur.

On frappa à la porte. Mohsen entra, un dossier rouge à la main. Cheveux noirs clairsemés, jean bleu clair, gros pull bleu marine. Il écarta la mèche de cheveux qui lui barrait le front.

— Excusez-moi, je voulais vous demander…

Apercevant Ayeh, il se reprit :

— Excusez-moi, je ne vous avais pas vue. Bonjour.

— Bonjour ! dit Ayeh, ça va bien ?

Elle se mit à tripoter le portable. Le regard d'Arezou alla de l'un à l'autre, puis le jeune homme ouvrit le dossier sur le bureau.

— Je voulais savoir si c'était vous qui traitiez cette affaire ou madame Mosavat.

Il jeta un coup d'œil à Ayeh. Arezou examina la fiche de renseignements dans le dossier, et observa Mohsen qui regardait Ayeh, puis Ayeh qui avait posé le téléphone sur ses genoux tandis qu'elle se recoiffait. Elle referma le dossier et le poussa vers Mohsen.

— Il y a combien de temps que tu travailles chez nous ? Six mois ?

— Oui, madame Sarem, six mois et une semaine.

— Alors en six mois et une semaine tu n'as pas remarqué que madame Mosavat ne traitait que les questions financières ? Ni que je gardais le dossier pour moi tant que j'étais sur une affaire ?

Le jeune homme rougit jusqu'à la pointe des oreilles et dégagea sa mèche de cheveux.

— Si, bien sûr… Mais je me suis dit que, peut-être…

— C'est amusant, dit Ayeh, le jean de Mohsen et le mien sont tous les deux des Jackie O !

Mohsen se pencha en arrière pour lire la marque de son jean :

— C'est un Jackie O !

— C'est bien ce que je disais ! Comme le mien. Regarde !

Elle bondit de son siège et le téléphone tomba sur le carrelage, glissant jusqu'à Arezou.

Ayeh était assise dans le fauteuil aux coussins verts, les jambes repliées sur le ventre, la tête enfouie entre les genoux. Elle pleurait. Shirine avait les coudes appuyés sur les bras de son fauteuil, les mains sous le menton. Elle regardait successivement Ayeh et Arezou, qui arpentait pieds nus la longueur de la pièce en parlant.

— Alors, tu casses le téléphone des autres, tu fais du gringue à ce garçon, et puis quoi encore ?

Ayeh s'essuya les yeux avec un kleenex, puis se moucha en regardant Shirine :

— Tante Shirine ! Je te jure que je ne lui ai pas fait de gringue. J'ai eu pitié de lui. Si tu avais vu sa mine ! Maman était en train de le ridiculiser devant moi. J'ai juste voulu changer de sujet. Le pauvre garçon était rouge comme une tomate. Madame ma mère, comme toute votre génération, attend des jeunes qu'ils se mettent au garde-à-vous. Et comme Madame ma mère est le chef, elle s'octroie le droit de faire subir à ses employés tout ce qui lui chante.

Arezou s'appuya à la table de la salle à manger.

— Il faut que je prenne rendez-vous avec le syndicat pour que tu ailles y faire tes discours !

Ayeh fit une boule de son kleenex qu'elle jeta sur la table en regardant sa mère :

— Et puis, ne va pas croire que je ne sais pas pourquoi tu en fais toute une histoire : le téléphone était un cadeau ! De qui et pourquoi, ça ne me regarde pas. Je ne suis pas une fouine comme toi, moi.

Arezou explosa :

— Toujours les mêmes ragots ! Primo, Mohsen ne perd rien pour attendre. Deuzio, tu n'as pas de leçon à me donner en matière de morale sociale. Tertio, qui a dit que le téléphone était un cadeau ?

Ayeh fit de petits yeux en murmurant :

— Eh, eh !

Arezou regarda Shirine :

— Ces petits jeunes croient que, parce que nous n'avons plus vingt ans, nous sommes des idiotes ! Pour venir faire sa cour à mademoiselle, monsieur Mohsen khan a trouvé n'importe quel prétexte.

Elle regarda Ayeh :

— Sans doute aurais-je dû sourire et prier l'élu de ton cœur de poser ses fesses en espérant que tous les deux vous ne me preniez pas pour une ringarde, comme vous dites. Vous auriez bien aimé que je sois comme la mère de Marjane !

Shirine sortit un paquet de cigarettes de son sac :

— La mère de Marjane ?

— Oui, tu la connais. Elle est venue cent fois à l'agence. C'est elle qui nous a cassé les pieds pour l'achat de son appartement.

Elle prit le cendrier sur la table et se rassit. Shirine actionna son briquet et Arezou tira une bouffée.

— Du matin au soir, elle suit sa fille chez le coiffeur ou chez le tailleur, d'une boutique à l'autre et tout ce qui compte dans sa vie, c'est…

La cigarette décrivit en l'air un arc de cercle censé imiter l'attitude de la mère de Marjane :

— Marmar, nous avons la même taille !

Elle ramena ses jambes vers elle et entoura ses genoux de ses bras :

— Comme si je n'avais pas assez de dépenses pour rajouter trois cent mille tomans de téléphone !

— Quatre cent mille ! Babak m'a dit que son père l'avait payé quatre cents, dit Ayeh en se rongeant les ongles.

L'air furieux, Arezou tira une nouvelle bouffée. Ayeh sortit les doigts de sa bouche et prit un air pincé :

— Pour leur anniversaire, mes copains reçoivent un téléphone, une voiture, un voyage à l'étranger et moi ?…

— Tu as cours demain ?

— À huit heures, dit-elle en reniflant.

— Bon ! Va te coucher maintenant, ça ira mieux demain matin.

Ayeh épia sa mère. La main sur le front, Arezou examinait l'armoire vitrée dans un coin du salon. Dans la vitrine, on apercevait deux tasses de porcelaine peinte. Elle les avait achetées pour un de ses anniversaires chez un antiquaire, au coin de la rue Manoutchehri, un cadeau qu'elle s'était fait. Il y avait combien de temps ? Dix ans ? Vingt ? Mille ? Ayeh grommela :

— Est-ce que j'ai la permission de passer le week-end avec mes copains à…

— Mais quel toupet, bon sang ! Non ! Tu n'as pas la permission.

Ayeh fondit en larmes et bondit vers l'escalier. Elle se mit à crier en descendant :

— Ah ! Si je pouvais mourir pour me débarrasser de toi et de cette chienne de vie !

On entendit, à l'étage, claquer la porte de sa chambre. Shirine se leva pour aller à la cuisine. Elle ouvrit la porte du réfrigérateur :

— Quelle maîtresse de maison ! Quand as-tu préparé ce tokhm-e sharbati ?

La voix d'Arezou était à peine audible :

— C'est Nosrat qui l'a fait.

Elles burent chacune quelques gorgées de sirop. Pendant un moment, on n'entendit que le bruit des glaçons dans les verres et celui, sourd, des voitures dans la rue.

— Ça va mieux ? demanda Shirine.

Arezou acquiesça d'un mouvement de tête.

— Reconnais que tu n'as pas été très bonne !

Arezou acquiesça encore.

— Tu sais très bien que tu finiras par la lui acheter, cette combinaison de ski, et que tu la laisseras partir à Dizine. Alors, pourquoi t'obstiner bêtement et te diminuer à ses yeux ?

Arezou regardait fixement les glaçons dans son verre.

— Et puis, ne critique pas tant ses amies et leurs familles.

Arezou avait les larmes aux yeux quand elle reposa son verre sur la table.

— Je ne sais pas ce que j'ai. Je n'en peux plus. Je ne supporte plus personne, ni ma mère ni ma fille. Je leur glisse dix doigts pleins de miel dans la bouche et elles trouvent encore le moyen de me mordre. Et ce salopard qui téléphone quand ça lui chante…

La tête dans les genoux, elle se mit à sangloter.

Shirine alla s'asseoir sur le bord du fauteuil et lui mit une main sur l'épaule. Le lampadaire dans un coin du salon braquait sa lumière sur la pantoufle qu'Ayeh avait abandonnée sur le tapis. Shirine s'écria tout à coup :

— On était bien le 15 aujourd'hui, non ?

Elle fit elle-même la réponse :

— Oui. Et tu sais ce qui se passe le 20 ?

Son regard croisa les yeux rouges d'Arezou.

— C'est l'anniversaire de notre première rencontre.

Elle se leva pour lui faire face.

— J'ai une idée géniale. Si on allait à la Caspienne ? Il fait froid ? Au diable le froid ! La pluie, la neige ? Tant mieux ! On va fêter notre anniversaire. N'est-ce pas une idée fantastique ?

Arezou observa les yeux verts, semblables à deux grains de raisin. Elle cligna de l'œil, admira la chaîne en or avec son pendentif en émeraude. Elle cligna de l'œil à nouveau et vit la robe fermée de haut en bas par de petits boutons de nacre. En un autre clin d'œil, elle parvint jusqu'aux bottines noires à talons plats et à boucles d'argent. Elle releva la tête et regarda les raisins verts :

— Et l'agence ?

Shirine retourna dans la cuisine laver les verres, remplir le bac à glaçons et passer un chiffon sur le passe-plat.

— On partira jeudi matin, jour de congé, et on rentrera vendredi. Le monde ne va pas s'arrêter de tourner parce qu'on s'absente vingt-quatre heures !

— Ayeh voulait aller avec Marjane à…

— Je me charge de convaincre Ayeh de rester à Téhéran pour tenir compagnie à sa chère Princesse.

Elle prit son manteau et son foulard au portemanteau. Elles longèrent le corridor jusqu'à l'ascenseur. Arezou voulait dire quelque chose, mais elle n'osait pas. Quand l'ascenseur arriva, elle dit à Shirine au moment où elle montait :

— Écoute…

Shirine se retourna.

— Si je ne t'avais pas, je ne sais pas ce que je ferais…

Shirine appuya sur le bouton « RDC » en riant :

— Tu mènerais une belle vie !

Elle ajouta, alors que la porte se refermait :

— Va lui parler.

Arezou revint lentement vers son appartement en suçant son pouce. Le regard rivé à la moquette rouge du long couloir, elle poussa le loquet, alla ramasser la pantoufle d'Ayeh, éteignit les lumières et descendit l'escalier. Il n'y avait pas un bruit dans la chambre. Elle colla l'oreille à la porte puis appela doucement :

— Ayeh ? Tu dors ?

La porte s'ouvrit. Ayeh la regarda, les yeux embués de larmes, les cheveux ébouriffés. Arezou ne sut pas si c'était elle qui l'avait prise dans ses bras ou bien sa fille qui était tombée dans les siens.

4

La R5 bleu marine se gara devant la fac. Ayeh avait déjà la main sur la poignée quand Arezou lui dit : « Écoute… » Sa fille se retourna. Le visage rond et pâle paraissait plus pâle encore dans la guimpe noire.

— S'il te plaît, surtout ne dis rien à Monir djan au sujet du téléphone.

— Félicitations ! fit Ayeh avec un sourire en coin.

Elle retira sa main de la poignée.

— Mon téléphone est tombé. Il s'est cassé pendant la visite d'un appartement.

Elle plongea la main dans son sac et prit son tube de rouge à lèvres. Inclinant le rétroviseur vers son visage, elle tendit les lèvres.

— Le client a voulu réparer…

Elle se passa du rouge.

— Pourquoi donnes-tu tant d'explications ? dit Ayeh en se baissant pour embrasser sa mère. Tu es belle comme la lune ! Pas plus tard qu'avant-hier, Babak me disait que j'avais une bien jolie mère.

Arezou se regarda dans le rétroviseur. Était-ce une impression ou elle avait rougi ?

— Bon ! dit-elle, alors tu ne dis rien pour le téléphone, d'accord ? Je n'ai pas la patience de discuter avec ta grand-mère. Maintenant, descends. Tu vas être en retard à ton cours.

Sa fille ne bougea pas. Elle la regardait avec le même sourire narquois.

— D'accord, je ne dirai rien, mais à une condition.

Arezou poussa un long soupir en levant les yeux au ciel.

— Bon ! Je t'achèterai cette combinaison de ski. Dépêche-toi. Tu es en retard.

Ayeh secoua lentement la tête.

— La tenue de ski, c'est quelque chose, mais…

Elle ouvrit la portière, mit un pied à terre et dit à toute vitesse :

— Je ne dirai rien à bonne-maman à propos d'un téléphone portable qu'un monsieur a donné à maman, à condition de pouvoir aller à Dizine avec mes copains !

Et avant qu'Arezou ne réalise que cette semaine… Shirine… la Caspienne… sa fille avait sauté sur le trottoir.

Elle lui cria en se retournant :

— Ce matin, tante Shirine a téléphoné. Tu étais sous la douche. J'ai annulé le rendez-vous de cette semaine à Dizine. Peut-être la semaine prochaine. N'oublie pas, tu as promis.

Et elle courut jusqu'à la grille de l'université.

Arezou la regarda en riant, le tube de rouge à la main. Elle avait l'impression qu'hier encore, elle prenait sa fille par la main pour la conduire au jardin d'enfants. Elle jeta le tube dans son sac et démarra en fredonnant un air qu'elle avait inventé pour Ayeh. Elles le chantaient autrefois sur le chemin du jardin d'enfants :

Pluie, pluie, arrête de tomber
Sinon Ayeh va se mouiller

Le klaxon de la voiture qui la suivait lui fit jeter un coup d'œil dans le rétroviseur. Au lieu d'un véhicule, elle ne vit que deux lèvres rouges.

5

La R5 bleu marine s'arrêta devant la véranda. Nosrat, vêtue d'une robe à fleurs, descendit le grand escalier. Elle avait l'allure d'une bonne grosse poule au plumage multicolore en train de se dandiner derrière le grillage du poulailler. Jusque dans ses plus lointains souvenirs, Arezou avait le sentiment de n'avoir jamais vu Nosrat autrement vêtue que de cette robe plissée aux motifs de fleurs et au col en dentelle confectionnée par ses soins.

Leur première rencontre avait eu lieu à l'époque où Arezou allait à l'école primaire. Son père avait dit à Mah-Monir : « Elle est du même village que le propriétaire de la boulangerie à côté de l'agence. Elle est sans enfants, son mari l'a répudiée. Elle n'a pas de famille. Elle va rester travailler chez nous. Elle nous aidera pour la maison. De plus, c'est une action charitable. » « La pauvre ! avait répondu Mah-Monir, qu'elle reste donc. » Puis elle s'était tournée vers la jeune femme qui portait un fichu et lui avait demandé son nom. Dès ce jour-là, Arezou l'avait surnommée Nosrat djoun djoun. La jeune femme au fichu avait ouvert les bras et l'avait pressée contre sa poitrine en disant : « Nosrat fera tout pour toi ! »

— Elle va mieux ? demanda Arezou.

— Le docteur est venu lui faire une piqûre pour sa tension.

Elle lui prit des mains sa serviette et le paquet de gâteaux.

— À quel sujet se sont-ils disputés ?

— Au sujet du mur. Madame avait demandé qu'on l'aligne sur la haie de buis, et ce crétin, ce vaurien, a raconté que l'ingénieur lui avait donné l'ordre de le construire dans l'alignement de la fontaine. Madame a eu beau crier, le misérable n'a rien voulu entendre. Je pense qu'à présent il a dû monter son mur jusque-là.

De la main, elle évalua la hauteur du mur à celle de son genou.

Arezou observa les deux jarres de pierre en haut de l'escalier.

— Eh bien ! Le brave homme a eu raison. Dès le début, il était convenu d'aligner le mur sur la fontaine. C'est ma mère elle-même qui le voulait. Pourquoi diable a-t-elle subitement changé d'avis ?

— Madame a demandé qu'on recule un peu le mur pour pouvoir planter des violettes à Nowrouz, dans l'allée entre la serre et la fontaine… Et puis, le vitrier est venu remplacer les vitres de la serre.

Elle tira sa mèche teinte au henné sous son fichu blanc en ajoutant doucement :

— Madame s'est énervée, elle a cassé deux vitres d'un grand coup de pied.

Voyant les yeux ronds d'Arezou et son air ahuri, elle s'empressa d'ajouter :

— Ne t'inquiète pas ! Elle n'a rien.

Arezou se dirigea vers l'arrière-cour en hochant la tête.

— Rentre, tu vas prendre froid. Je vais juste voir.

Le regard inquiet de Nosrat la suivit.

— Pas de dispute, hein ? Le maçon est une espèce de brute, comme son ouvrier…

— Rentre. Tu vas prendre froid.

Arezou passa devant un tas de feuilles de platane et se dirigea vers le coin où Mah-Monir avait décidé d'installer sa serre. Elle songeait : « Et maintenant, des violettes dans l'allée !… »

Le maçon était un grand costaud, avec de petits yeux et une barbe clairsemée. Il montait ses rangs de briques en chantonnant.

— Bonne santé, *ousta*, dit Arezou.

L'homme se retourna. Il toisa Arezou de bas en haut en marmonnant :

— Bonne santé à vous aussi.

Il prit une brique des mains de son apprenti et la posa sur le mur qui s'élevait à côté de la fontaine.

— Écoute, ousta, dit Arezou, je sais bien ce dont nous étions convenus, mais madame a changé d'avis. Défais ce muret et remonte-le à cet endroit.

Elle lui montra l'endroit en posant la paume de sa main sur le sol, juste à côté de la haie de buis. L'homme prit une autre brique en disant :

— Nous ferons tout ce que monsieur l'ingénieur a ordonné.

— Ne t'inquiète pas pour l'ingénieur. Je lui parlerai moi-même.

Le maître maçon cria à son apprenti :

— Dépêche-toi un peu, petit, et arrête de bâiller aux corneilles. Donne-m'en une demie.

Arezou se mordit la lèvre inférieure.

— Tu as entendu ce que je t'ai dit ? Je t'ai dit qu'on voulait…

Le maçon lança un regard furieux vers Arezou. Sa joue gauche était secouée par un tic qui lui découvrait chaque fois une série de dents manquantes.

— Je ne suis pas sourd, dit-il, j'ai bien ouï ce que tu as dit. Et toi, tu as ouï ce que j'ai dit ? Je t'ai dit que nous ferions tout ce que l'ingénieur avait demandé.

Arezou fit un pas en avant.

— Écoute, mon cher, moi je te dis de monter ce mur ici, et toi tu me réponds « d'accord », compris ?

L'homme lui décocha un regard assassin :

— C'est toi qui n'as rien compris ! L'ingénieur a dit de le monter par ici, c'est ici que je le monte ! Toi qu'est-ce que tu y connais ?

Il engueula de nouveau son apprenti :

— On est pas dans la merde ! À notre âge, recevoir des ordres de deux femelles !

Arezou regarda la nuque épaisse du maçon et l'apprenti qui se fendait la pêche. Elle aperçut le pic posé contre le mur.

Une volée de moineaux fit tomber les feuilles mortes du platane, tandis que le maçon et son apprenti regardaient, médusés, Arezou donner de violents coups de pic. Elle ne s'arrêta qu'à bout de souffle et en nage. Quand elle eut démoli la moitié de l'ouvrage, elle jeta le pic contre la fontaine et rajusta son foulard. L'index pointé vers le maçon, elle cria :

— Ou tu le montes là où j'ai dit, ou tu ramasses tes affaires et tu fous le camp ! Pigé, monsieur Rostam[1] ?

---

1. Rostam : nom du preux chevalier du *Livre des Rois (Shahnameh)*, donné ici par ironie.

Elle tourna le dos au maçon, à son apprenti et au tas de briques, puis se dirigea vers la véranda en donnant des coups de pied dans toutes les feuilles de platane qui se trouvaient sur son passage.

Nosrat ouvrit la porte.

— Alors ? Pourquoi transpires-tu ? Tu vas attraper froid. Qu'est-ce qui s'est passé ?

Arezou défit son manteau et son foulard et les donna à Nosrat. Elle alla se laver les mains dans le cabinet de toilette réservé aux invités.

— Il ne s'est rien passé. À Nowrouz, nous planterons des violettes.

Nosrat lui tendit une serviette.

— Madame se repose. Va la voir pendant que je prépare le thé.

Elle se dirigea vers la cuisine.

— Elle est très abattue. Comme si tu partais pour *Kandahar*[1] !

La main sur la poignée de la porte, elle ajouta plus bas :

— M'est avis que la comédie d'aujourd'hui n'était pas étrangère à ton voyage à la Caspienne.

Et, encore plus bas :

— Ne la prends pas au sérieux. Pars et repose-toi quelques jours.

Sur le guéridon, au centre du hall, était posé un grand vase en cristal rempli d'arums blancs. Arezou ouvrit une porte sur la droite, pénétra dans le corridor qui menait aux chambres, passa devant trois portes closes : la pièce de la télévision, sa chambre de jeune fille, le

---

1. L'expression pourrait se traduire par : On dirait que tu pars au bout du monde.

bureau de son père. Quand ils avaient fait construire cette maison, son père avait dit : « Un bureau ? Mais, madame, pour quoi faire ? Moi, je travaille à l'agence. » Mah-Monir, qui feuilletait un magazine, avait relevé la tête en regardant fixement son mari : « Toutes les maisons nobles ont un bureau ! Nous aussi, nous en aurons un. » Son père avait éclaté de rire : « Alors, nous voilà nobles ! Eh bien ! Va pour un bureau ! » Mah-Monir avait jeté sa revue de décoration sur la table : « Toi, tu es devenu noble, moi, je le suis de naissance. »

Arezou frappa à la porte à double battant située au bout du couloir.

— Entre, dit une voix faible.

Au-dessus du lit à deux places était accroché le portrait en pied de Mah-Monir. Le tableau la représentait en robe longue et cheveux longs. Mah-Monir avait des yeux marron. Elle était appuyée sur quatre ou cinq coussins. Elle se tamponna un moment les joues avec un kleenex :

— Quelle surprise ! Alors, on s'est décidée à faire une visite à sa pauvre mère ?

Mah-Monir ne redevenait mère que lorsqu'il s'agissait de torturer la conscience de sa fille. Toute petite, quand elle avait commencé à parler, Arezou s'était un jour écriée « Maman ! » Mais Mah-Monir l'avait reprise : « Non, pas "maman", tu dois dire : "Monir djan". »

Arezou passa devant le placard mural qui occupait tout un côté de la chambre et se rapprocha du lit en tentant un sourire.

— Je t'ai dit au téléphone que j'avais rendez-vous chez le notaire. Réjouis-toi, on a vendu deux appartements ; le premier dans la rue Kashef et l'autre avenue Darband.

Elle se pencha pour embrasser sa mère.

— J'ai parlé avec le docteur Ashrafi, il dit que ce n'est pas grave. Comme d'habitude, tu fais un peu d'hypotension.

Elle s'assit au bord du lit et prit la main décharnée dans la sienne. Mah-Monir retira sa main qu'elle passa sur son front.

— C'est toujours la même rengaine : « Tu es faible. Il faut te fortifier. Tu es fatiguée. N'en fais pas tant. Ne t'énerve pas. » J'ai dit au docteur : « Que faire ? Si je me mets à manger n'importe quoi, demain, je deviendrai comme Nosrat. » Qui va s'occuper de cette immense maison ? Vais-je dire aux gens de ne plus venir me voir ? Vais-je moisir à rien faire dans cette maison ? Depuis ce matin, je me tue à faire comprendre à cette tête de mule où il doit construire le mur de la serre.

Elle se tamponna les yeux avec le kleenex.

— Quand une femme reste toute seule, sans personne pour…

Arezou observa ses propres mains. Elle avait un ongle cassé.

— Je leur ai dit de construire le mur là où tu le souhaitais.

Mah-Monir fit comme si elle n'avait pas entendu.

— Et tout ça, est-ce que ce n'est pas du travail, des soucis, des misères ?

Elle prit un autre kleenex sur la table de nuit.

— J'espérais au moins que toi, tu…

À nouveau, elle se tamponna les yeux.

Arezou essaya d'arracher le petit bout d'ongle avec les dents.

— Et alors ? Je ne serai absente que quelques jours. Comme dit Nosrat, ce n'est pas un voyage à Kandahar !

Le kleenex atterrit sur le lit et la voix se fit plus ferme.

— Comme dit Nosrat ! Comme dit Nosrat ! Ce que dit une paysanne est probablement plus important que tout ce que peut dire ta mère ! Plus important que moi !

Mah-Monir fondit en larmes.

— En fait, depuis toujours, tu l'aimes plus que moi.

Arezou regarda la petite table placée en face du lit entre deux fauteuils.

— Quelles délicieuses primevères ! C'est le docteur qui te les a apportées ?

En un éclair, les pleurs de Mah-Monir se muèrent en un sourire.

— Oui, il sait combien je les aime. Tu as vu les arums dans le hall ? C'est un cadeau de Khosravi pour me remercier de la soirée. Quel galant homme ! Il ne t'a pas contactée ?

La porte s'ouvrit. Nosrat entra avec le plateau du thé. Mah-Monir éleva la voix :

— Je t'ai dit cent fois de frapper avant d'entrer !

Nosrat posa le plateau à côté des primevères :

— Bien, madame ! Madame prendra le thé dans son lit, ou bien ici ? Ajou djan vous a apporté des gâteaux comme vous les aimez.

Arezou se leva.

— Des gâteaux aux amandes de chez Karoun. Lève-toi, lève-toi et sors de ton lit. Plus tu dors, et plus cela te déprime.

Elle passa un bras sous celui de sa mère et elles allèrent s'asseoir dans les fauteuils. Elle retint Nosrat qui s'apprêtait à sortir :

— Porte du thé et des gâteaux aux maçons.

— Ils ne le méritent pas ! grogna Mah-Monir.

Arezou fit signe à Nosrat de les leur porter.

Quand la porte fut fermée, Mah-Monir dit :

— Demain, je suis invitée chez Malek khanom. Elle donne un repas votif en l'honneur de l'imam Hassan. Tout doit être vert, depuis la couleur de la nappe et de la vaisselle jusqu'aux plats cuisinés : *sabzi polo, ghormeh sabzi, koukou sabzi* et gelée verte. Elle se désolait qu'il n'y eût pas de fleurs vertes. Mais le fleuriste l'a sauvée. Tu sais comment ?

Arezou, le coude appuyé sur le bras du fauteuil, la main sous le menton, faisait mine d'écouter tout en se repassant mentalement la liste de ce qui lui restait à faire avant son départ pour la Caspienne : envoyer les formulaires d'assurance du personnel, payer les droits universitaires, le rendez-vous chez le notaire avec Zardjou et Granit. Mah-Monir croqua dans un gâteau aux amandes :

— On verse de l'encre verte dans l'eau des glaïeuls blancs. En l'espace de deux jours, les fleurs deviennent vertes. N'est-ce pas diabolique ?

Elle rit en regardant en direction de l'armoire à glace.

— Voyons un peu ce que j'ai de vert à me mettre.

6

Elle trouva une place pour se garer juste devant l'étude du notaire. Elle lutta pour boucler sa serviette noire, puis descendit de voiture en se disant : « Cette place de parking est de bon augure ! Pour l'instant ! » Elle consulta sa montre. Si Granit pouvait être à l'heure, ils auraient le temps de régler l'affaire de la vente de l'appartement avant l'arrivée de Zardjou. Elle verrouilla la portière. Qu'est-ce qui lui avait pris de fixer deux rendez-vous à la suite ? Elle enfonça les mains dans les poches de son manteau. « Pas le temps de faire autrement. » En vérifiant que le petit paquet était bien dans sa poche, elle monta, calculant mentalement la commission de l'appartement plus celle de la maison de Zardjou. Cela couvrait les dépenses de la tenue de ski, de la serre et de la soirée que Mah-Monir donnait le mois suivant.

Arezou entra dans l'étude. Zardjou était assis à côté de la porte. Il se leva pour la saluer avant qu'elle n'ait eu le temps de le saluer d'un signe de tête en songeant : « Pourquoi est-il arrivé si tôt ? » Les employés étaient deux jeunes filles, dont la blouse et la guimpe semblaient avoir été repassées une demi-heure plus tôt, ainsi que des hommes qui, eux, dormaient apparemment avec les mêmes vêtements depuis une semaine.

— Bonjour, madame Sarem ! dirent-ils presque tous à la fois.

Chose étonnante, monsieur Granit arriva à l'heure. Il ne perdit pas de temps en palabres inutiles avec l'acheteur, ce qui était plus étonnant encore.

Monsieur Moradi, le clerc le plus âgé de l'étude, était aussi l'oncle du notaire. Sa charge consistait à vérifier les documents des transactions et à contrôler que rien ne manque. Il sortit ses lunettes d'un étui usé :

— Par quelle affaire commençons-nous ?

— Nous avions bien rendez-vous à dix heures et demie ? demanda Arezou à Zardjou.

— Madame Sarem, nous avions rendez-vous à neuf heures et demie, dit Granit en regardant sa montre.

— Faites ce que vous avez à faire, dit Zardjou, c'est moi qui suis en avance.

Le col de sa veste était de travers.

Monsieur Moradi prit un papier dans la liasse de documents, l'examina attentivement et lut d'une voix ferme :

— Le bien 490, sis avenue Pol-e Roumi, rue n°…

Il retourna le papier plusieurs fois :

— Où est le cachet de la requête ?

Granit commençait à s'énerver. Arezou s'avança vers le bureau de Moradi à qui elle demanda :

— Qu'y a-t-il, Hajji agha ?

Le vieil homme retira ses lunettes, hocha la tête et tapota le bureau avec son étui à lunettes.

— Madame, vous savez aussi bien que moi que l'étude a le devoir de…

Arezou lui arracha le document des mains pour l'étudier. Moradi se lança dans des explications.

— Nous engageons notre responsabilité…

— Pourquoi dites-vous qu'il manque un cachet ? C'est moi-même qui suis allée le faire apposer. Tenez ! Il est là.

Moradi remit ses lunettes. Il regarda attentivement le document, examina le cachet de couleur pâle et expliqua qu'il n'était pas à sa place habituelle, que les lois changeaient constamment, qu'il ne pouvait pas deviner, etc. Arezou le coupa.

— Hajji agha, l'important, c'est que le cachet y soit. Ici ou là, peu importe. Je t'en prie, comme dit ma fille, ne nous prends pas la tête.

Les jeunes secrétaires, qui jusque-là s'étaient retenues, éclatèrent de rire. Inquiète, Arezou vit que Zardjou l'observait, un sourire en coin. « Pourvu que mon foulard ne soit pas à l'envers[1] ! »

On signa les documents, on se congratula, Arezou prit à chacun des contractants le chèque de sa commission. Au promoteur qui lui demandait ce qu'il en était pour la vieille maison de la rue Rezayeh, elle répondit :

— Cela ne s'est pas fait. Et puis, ce n'était pas une affaire pour vous… d'un rapport bien trop médiocre.

Elle essaya de ne pas croiser le regard de Zardjou.

— Mes collaborateurs ont trouvé une belle affaire du côté de *Farmanieh*. J'ai demandé à Amini de vous contacter. Je suis le dossier personnellement.

Elle le poussa presque vers la porte en murmurant :

— Je m'occupe du pourboire des secrétaires. Vous pouvez y aller. Vous avez sûrement mille choses à faire.

---

1. Peut-être une allusion à la coutume qui veut qu'en Iran, lorsqu'une femme porte son tchador à l'envers, en particulier à la mosquée, ce soit un signal indiquant qu'elle est libre pour le mariage.

Le jeune promoteur arbora un large sourire, rentra la lourde chaîne en or qui était sortie de sa chemise et, tout en s'engageant dans l'escalier, dit précipitamment qu'il avait hâte de passer à son chantier, un immeuble de dix étages qu'il construisait à Elahieh[1] « entouré d'une colonnade grecque, le comble du chic ! » Il fallait absolument que madame Sarem vînt le voir pour lui donner son avis et préparer la vente sur plans et…

Il finit par partir. Arezou poussa un long soupir et rentra dans l'étude. Zardjou était assis sur sa chaise, les bras croisés. Il la regardait. Moradi eut beau chercher, il ne trouva rien à redire au dossier de la maison de la rue Rezayeh.

Au moment de partir, Arezou dit à Zardjou :

— Attendez-moi en bas un instant, s'il vous plaît. J'ai quelque chose à vous dire.

Elle se dirigea vers une des secrétaires, plongea la main dans la poche de son manteau et en retira un petit paquet qu'elle fourra dans la poche de la demoiselle en lui disant :

— Vive la mariée !

La jeune fille en demeura bouche bée un instant, puis son regard s'illumina :

— Comment savez-vous, madame Sarem ?

Arezou embrassa la jeune fille, descendit l'escalier et resta une seconde en arrêt à la porte de l'immeuble. Que pouvait-on se procurer avec une pièce d'or ? Quelques mètres de tissu pour les rideaux peut-être ? Elle pensa à la combinaison de ski qu'elle devait acheter à Ayeh. Cela serait sans doute bien plus cher.

---

1. Elahieh : vieux quartier chic du nord de Téhéran ; il est situé au sud de Shemiran et de Tajrish.

— Comment avez-vous su qu'elle venait de se marier ?

Arezou se retourna vivement. Son regard croisa celui de Zardjou. Elle pensa : « Un spécialiste de l'épouvante ! En quoi ça te regarde de savoir comment je l'ai appris ? » Au lieu de répondre, elle changea de main sa lourde serviette et lui dit :

— Il y a quelques jours, j'ai téléphoné à votre bureau. Vous étiez en voyage, apparemment.

Zardjou se contenta de la regarder.

— Je voulais vous remercier pour le téléphone, mais…

Elle se lança dans toutes sortes d'explications pour dire qu'il n'aurait pas dû. C'était arrivé comme ça, ce n'était pas sa faute… À présent, elle le priait de l'excuser…

— Comment réussissez-vous à supporter tous ces gens ? lui demanda-t-il. Personne ne se doute à quel point ils vous ennuient, sauf peut-être la jeune mariée.

Il observa un instant la mine ahurie d'Arezou, puis se mit à rire.

— Le téléphone ?

Il haussa les épaules, fixa la bouche entrouverte d'Arezou. Mais celle-ci reprit ses esprits. Elle se dirigea vers la R5, suivie par Zardjou. Elle pensait : « Il faut que je dise quelque chose. » Mais rien ne lui venait à l'esprit. La porte du coffre était bloquée ; elle refusait de s'ouvrir. Zardjou prit le trousseau de clefs :

— Vous permettez ?

Il ouvrit le coffre.

— Parfois, ce n'est pas s'humilier que de solliciter l'aide de quelqu'un. Combien de kilos de clefs sont attachés à cette clef de contact ?

Arezou sortit la boîte contenant le téléphone. La veille, elle avait remis le téléphone à Mohsen en lui disant : « Tu me trouves le même. » Zardjou prit la boîte, l'examina sous toutes les coutures :

— Ce téléphone n'est pas celui que je vous ai envoyé.

Puis il releva la tête en souriant :

— Au revoir, à bientôt !

Il se mit à siffler en s'éloignant sur le trottoir. Mais, soudain, il se retourna en criant presque :

— Avez-vous entendu parler de la découverte des petits bonshommes ? Si j'en avais trouvé un moi-même, je n'aurais pas pu être aussi heureux que maintenant.

Il se remit à siffler en s'en allant, la boîte sous le bras. « Comme dirait Ayeh, pensa Arezou, ce type est complètement ouf ! »

L'appartement que possédait Shirine, parmi les cinq de l'immeuble, était quasiment adossé à la montagne. Elles grimpèrent toutes les trois l'escalier jusqu'au troisième palier. L'escalier était extérieur. À la montée comme à la descente, on apercevait d'un côté la montagne, de l'autre un jardin rempli d'arbres.

— On dirait que la maison de tante Shirine se trouve en dehors de Téhéran, dit Ayeh.

Shirine introduisit la clef dans la serrure et ouvrit la porte.

— Autant que je sache, cet endroit est une trouvaille de ta mère.

— C'est aussi le point de départ d'une amitié, ajouta Arezou.

Des paquets plein les bras, les deux femmes se mirent à rire. Ayeh alla dans le salon séparé de la cuisine par une banque. Sur un des murs en brique peinte en blanc était accrochée une aquarelle qui représentait des arbres couleur fauve[1]. Parmi eux, se faufilait une rue grise sous un ciel jaune pâle. Ayeh se laissa aller dans le fauteuil en cuir fauve, de la même couleur que les arbres de l'aquarelle.

— Racontez-moi comment vous vous êtes rencontrées, oui, racontez-moi !

Shirine posa le sac en plastique sur la banque. Arezou sortit le jambon, les cornichons, le fromage et la baguette de pain.

— Tu l'as entendu cent fois !

— Racontez-le-moi encore ! J'adore votre façon d'imiter l'agent immobilier.

Elle tendit la main vers la table où étaient posés trois bols contenant des fruits secs, des amandes et des cacahuètes. Elle prit une cacahuète. Shirine roula les tranches de jambon qu'elle disposa sur une assiette.

— J'avais visité plus d'une vingtaine d'appartements, tous les mêmes : chambres à coucher comme des trous à rat, salon immense rempli de stucs et de miroirs…

Elle versa les cornichons dans un bol vernissé de couleur turquoise.

— D'après l'agence…

Elle regarda Arezou qui était en train de couper la laitue sur une planche.

— … incomparables !

---

1. Couleur des jujubes (*sendjed*).

Shirine, tout en coupant le pain, imitait l'agent immobilier :

— « Sol de céramique italienne avec joints de bronze. »

Ayeh éclata de rire. Arezou imita à son tour :

— « Système de chauffage et de réfrigération top niveau. »

Shirine mit le pain dans la corbeille.

— « Cheminée en cuivre. »

Arezou enchaîna :

— « *Flower box*, piscine, sauna et jacuzzi. »

Ayeh s'accouda à un bras du fauteuil en regardant les deux femmes. Sous les feux des lampes en suspension au-dessus de la banque, elles semblaient jouer la comédie, en partie pour Ayeh, en partie pour elles-mêmes. Shirine mit le couvert.

— J'étais sur le point d'acheter une de ces merveilles avec tous les gadgets que j'étais obligée de payer et dont je devrais me débarrasser…

Arezou revint de l'évier vers la banque avec les concombres et les tomates.

— … Lorsqu'elle passa devant notre agence et qu'elle eut l'idée de…

Shirine observait le saladier en terre cuite décoré de *khorshid khanoms* souriantes[1].

— À l'époque, il y avait seulement Naïm, reprit-elle. Ta mère et moi portions encore le deuil…

Elle se tourna vers Arezou :

— Ajou djoun avait alors dix kilos de moins.

---

1. *Khorshid khanoms* (« Des Madame Soleil ») : dans la mythologie iranienne, le soleil est représenté avec un visage de femme ; c'est un fréquent motif de décoration.

— Ta gueule ! répliqua Arezou.

Shirine se mit à rire.

— Quand je lui ai dit que je ne voulais ni joints de bronze, ni stucs, ni glaces, ni lavabos en forme de conque, ni robinets à sept têtes de dragon et que je détestais le plaqué or, ta mère m'a dit : « J'ai compris. » Elle s'est mise à chercher. On est venues ici et dès la première marche de l'escalier, j'ai adoré.

Elle sortit du tiroir les serviettes en papier bleu qu'elle posa à côté des assiettes blanches à bord bleu.

— Ensuite, on est retournées à l'agence. On a bu un café et puis…

Elle s'assit sur le tabouret et se tourna vers Arezou qui fit de même. Toutes les deux se regardèrent, plissèrent les yeux et le nez en éclatant de rire. Quand elles eurent bien ri, Shirine déclara :

— Au fait, je t'ai acheté du champagne.

— Du champagne ? s'écrièrent Ayeh et Arezou.

— Ne vous réjouissez pas trop vite ! répondit Shirine en riant, « sans alcool » !

Ayeh se rapprocha de la banque :

— Sans alcool ?

— Du jus de fruit gazéifié, dirent en chœur Arezou et Shirine.

Ayeh s'assit sur le troisième tabouret :

— Une baguette, du jambon, du fromage, c'est comme à Paris !

Elle lança un regard en coin à sa mère qui fit comme si elle n'avait pas entendu. Shirine versa le jus de fruit dans trois verres à pied ciselés :

— Du faux champagne, mais dans du vrai cristal !

Et elle leva son verre pour porter un toast.

— À notre santé, au sauvetage d'une belle maison aux volets verts et à la vente de l'appartement à la façade de granit.

Elle rit avec Arezou, puis reprit son sérieux.

— Maintenant à toi de raconter. Il ne t'a pas demandé pourquoi tu lui rapportais le téléphone ? Il n'a pas insisté pour que tu le gardes ?

— Non ! Il l'a pris et il est parti en sifflant. Seulement…

— Seulement quoi ?

— Seulement, je ne sais pas comment, mais il a compris que ce n'était pas le même téléphone.

Elle regarda une des khorshid khanoms du saladier. Ayeh entama le fromage.

— Ben ma vieille, le moindre enfant de cinq ans…

Elle enfonça son couteau dans le fromage.

— Au numéro de série du téléphone…

Aïe ! cria-t-elle en lâchant le couteau. Elle se mit un doigt dans la bouche.

— Qu'est-ce qu'il y a ? s'enquit Shirine.

— Qu'est-ce qu'il y a ? répéta Arezou.

— Rien ! dit Ayeh en retirant le doigt de sa bouche. Alors, ce Zardjou, il est comment ?

Shirine prit du jambon :

— Demande à ta mère. Elle te dira « un drôle de type », mais moi, je te dis qu'il est pas mal.

Arezou versa de l'huile d'olive et du vinaigre sur la salade et la remua.

— Tiens, tiens ! Tu te mets à dire du bien des hommes maintenant ?

Elle servit de la salade à Ayeh.

— Il a une belle gueule. Il s'est fait couper les cheveux.

Shirine prit un morceau de la baguette. Elle regarda Ayeh en haussant les épaules. Arezou lui servit de la salade.

— En partant, il m'a raconté quelque chose à propos de petits bonshommes, mais je n'ai pas très bien compris.

Ayeh éclata de rire :

— Vous deux, au lieu de lire les annonces immobilières, vous feriez mieux de feuilleter le reste du journal.

Elle raconta la nouvelle rapportée par la presse. Lors de travaux de fouilles pour une station de métro, les ouvriers étaient tombés sur une quarantaine de petites statuettes.

Shirine eut un sourire ironique. Ayeh haussa les épaules. Arezou se servit de la salade en songeant : « Mais pourquoi a-t-il dit qu'il était si heureux aujourd'hui ? » Elle croqua une grosse bouchée dans son sandwich jambon-fromage.

— Pauvre tante Shirine ! Si charmante, mais si seule ! Aucune nouvelle d'Esfandyar ?

— Non, maintenant, après tout ce temps, c'est trop tard pour donner des nouvelles.

Elle passa la vitesse.

— Pourquoi, après cette histoire, Esfandyar a-t-il disparu comme ça ? Ce n'était pas la faute de tante Shirine pourtant ?

Elle se rongeait les ongles.

— C'était la faute de personne. Un accident. Ne te ronge pas les ongles.

Elle fit le tour de la place.

Ayeh retira le doigt de sa bouche.

— Quelle histoire épouvantable ! Juste une semaine avant le mariage. Les deux mères ensemble. Comme dans les romans de Danielle Steel.

— Depuis quand lis-tu les romans de Danielle Steel ?

Elle fit un signe au gardien du parking et attendit que la barrière se lève. Ayeh reprit :

— Marjane m'a raconté un de ses romans. C'est l'histoire d'une fille qui perd toute sa famille dans un accident, mais, comme dit Nosrat djoun djoun, « à la fin, tout se termine bien pour elle ».

Arezou observa la barrière qui se redressait lentement :

— Ah ! Si toutes les vies finissaient aussi bien que dans les romans de Danielle Steel !

Dans l'ascenseur, Ayeh minauda :

— Promets-moi de ne pas mourir juste avant mon mariage, hein ?

Et elle éclata de rire.

— Tu peux rire ! À cause de tes comédies et de celles de ta grand-mère, j'ai le temps de mourir sept fois avant tes noces !

Quand elles furent devant la porte de l'appartement, Ayeh dit :

— Finalement, on dirait que ce Zardjou n'a pas si mauvais genre, hein ?

— Ah ! Laisse-moi tranquille ! dit Arezou tandis qu'elle introduisait la clef dans la serrure.

7

Elle refit le numéro et répéta :

— Ah ! On a la tonalité. Mais qu'est-ce qu'il a encore ? Toi aussi, il faut que tu achètes un nouveau téléphone. Celui-ci, comme dit Naïm, il est complètement foutu ! Bon ! On va en acheter deux sur le budget de l'agence. OK ? Ces temps-ci, les affaires vont plutôt bien, n'est-ce pas ?

Elle refit le numéro en riant.

Shirine était au volant, concentrée sur sa conduite.

— Tu as déjà téléphoné à Karaj. Attends qu'on soit arrivées à l'hôtel.

— Je lui ai dit qu'on téléphonerait dès qu'on serait à Tchalous.

Elle refit le numéro.

— On n'y est pas encore.

Soudain, Shirine donna un brusque coup de volant et entra dans une grande propriété dont le portail en fer était ouvert. Arezou se cramponna au tableau de bord.

— Qu'est-ce que tu fais ? Pourquoi est-on entré ?

— Écoute, dit Shirine (elle coupa le contact), si tu as l'intention de téléphoner à ta mère et à Ayeh toutes les cinq minutes pour savoir si Ayeh a bien déjeuné, si ta mère a eu un malaise ou si l'agence a été détruite, tu n'as qu'à me le dire tout de suite : je rentre.

Elle appuya sa tête contre le dossier et ferma les yeux.

Arezou se mordit la lèvre inférieure en regardant le petit chien en peluche niché dans un creux du tableau de bord. C'était un cadeau qu'Ayeh avait fait à Shirine quand elle avait acheté sa Peugeot. En le lui offrant, elle avait imité les enfants : « Un zoli toutou pou gader la zolie tata ! » Arezou observa Shirine du coin de l'œil. Elle n'avait pas bougé.

Devant elle, au centre du parc, se dressait une grande maison de pierre blanche flanquée d'une vaste véranda soutenue par de fines colonnes torsadées. Le toit de zinc peint en rouge était rouillé par endroits. Arezou se tourna vers Shirine :

— Bon, d'accord ! Je te promets de ne téléphoner qu'une fois par jour. Ça te va ? Maintenant, passe la marche arrière avant que n'arrivent le propriétaire et sa meute de chiens.

Shirine ouvrit les yeux en riant :

— Descends. Je suis passée vingt fois devant cette maison sans avoir jamais eu l'occasion de m'arrêter.

Elle descendit de voiture et s'éloigna. Arezou regarda la portière entrouverte. À côté de la poignée, elle aperçut, épinglée, l'amulette porte-bonheur que Shirine s'était offerte la première fois qu'elle était montée dans sa nouvelle voiture. Elle l'avait accrochée à la garniture grise en disant : « Pour les bons amis, contre le mauvais œil ! »

Une fillette d'une dizaine d'années vint à leur rencontre, accompagnée de son jeune frère. Les deux enfants étaient chaussés de sandales en plastique. Le petit garçon tenait à la main un bouquet de fleurs :

— Vous voulez m'acheter mes fleurs ?

— Vous n'avez pas de chien ? lui demanda Arezou.

— Il n'y a personne chez vous ? ajouta Shirine.

— Non ! fit la fillette.

Elle avait de grands yeux gris, de longs cheveux ébouriffés, le petit garçon le crâne entièrement rasé. Ils se dirigèrent tous les quatre vers la maison.

— Tu sais comment s'appellent ces fleurs ? demanda Shirine.

La fillette fit non de la tête.

— C'est maman qui les cultive dans la serre, dit le petit frère.

La fillette heurta une pierre de sa sandale quand elle passa près du bassin au milieu du jardin.

— Nous, on les vend au bord de la route.

Le jardin était entouré de cyprès entre lesquels on apercevait les vertes montagnes.

— Avec ce froid, dit Arezou, pourquoi ne mettez-vous pas de chaussures ?

Shirine lui donna un coup de coude. Elle s'adressa aux enfants :

— On va d'abord visiter la maison, ensuite on vous achètera vos fleurs.

Les pièces n'étaient pas très grandes, mais toutes étaient munies de cheminées et de larges fenêtres donnant sur la véranda, vers la montagne ou la rivière. Les plafonds étaient noirs de fumée, les murs recouverts de graffitis. Le plancher était jonché de vieux papiers, de sacs plastique et de bouteilles vides.

— J'ai entendu dire qu'on avait tourné des films ici, dit Shirine.

— Non, répondit la fillette. Autrefois, il y avait le Comité, puis c'est devenu je ne sais pas quoi, un nom très compliqué. Et puis, ils sont tous partis. Maintenant, il n'y a plus personne.

— C'est ici qu'on joue à cache-cache, elle et moi ! (Le petit garçon montra sa sœur en riant.)

Arezou regarda le pyjama de coton que portait le garçon. Il lui arrivait au genou.

— Alors, vous et votre famille, vous dormez où ?

Par une des fenêtres, la fillette lui indiqua un endroit derrière la maison. C'était une baraque construite en parpaing. Devant la porte étaient empilés des casseroles, des marmites, des seaux, des cuvettes en plastique et un camping-gaz. À la baraque était adossée une petite serre : sept ou huit vitres cassées avaient été remplacées par du papier journal ou du carton.

— Il n'y a qu'elle, dit le garçon (il montrait sa sœur), ma mère et moi. Papa est mort l'an dernier dans un accident.

— Nous avons aussi des concombres, des tomates et des fines herbes, ajouta la fillette.

En partant, Arezou prit les fleurs des mains du garçon. Shirine donna l'argent à sa sœur. À la sortie du parc, alors qu'elles rejoignaient la route, Arezou s'écria :

— J'espère qu'elle va leur acheter des chaussures !

8

Shirine commanda au garçon :

— Du beurre, du fromage et de la confiture de fleurs d'oranger. Les œufs bien cuits, s'il vous plaît.

Pour Arezou, qui la regardait, elle ajouta :

— La Caspienne, sans un bon petit déjeuner, ce n'est pas la Caspienne. On sautera le déjeuner.

La salle à manger de l'hôtel était presque vide. Une douzaine de touristes japonais occupaient une grande table. Les femmes portaient des foulards à fleurs, les hommes des casquettes de pêcheur à carreaux. Au fond de la salle à manger étaient attablés quatre hommes portant complet gris et chemise à col *akhoundi*[1]. Avant même que Shirine et Arezou en eurent fait la remarque, le garçon fit un geste pour les leur signaler :

— Des officiels, susurra-t-il en posant les œufs au plat sur la table.

Shirine versa le thé.

— D'accord pour une promenade au bord de la mer après le petit déjeuner ?

1. Col *akhoundi :* col romain ou col Mao, porté par les religieux chiites et, depuis la révolution, par les officiels iraniens.

Arezou acquiesça d'un mouvement de la tête en avalant une bouchée de pain beurré à la confiture. Shirine prit un morceau de pain *barbari* :

— Les gens du Nord n'ont pas encore appris à cuire le barbari ! Bien ! Raconte la suite.

— Oh ! Laisse-moi tranquille. Avant-hier soir je vous avais déjà tout dit. Je te l'ai encore raconté hier dans la voiture. Tu me fatigues.

— Tu ne m'as pas donné tous les détails. Les détails, c'est ça le plus important.

Elle fit des yeux encore plus petits que d'habitude.

— Vraiment, il ne t'a pas demandé pourquoi tu lui apportais ce téléphone ?

Arezou mangea son œuf au plat. Elle fit non de la tête. Elle se coupa un morceau de fromage et prit du pain.

— Non ! Il m'a juste regardée fixement en riant.

— Comment t'a-t-il regardée ?

— Cela veut dire quoi : « Comment t'a-t-il regardée » ? Je te l'ai dit : il riait comme un benêt, il sifflait, il marchait à reculons.

Elle montra la corbeille vide au garçon pour lui réclamer du pain.

— Bon ! Maintenant, fais-moi le plaisir de classer Zardjou ! Parlons plutôt d'Ayeh et de son voyage en France. Je ne sais pourquoi, mais je suis inquiète. Au diable la dépense ! Non, ce que je crains, c'est de la confier à Hamid. Si…

— Si quoi ? Ayeh n'est plus une enfant. Et même, supposons qu'elle ne puisse — ou ne veuille — pas rester ou je ne sais quoi d'autre, ce n'est pas la fin du monde ! Elle rentrera.

Arezou prit la théière de porcelaine blanche.

— Tu as raison, il faut que je l'envoie en France.

Elle caressa du doigt l'inscription presque illisible de sa tasse en songeant : « Combien de milliers de personnes ont déjà bu leur thé dans cette tasse ? Je l'enverrai en France ! »

La plage était calme. Quelques jeunes se tenaient debout à côté d'une barque. Des promeneurs allaient et venaient. Arezou regarda la mer :

— Quand j'étais petite, j'en avais peur.

Elle remonta le col de son manteau gris et mit les mains dans ses poches.

— En fait, j'en ai encore peur. C'est tellement immense, pas vrai ? Cela change tout le temps. On ne sait jamais comment ce sera dans quelques secondes.

Shirine releva sur son nez le large col de son pull épais.

— On ne sait jamais comment sera quoi que ce soit dans quelques secondes.

— C'est de ma faute, dit Arezou, je n'aurais pas dû lui parler de la France.

— Quand j'étais petite, dit Shirine, je raffolais du café au lait. Ma mère disait que le café n'est pas bon pour les enfants.

Elle regarda la mer.

— La première fois que je suis allée à la Caspienne, j'ai cru que la mer était pleine de café au lait !

Elles atteignirent la barque. Les jeunes observèrent les deux femmes du coin de l'œil en tirant une bouffée de leur cigarette.

— Il reste combien de temps jusqu'à Nowrouz ? dit le premier.

— C'est comme si on y était, dit le deuxième.

— On ferait bien d'y penser, dit le troisième. L'an dernier, les tableaux de coquillages se sont bien vendus.

— Vous rêvez ! dit un quatrième. Au lieu de penser aux coquillages, on ferait mieux de stocker de la bière et des raisins secs. Non que ça manque maintenant – il jeta un regard en coin vers les deux femmes – non, on ne manque pas de la turque, ni de la hollandaise, et même de la locale, on en a tant qu'on veut.

Les deux femmes s'éloignèrent de la barque et des jeunes. Arezou dit :

— Si Hamid et ma mère étaient là, ils videraient tout leur stock de bière turque et hollandaise !

— Mah-Monir ? Mais elle ne boit pas !

— Hamid non plus ne buvait pas, il ne boit toujours pas, pourtant…

Elle se baissa pour ramasser quelque chose dans le sable :

— Le premier coquillage de ce voyage.

Elle regarda le creux de sa main. Puis, elle envoya balader une caisse de Coca pleine de sable.

— J'ai rarement vu une telle ressemblance entre tante et neveu. Ils s'entendaient comme larrons en foire, y compris quand il s'agissait de savoir à qui faire payer toutes leurs dépenses. Ma mère pensait que c'était à mon père de payer, Hamid pensait la même chose.

— Pauvre papa !

Arezou haussa les épaules.

— Peut-être pas si malheureux que ça ! Certains sont nés pour exécuter les ordres, d'autres pour les donner. Mon père était de la première catégorie. Ma mère de la seconde !

— Le mari idéal ! dit Shirine en riant.

— Idéal ? ironisa Arezou. Tu veux rire. Jusqu'à la mort de papa, Mah-Monir a cru qu'il la trompait, et elle le croit toujours. Elle pensait qu'elle aurait dû épouser le prince Machin-Chose, que papa n'était pas de son milieu.

Elle se retourna vers Shirine.

— Ton père à toi, tu te souviens de lui, n'est-ce pas ?

Shirine grimpa sur le tronc d'un arbre mort qui faisait penser à un homme allongé sur le sable, la tête appuyée sur son bras. Un instant, elle essaya de rester en équilibre sur un pied puis sauta sur le sable.

— Ma mère disait que c'était vraiment quelqu'un de bien, ce qui, pour elle, était le comble du superlatif – quelqu'un ou quelqu'une d'ailleurs.

Elle retourna un caillou du bout du pied. De petits animaux s'échappèrent d'en dessous, se dispersèrent tout autour en paniquant, puis disparurent dans le sable.

— Je n'ai que de vagues souvenirs de papa.

Elle regarda la pierre renversée.

— Je me souviens qu'une grosse guêpe était entrée dans le salon. Je m'étais mise à hurler, à sangloter, papa avait chassé la guêpe. Je me souviens aussi de ce soir où papa me racontait une histoire, probablement une histoire terrible, car j'avais fondu en larmes.

Elle reprit sa marche. Arezou s'arrêta, Shirine se retourna.

— Qu'y a-t-il ?

— Tu étais donc capable de pleurer ?

— C'est fin !

— Non, je ne plaisante pas ! Je ne t'ai encore jamais vue pleurer.

Elle se baissa pour ramasser quelque chose dans le sable :

— Oh ! Un coquillage ! Tout le contraire de moi qui gémis pour la moindre chose. Oh !...

Elle fit ricocher un caillou plat sur la mer.

— En revanche, toi, tu pleures, tu extériorises, jamais tu n'attraperas le cancer, tandis que moi...

Elle passa un bras sous celui d'Arezou.

— Moi, je ne pleure pas, je rentre tout, j'aurai sûrement un cancer et...

— Ferme-la, fit Arezou en lui donnant une bourrade.

— Crois-moi, répondit Shirine en riant bruyamment, je n'invente rien. Avant-hier, le prof de yoga me disait...

— Toi et tes sublimes professeurs ! Si tu veux mon avis...

Elle leva un bras.

— Pardon ! J'avais promis de ne pas me moquer de tes cours et de tes profs. Tu disais donc...

— Je ne me souviens plus. C'est sans importance. Toi tu disais quelque chose à propos de la tante et du neveu...

— Laisse tomber. Ils me fatiguent tous les deux.

Elles firent un pas. Une vieille sandale traînait dans le sable. Arezou s'arrêta pour la regarder.

— Tu permets que je pose une question stupide ?

Une vague recouvrit la sandale.

— Est-ce que ta mère t'aimait ?

Une nouvelle vague recouvrit la sandale. Shirine fit oui de la tête puis regarda la mer et ajouta dans un souffle :

— Moi aussi j'aurais dû l'…

Elle regarda Arezou.

— Je peux faire une proposition stupide ?

Un groupe de mouettes volait au-dessus de la mer.

— Pour ta mère…

Les mouettes plongèrent en criant dans les vagues.

— Pour ta mère, tu dois faire tout ce que tu peux.

Arezou cligna des yeux un instant. Peut-être à cause de la mèche de cheveux qui lui tombait sur les yeux ou bien parce qu'elle n'avait pas très bien saisi les propos de Shirine. Celle-ci, d'un coup de pied, envoya promener la sandale dans la mer.

— Quand elle ne sera plus là, ta conscience ne te torturera pas comme nous.

— Nous ? demanda Arezou en rejetant sa mèche en arrière.

Une touffe de cheveux courts se dressa sur sa tête.

— Esfandyar et moi. Pourquoi crois-tu qu'il est parti ?

Elle regarda la sandale ballottée par la houle, les lèvres crispées.

Arezou enfonça la pointe de sa chaussure dans le sable. Un peu de sable humide se souleva. Elle se baissa pour ramasser un long bout de bois. Il fallait changer de sujet. Au loin, les Japonais coiffés de leurs casquettes à carreaux se rapprochaient, suivis de leurs femmes couvertes de leurs foulards à fleurs.

— Si nous étions nous aussi des Japonaises, ferions-nous tant de kilomètres pour voir l'Iran ?

Shirine regarda les Japonaises à la dérobée puis elle se dirigea vers les maisons du front de mer.

— Esfandyar et moi, nous avions chacun nos activités : lectures, films, festivals de toutes sortes, voyages…

Elle longea une rangée d'arbres morts. La mer avait emporté la moitié d'une des maisons. Une balancelle en fer, tordue et rouillée, était restée au milieu de la cour, ensevelie par le sable. Shirine se rapprocha de la maison en soliloquant.

— La solution, c'était qu'Esfandyar s'en aille et que moi, je suive ces cours sublimes.

Elle passa par ce qui, autrefois, avait dû être le portail de la cour. Elle s'arrêta devant la balancelle.

— Pourquoi le bord de mer nous rend-il si loquaces ?

Elle leva la tête et regarda le ciel couvert, la mer houleuse, les hautes vagues couleur café au lait. Elle huma l'air marin.

— Peut-être à cause de cette odeur, ou du bruit de la houle ?

Elle posa un pied sur la balancelle qui se mit à grincer.

— Quand nous étions enfants, nous venions tous les étés à la Caspienne. Tantôt dans notre maison, tantôt dans la leur.

Elle poussa la balancelle qui grinça de nouveau.

— Le soir, quand tout le monde dormait, nous sortions tous les deux pour bavarder dans la cour, assis sur une balancelle comme celle-là.

« Maintenant qu'elle est lancée dans son récit, pensa Arezou, est-ce que je lui en demande plus, ou non ? »

— De quoi parliez-vous tous les deux ?

— De tout ce que les enfants peuvent bien se raconter ! dit Shirine en se dirigeant vers la porte de la maison, grand ouverte : « Combien y a-t-il d'habitants sur la Lune ? Il faut combien de temps pour traverser la mer à la nage ?... » On se racontait les films qu'on avait vus deux fois, dix fois, ou bien les histoires qu'on avait lues. On avait écrit ensemble plusieurs pièces de théâtre qu'on avait jouées pour nos mères.

Le sol de la cuisine abandonnée était recouvert de sable, la fenêtre avait perdu ses vitres. Les placards étaient rouillés. Dans l'évier traînait un gant pourri. « Qui a fait ici la vaisselle pour la dernière fois ? » se demanda Arezou.

— À ton avis, quand les propriétaires sont-ils venus ici pour la dernière fois ? demanda Shirine. Tu crois qu'ils ont passé du bon temps ? Qu'ils se sont ennuyés ? Les hommes se seront certainement amusés. Les femmes, elles, auront probablement fait du shopping, la cuisine et la vaisselle ; elles auront pensé s'être bien amusées !

Elles déambulèrent dans les pièces vides. Un chat efflanqué sortit en courant de dessous un lit cassé au matelas éventré. Il sauta par la fenêtre sans cadre dans l'arrière-cour en poussant un long miaulement. Arezou regarda dans la cour. Les arbustes s'étaient desséchés dans le sable. Une carcasse rouillée était tout ce qui restait d'une gazinière. Elles sortirent de la maison, longèrent la balancelle tordue et regagnèrent la plage. Arezou secoua le sable de ses chaussures. Shirine se tint debout face à la mer :

— Quand nous avons grandi, nous avons continué d'avoir les mêmes conversations ; sans doute légèrement différentes : quelles études poursuivre, les faire à l'étranger ou bien rester ici. On se gavait de cinéma. On ne croyait plus depuis longtemps qu'il y eût des hommes sur la Lune (elle éclata de rire). Un soir, on passait un film de Bergman. Il était tard. Esfandyar était stressé à l'idée qu'on arriverait en retard. Il pestait contre le chauffeur de taxi : « Plus vite », insistait-il. Si bien qu'on a eu un accident. Le chauffeur criait : « Tu m'as tellement pressé ! Tout ça pour quoi ? Qu'y a-t-il de si important ? – Bergman, cher monsieur ! Bergman ! Tu ne comprends pas ? répétait Esfandyar. » Si tu avais vu la tête du chauffeur ! Il ne savait pas si Bergman ça se mangeait ou bien si ça se portait sur le dos !

Elles s'en retournèrent vers l'arbre mort qui contemplait toujours la mer, la tête appuyée sur un bras.

— Et toi, qu'est-ce que tu disais ?

— Rien ! J'étais morte de rire.

Elle traça un long trait sur le sable du bout de sa chaussure.

— Le lendemain, j'ai mimé la scène pour nos deux mères.

Au-dessus du grand trait, elle en traça un autre :

— Les pauvres, elles n'en savaient pas plus que le chauffeur sur Bergman. C'était juste à cause de mes pitreries qu'elles riaient. Esfandyar a dit : « Je ne vois pas ce qu'il y a de drôle. Bergman, c'est tout à fait sérieux ! »

Elle traça un troisième trait sous les deux autres. « Parfait, songea Arezou, elle réfléchit tout haut. » Shirine poursuivit :

— Pourquoi donc a-t-il fallu qu'elles viennent à la Caspienne toutes les deux toutes seules ? Et en taxi, avec un chauffeur qui s'est endormi au volant ? Nous deux, où étions-nous ? Que faisions-nous ? Nous étions sûrement à ce festival dont j'ai encore oublié le nom, ironisa-t-elle. Je préfère oublier.

Elle se leva et fit quelques pas.

Arezou se leva à son tour. Elle la suivit en pensant : « C'est la première fois qu'elle parle tant, peut-être à cause des odeurs, comme elle dit, ou à cause du bruit de la mer… » La barque autour de laquelle étaient rassemblés les jeunes était devenue un sujet à photographier pour les touristes japonais. Certains lisaient une carte tandis que les autres écoutaient le guide qui leur parlait en anglais avec force gestes de la tête et des mains. Un des Japonais salua en persan. Les autres regardèrent les deux femmes en souriant et engagèrent la conversation. La guide semblait remercier le ciel de cette récréation. Elle rajusta son foulard qui était tombé sur ses épaules, et de la pointe de celui-ci, s'éventa, malgré le froid, en regardant la mer. Les Japonais insistaient pour parler persan. Ils leur dirent qu'ils étaient en Iran depuis deux semaines : « Voyage beau, Persépolis, Ispahan, très beau ! Désert ! Ah !… Cuisine iranienne très bonne. Iraniens très gentils. Hôtels très vieux ! Pas de bière, très mauvais ! Ah, ah ! » Shirine glissa à l'oreille d'Arezou :

— Où sont passées les Turques, les Hollandaises et les locales ? Ils auraient pu leur vendre leurs produits artisanaux !

La guide avait cessé de s'éventer. Elle leur apprit qu'elle était étudiante en tourisme à la faculté. Elle observait les Japonais qui se prenaient en photo devant la plage et la mer. Elle fit cette remarque, comme pour elle-même :

— Pourvu que les ordures sur le sable ne soient pas dans le champ de la photo !

Croisant le regard de Shirine et d'Arezou, elle ajouta :

— À Persépolis, j'ai dû ramasser une foule de bidons et de chaises cassées de peur que les gens, en voyant les photos, pensent que ça faisait partie du palais de Darius !

Elle eut un rire qui n'en était pas vraiment un, puis rejoignit son groupe en disant :

— *Shall we go ?*

Shirine s'adressa aux touristes en japonais :

— *Sayonara !*

Ils éclatèrent de rire et suivirent leur guide avec force gestes de la main. Shirine regarda s'éloigner les casquettes à carreaux et les foulards de couleur et dit à voix basse :

— Qu'y avait-il à voir pour eux par ici ?

Arezou se pencha vers le sable pour ramasser quelque chose :

— Ah, enfin, un autre coquillage !

9

— On rentre par la route de Racht ? demanda Shirine.

— Va pour la route de Racht. Seulement, il faudra acheter des *koloutchehs*, ajouta Arezou en riant. Nosrat djoun djoun en raffole !

— On en trouvera à *Mandjil*. Et à Roudbar on prendra de l'huile d'olive.

— Où va-t-on déjeuner ?

— À Mandjil.

Elle mit une cassette dans le lecteur.

— Mandjil ?

L'attention d'Arezou fut retenue par la voix d'une chanteuse qui ressemblait au ronronnement d'un petit chat.

— Je n'ai pas entendu cet air depuis des années. À une époque, Hamid passait les disques de Melany ou de Joan Baez. Je n'aimais pas Joan Baez, mais la voix de Melany me plaisait. Sans doute parce qu'elle avait quelque chose de très naturel.

Elle cala sa tête contre le dossier de son siège et mêla sa voix à celle de la chanteuse.

Dès que ma mère m'a demandé
Serre les genoux quand tu t'assois
Oh yé ! là là là !…

Le ciel était couvert. Sur la route, les voitures se croisaient comme troupeaux de vaches. Elles arrivèrent à Mandjil. Shirine gara la voiture le long d'un grand boulevard.

Sur la vitre d'un restaurant on pouvait lire : « Sa'id Kebab », et sur la ligne du dessus : « *Tchélow kébab, shishlik, chendjeh.* » La boutique mitoyenne était une librairie. Arezou descendit de voiture. Elle scruta le boulevard dans le lointain. À l'horizon, sur les hauteurs des collines tournaient dans le vent les éoliennes. Une famille traversait le boulevard. En tête, le père tenait dans ses bras un petit garçon de trois ans. Suivaient la mère, portant un foulard blanc sous son tchador noir, et les trois petites filles, toutes habillées de la même manière d'une robe et d'un foulard à carreaux.

Seules quelques boutiques étaient ouvertes. Shirine se dirigea vers le restaurant de kébabs. Arezou l'appela :

— C'est ici qu'on déjeune ? D'après Ayeh, c'est un plan foireux.

Elle s'arrêta devant la porte close de la librairie. Shirine lui fit signe de venir.

— Je parie que, de ta vie, tu n'as jamais mangé des kébabs aussi délicieux.

Arezou regarda la vitrine de la librairie. Elle entra en grognant dans le restaurant.

À sa deuxième brochette, elle s'écria :

— Absolument délicieuses ! Comment as-tu découvert cette adresse ?

— C'est Esfandyar qui l'a dénichée. Tout à fait par hasard.

Elle prit dans son assiette un morceau de poulet qu'elle posa dans celle d'Arezou. Chaque fois que nous allions à la Caspienne, nous nous arrangions pour faire une pause déjeuner à Mandjil sur le chemin du retour. Nos mères raffolaient des brochettes *chendjeh*.

Elle regarda le mur du restaurant recouvert de papier vert à grosses fleurs rouges.

— Je ne savais pas qu'il existait encore.

Arezou mit dans l'assiette de Shirine un morceau de shishlik en songeant : « Vas-y ! Parle ! C'est ce qu'aurait dû faire ce benêt d'Esfandyar : parler. »

— Après que…

Elle se racla la gorge en remuant ses petits pois de la pointe de sa fourchette.

— … Tu n'étais pas revenue à la Caspienne ?

— Non, répondit Shirine.

Plongeant la main dans son sac, elle réclama l'addition à l'homme qui était assis à la caisse.

Arezou la regarda en pensant : « Pauvre chérie ! Tout ce que tu as pu endurer ! »

Elle but une gorgée d'eau et attrapa son sac. La librairie était encore fermée. Arezou tira une bouffée de sa cigarette qu'elle passa à Shirine. Elles s'attardèrent quelques instants à regarder les livres exposés dans la vitrine : *Le Divan* de Hafez, *Les Dits* de l'imam Ali, *Les Quatrains* de Khayyâm. Il y avait plusieurs ouvrages volumineux aux couvertures plus ou moins identiques : une silhouette de femme aux yeux larmoyants, ou aux lèvres entrouvertes dans un sourire, fixant la ligne d'horizon ; au second plan, un homme sous un arbre, ou au pied d'une montagne, ou bien une fleur à la main.

— Je n'ai jamais pu en lire un seul, dit Arezou.

— Une lectrice inconditionnelle, c'est notre Tahmineh, ajouta Shirine en tirant une bouffée. À midi, quand elle reste à l'agence, elle lit sans s'arrêter. J'en ai feuilleté un, autrefois…

Elle passa la cigarette à Arezou.

— Et alors ?

— C'est du Danielle Steel persan : le riche Iranien au sale caractère qui tombe amoureux de la jeune fille pauvre. Chez nous, tout est encore plus ringard que partout ailleurs.

Elle jeta son mégot par terre et l'écrasa de la pointe de sa chaussure.

— Pas étonnant qu'il y ait des lecteurs jusqu'à Mandjil !

Elle regarda l'heure.

— De Mandjil jusqu'en Alaska, les femmes aiment toutes la même chose.

Elle regarda de l'autre côté du boulevard.

— Allons acheter les koloutchehs avant de partir.

— Si l'homme riche n'est pas une brute épaisse, ajouta Arezou, je suis preneuse !

Elles atteignirent la bande centrale du boulevard plantée de gazon.

— Et même s'il n'est pas très riche (Arezou se mit à rire), peu importe !

— Tu brises tous les usages, dit Shirine.

Arezou rit de plus belle puis reprit son sérieux :

— Comment Tahmineh fait-elle pour se payer tous ces bouquins ?

— Trois paquets de koloutchehs aux noix, commanda Shirine au vendeur, et trois à la pistache. Elle les loue.

— Aux noix, à la noix de coco et à la pistache, dit à son tour Arezou, six de chaque ! Elle les loue ?

— Dans une boutique près de Baharestan[1]. Elle m'a dit qu'il fallait s'inscrire sur une liste d'attente. Tu as trois ou quatre jours avant de les rendre.

— Nous avons aussi de la confiture de kiwi, précisa le vendeur.

— Tu plaisantes ! dit Arezou en regardant Shirine.

— Permettez-moi de vous dire, continua le vendeur, que ma femme était très sceptique quand les premiers kiwis sont arrivés. Mais maintenant, les clients en redemandent.

Elles se dirigèrent vers leur voiture. Le caissier du restaurant était à présent en train d'ouvrir la librairie.

— Agha Sa'id est propriétaire des deux commerces ! s'écria Shirine pendant qu'Arezou rangeait les paquets de koloutchehs dans le coffre.

Arezou monta dans la voiture. Elle se mit à rire en imitant la langue des voyous :

— Super, agha Sa'id ! Tu fais dans le physique et dans le mental ! Ton physique se bouffe bien, mais ton mental !...

Elle referma la portière.

— Quelle femme a jamais dit non à l'argent, aux châteaux, aux princes charmants ?!

Shirine s'installa au volant :

— Pour moi, au diable tous les princes et les gueux, avec ou sans château !

---

1. Baharestan : vieux quartier du centre de Téhéran situé autour de l'ancienne Assemblée nationale ; l'avenue éponyme est célèbre pour ses librairies devenues aujourd'hui des boutiques de bouquinistes, les librairies s'étant déplacées un peu plus au nord, en face de l'Université.

10

Naïm ouvrit la porte de l'agence. Il lança, jovial :

— Soyez la bienvenue ! Vous avez fait bon voyage ? Vous vous êtes bien reposée ? Vous nous avez bien oubliés pendant deux ou trois jours ?

Une mèche de cheveux blancs lui tombait sur le front. Les verres de ses lunettes brillaient. « Il va finir par ressembler à Robert Redford ! » pensa Arezou en riant.

— Soyez la bienvenue ! dirent en cœur les trois employés de l'agence.

Le dernier bureau était inoccupé.

— Où est passée Tahmineh ? demanda Arezou.

— Sa mère est à nouveau malade… dit Nahid qui, cette fois, ne souriait plus.

— À l'hôpital ?

La jeune fille fit un signe d'acquiescement. Arezou se dirigea vers la porte du fond en confiant à Naïm le sac plastique qu'elle tenait à la main :

— Des koloutchehs pour tout le monde.

Elle se tourna vers Nahid :

— Dès que Tahmineh sera là, dis-lui de venir me voir dans mon bureau.

Devançant Naïm, elle ouvrit la porte et entra. Derrière son bureau, Shirine releva la tête :

— Bonjour, compagne de voyage !

Elle lui montra quelque chose sur le bureau.

— Arrivé par courrier « exprès » !

C'était un gros colis emballé dans du papier journal.

À Naïm qui cherchait à entrer et bredouillait « un colis… avant-hier… euh… », Arezou répondit :

— J'ai vu, merci. Un peu d'eau, s'il te plaît.

Elle referma la porte, enleva son manteau en interrogeant Shirine du regard. Celle-ci répondit par un haussement d'épaules et de sourcils également interrogatif. Un téléphone noir émergea du paquet. Un de ces vieux téléphones qui s'accrochaient au mur. Les deux femmes se regardèrent et se penchèrent ensemble sur la carte jointe. Elles lurent : « Ce modèle vous plaît-il ? » C'était signé : Sohrab Zardjou. Elles éclatèrent de rire. Quand Tahmineh frappa à la porte, elles riaient encore.

— Excusez-moi, dit la jeune fille, Nahid m'a dit que vous vouliez me parler. Excusez-moi d'être en retard. Ma mère… Excusez-moi.

Elle se mit à pleurer. Arezou la fit asseoir dans le fauteuil. Shirine se dirigea vers la porte pour prendre le verre d'eau apporté par Naïm et la referma avant que celui-ci n'eût le temps d'entrer. Arezou demanda à la jeune fille :

— Tu as parlé avec le docteur ?

Tahmineh acquiesça en buvant son verre d'eau.

— Même diagnostic que d'habitude. Les nerfs. Une grande fatigue. Il lui a fait deux piqûres contre la migraine et lui a prescrit du repos. Je l'ai reconduite à la maison. C'est pour ça que je suis un peu en retard. Excusez-moi.

Elle fondit en larmes à nouveau.

Shirine récupéra le verre et lui donna un mouchoir en papier. Arezou s'assit sur le bras du fauteuil.

— Elle a quelqu'un auprès d'elle ?

Tahmineh secoua négativement la tête :

— J'ai demandé à la voisine de passer la voir.

— Et ton frère ?

— Il est arrivé hier soir.

Elle baissa la tête.

— D'abord, il s'est fâché avec elle, puis il s'est mis à pleurer. Il a dit que ce n'était pas facile de décrocher. On n'avait plus qu'à prier pour le voir disparaître. Ma mère l'a supplié en jurant sur la tête de mon père et de mes frères. Il a pleuré toutes les larmes de son corps. Il disait que la cure était trop chère. Ma mère lui a répondu qu'on emprunterait l'argent. Il s'est remis à pleurer. Finalement, il est parti en emportant la chaîne hi-fi et un petit tapis.

Tahmineh releva la tête, regarda Shirine puis Arezou.

— Mon frère n'a jamais été un mauvais gars. Il ne l'est pas davantage aujourd'hui. Il ne fume pas… Je pense que c'est ce qui est arrivé à mes autres frères qui… Excusez-moi d'être arrivée en retard.

Arezou se leva et retourna à son bureau.

— Va te rincer la figure et mets-toi au travail. On va voir ce qu'on peut faire.

— La pauvre ! dit-elle une fois la porte fermée.

Shirine regarda les branches nues de la vigne vierge qui courait sur le mur de la cour.

— Qui ça ? La mère ou la fille ?

— Toutes les deux et toutes les autres ! répondit Arezou en tendant la main vers le téléphone qui sonnait.

C'est Shirine qui décrocha :

— Allô ? Oui !

Son regard se fixa sur le vieux téléphone noir. Elle pinça les lèvres en poussant un long soupir.

— Prends la communication, dit-elle en plissant les yeux.

Arezou respira profondément en même temps qu'elle attrapait le combiné :

— Bonjour, monsieur Zardjou !

Shirine releva la tête. Arezou fit pivoter son fauteuil vers la cour et ses arbustes dénudés. Elle écouta pendant quelques secondes avant de débiter d'une traite :

— On a fait un beau voyage. Votre cadeau est superbe ! Hélas, en ce moment, je n'ai pas vraiment la forme.

Elle enroula fermement le fil autour de son doigt.

— Pourquoi ? Parce que je me demande ce que je pourrais bien faire pour une mère dont un fils est mort au front, dont le deuxième a été exécuté et dont le troisième se drogue. Pensez-vous que le mieux soit de lui acheter un téléphone portable ou bien de lui en dénicher un vieux dans une brocante ?

Shirine se frappa la tête des deux mains, tandis qu'Arezou poursuivait :

— Je ne plaisante pas. Je parle d'une de mes employées, une jeune fille qui…

Elle parla longtemps, s'arrêta soudain, relâcha progressivement le fil du téléphone, ferma les yeux pour écouter, les rouvrit, écouta encore. Elle faisait pivoter son fauteuil de droite et de gauche :

— Oui, je sais, mais ça va coûter…

Quelques moineaux picoraient on ne savait quoi dans les massifs. Après un : « Il n'y a pas longtemps qu'il se drogue », un « J'espère », un « Vous êtes bien aimable », quelques « Oui, certainement » et autres « Merci beaucoup », elle poussa un long soupir, reposa le récepteur et regarda le vieux téléphone. Elle glissa un doigt dans le trou du chiffre zéro, le fit tourner et le relâcha. La plaque des numéros revint à sa position initiale avec une légère vibration.

— Quand j'étais petite, je raffolais des téléphones. Papa en avait acheté un identique à *Hassan-Abad*. Le directeur du centre de désintoxication est un ami de Zardjou. Il me dit de ne pas m'inquiéter pour les frais de cure. Je ne sais pas où a pu passer le téléphone que papa avait acheté. Mah-Monir l'aura probablement donné. Ou peut-être est-il quelque part au grenier. Pour l'instant, on ne dit rien à Tahmineh, au cas où cela ne marcherait pas.

Elle regarda le téléphone noir.

— Nous sommes invitées au restaurant suisse. Demain soir, à huit heures.

Les petits yeux de Shirine s'agrandirent démesurément.

11

— Que fait ce type dans la vie ?

Mah-Monir prit le petit verre à filet d'or sur le plateau que Nosrat tenait devant elle. Arezou pinça gentiment la joue de Nosrat :

— Je t'ai dit que je ne voulais pas de thé, Nosrat djoun djoun !

Nosrat posa le mug sur la table à côté du fauteuil :

— Ce n'est pas du thé, c'est une infusion de camomille et de bourrache. Bois, ça va te calmer. Tu cours tellement. Tu te fais tant de mauvais sang ! Dieu nous en préserve, mais un de ces jours, tu vas finir par t'écrouler.

Mah-Monir croisa les jambes :

— Je t'ai demandé quel métier il faisait !

Arezou goûta l'infusion en faisant la grimace :

— Beurk !

Nosrat lui tendit un petit sucrier :

— Bois-la avec du sucre candi.

Mah-Monir lui lança un regard noir :

— Va-t-elle nous laisser placer deux mots ?

Elle se tourna vers Arezou :

— Ce type…

— Ce type, ce type, pourquoi insistes-tu ? s'énerva Arezou, son morceau de sucre à la main. Je t'ai déjà dit que c'était un client de l'agence. Quand il a appris l'histoire de Tahmineh, il nous a dit qu'un de ses amis était directeur d'un centre de désintoxication. Peut-être va-t-on pouvoir y envoyer gratuitement le frère de Tahmineh. Peut-être va-t-on pouvoir faire quelque chose pour les migraines de sa mère. Ou les deux à la fois, voilà !

Elle mit le morceau de sucre dans sa bouche, avala la tisane et fit la grimace à Nosrat, assise sur le tapis à l'observer, une main sous le menton.

— C'est encore amer.

Nosrat fronça le sourcil :

— Il faut tout boire !

Puis son regard s'attrista.

— Je suis désolée pour Tahmineh et sa mère, vraiment désolée pour tous ces jeunes !

Mah-Monir reposa son petit verre sur la soucoupe, croisa les jambes dans l'autre sens, prit son genou entre les mains et observa ses ongles.

— Vous auriez pu en parler à l'agence ou même au téléphone, pourquoi au restaurant ?

Arezou se leva :

— Est-ce que je sais ? Il est probablement amoureux de Shirine.

Elle prit le téléphone sur la petite table près de la fenêtre.

— Ayeh est encore sur Internet ?

— Elle parlait avec Marjane khanom, dit Nosrat.

— S'il est amoureux de Shirine, poursuivit Mah-Monir, pourquoi est-ce avec toi qu'il veut parler ?

Arezou cria en direction des chambres :

— Ayeh !... Arrête ! Il faut que je téléphone.

Elle se tourna vers sa mère :

— Peut-être est-il intimidé ?

Puis, à nouveau en direction du couloir :

— Ayeh !... Nosrat, va lui dire que je dois passer un coup de fil urgent.

Mah-Monir prit un bonbon :

— Pourquoi la déranges-tu ? Tu n'as qu'à téléphoner avec ton portable.

« Avec quel portable ? » allait rétorquer Arezou, ou bien : « Mon portable est cassé », ou encore... quand Nosrat se redressa pesamment en s'appuyant sur les genoux :

— Ya Ali ! Ma fille m'a dit cent fois que téléphoner avec ce machin était plus cher qu'avec un fixe. Ohé ! Ayeh khanom ?...

Nosrat se dirigea vers le couloir.

Arezou s'appuya contre la table du téléphone :

— Dieu merci, il y a encore quelqu'un dans cette maison qui pense à économiser.

Le regard de Mah-Monir suivit Nosrat depuis la porte du hall jusqu'aux chambres.

— Voilà que tu recommences ? Sommes-nous tombées si bas ? À trente tomans près ? Ah ! Si ton père était là...

Arezou jeta un coup d'œil dans la cour. Tous les arbres avaient perdu leurs feuilles, sauf le pin au milieu de la pelouse. Le jour où son père avait rapporté le plançon qu'il avait planté là, Arezou l'avait arrosé avec son petit arrosoir. « Ta mère adore les pins ! », lui avait-il dit. Puis il était tombé malade et il avait dû s'aliter ; il regardait dans la cour par la fenêtre en disant : « Comme ce pin a poussé ! Prends bien soin de ta mère. »

Arezou avait les yeux embués de larmes, mais elle entendit des sanglots dans son dos. Elle se retourna. Mah-Monir pleurait, la tête enfouie dans ses mains, les coudes sur les bras du fauteuil. « Encore gagné ! » s'affligea Arezou en se précipitant vers sa mère :

— Excuse-moi, je ne voulais pas dire ça.

Elle la prit dans ses bras.

— Ne pleure pas. Je t'en prie, ne pleure pas. Je t'en prie…

— Qu'est-ce qu'il y a bonne-maman ? demanda Ayeh qui se tenait dans l'embrasure de la porte, Nosrat à ses côtés. Pourquoi pleures-tu ? T'est-il arrivé quelque chose ?

Mah-Monir fit non de la tête en tendant la main. Arezou lui passa un mouchoir en papier. Ayeh s'approcha et passa un bras autour du cou de sa grand-mère.

— De la bourrache ! lança Nosrat en se dirigeant vers la cuisine.

Mah-Monir passa une main sur la joue d'Ayeh.

— Ce n'est rien, ma chérie. J'ai simplement dit à ta mère de ne pas aller au restaurant sans se faire belle et surtout pas avec ce foulard noir tout fripé ; ai-je eu tort ?

Ayeh se retourna et toisa sa mère en train de composer un numéro de téléphone. Elle se mit à rire en embrassant sa grand-mère sur la joue :

— Jamais de la vie ! On va lui mettre sur la tête un de tes foulards en soie et…

— Non ! dit Arezou au téléphone, passe me prendre, je n'ai pas envie de conduire. Chez ma mère. Au revoir !

— Oh ! s'écria Arezou, quand elle eut mis sur sa tête le foulard de Mah-Monir et qu'elle se fut passé le khôl d'Ayeh sur les paupières.

Shirine s'esclaffait :

— On me fait porter le chapeau, hein ?

Vêtue d'un manteau noir et d'un des foulards de cotonnade blanche qu'elle portait tous les jours, Shirine mit en marche la ventilation. La Peugeot longea une avenue bordée d'arbres, puis s'engagea sur la rocade. Tout du long, la route se faufilait entre des immeubles en construction. Shirine freina et passa lentement sur des poutrelles métalliques abandonnées au milieu de la chaussée.

— Par pitié, éteins ce chauffage !

Arezou desserra le nœud de son foulard.

— Il fallait bien que je rassure ma mère ! Si Zardjou peut faire quelque chose pour Tahmineh, cela en vaut la peine. Mais je n'ai pas grand espoir…

Elle cala sa tête dans le dossier du siège et ferma les yeux.

— Vivement que tout cela finisse !

Elle rouvrit les yeux et se tourna vers Shirine :

— Pourquoi, comme dirait Ayeh, ai-je accepté cette invitation au premier coup de sifflet ?

Shirine pressa le bouton du lecteur de cassette :

— Comme dit Ayeh, laisse béton ! En revanche, après tant d'années, retrouver ce restaurant suisse…

Arezou lissa les plis de son pardessus sur ses genoux et se laissa aller sur le dossier de son siège. Jusqu'au restaurant, elle ne dit plus rien sauf ces quelques mots :

— J'ai bien réfléchi, je pense que tu as raison. Je vais l'envoyer en France. Au pire, elle reviendra.

Shirine ne répondit rien.

Mon Dieu ! Jette dans le puits la clef du matin ! disait la chanson.

La salle du restaurant ressemblait à une femme vêtue à la mode d'il y a trente ans. Avant que Shirine ait pu dire « Monsieur Zardjou... », le maître d'hôtel déclara :

— Il vous attend ! Je vous en prie.

Après une courbette, il les devança. Il portait un costume trop neuf. Assis à une table du côté de la fenêtre, Sohrab Zardjou se leva pour les saluer. Son costume gris n'était ni vieux ni neuf. On passa quelques minutes à choisir les places et à déplacer les sacs. Shirine et Arezou s'assirent l'une à côté de l'autre, Zardjou sur la chaise d'en face. Le silence se fit. Puis les deux femmes parlèrent en même temps :

— Il y a bien longtemps que nous n'étions pas venues !

— Après toi, dit Shirine.

— Non, toi d'abord, dit Arezou.

Zardjou tendit la tête en avant et regarda Arezou fixement. Arezou tendit aussi la tête, se demandant ce qu'il allait dire. Shirine attendait aussi en regardant Zardjou. À la table d'à côté, une femme commanda une boisson :

— Un jus de grenade, s'il vous plaît.

— Dans un verre à pied, ajouta l'homme qui l'accompagnait.

Tous les deux, ainsi que le serveur, éclatèrent de rire.

— Vous avez mis votre foulard à l'envers, dit Zardjou à Arezou dont la main, en même temps que le regard de Shirine, se porta vers le foulard de soie aux motifs géométriques.

Il était à l'envers.

Le garçon apporta le menu. Shirine et Arezou commandèrent des escalopes de poulet panées, Zardjou un steak sauce au poivre. Arezou jeta un regard circulaire.

— On venait souvent avec Ayeh quand elle était petite. Elle raffolait de la fondue.

Shirine expliqua à Zardjou qui était Ayeh, puis elle tourna son regard vers la cour plongée dans l'obscurité.

— Esfandyar et moi, nous y venions souvent. L'été nous nous asseyions dans la cour.

« C'est curieux qu'elle parle d'Esfandyar », s'étonna Arezou. Elle se crut obligée d'expliquer à son tour :

— Le fiancé de Shirine et…

Elle regarda Shirine à la dérobée, toujours absorbée dans la contemplation de la cour sombre.

— … Il est en Amérique.

Le garçon apporta la salade et leur dit en souriant :

— Bon appétit[1] ! comme on disait autrefois.

— Tu te souviens de ce qu'on disait autrefois ? dit Zardjou, taquin.

— Que voulez-vous, monsieur Zardjou ? fit le garçon dans un grand soupir et en faisant mine de ranger la salière et le poivrier. C'est grâce à ces souvenirs qu'on reste en vie, et en voyant des clients sympathiques tels que vous !

— Ce n'est pas mon fiancé, précisa Shirine quand le garçon fut sorti. Et vous-même, vous venez souvent ici ?

— Autrefois, oui, répondit Zardjou en se penchant vers elle. À présent, un ou deux soirs par mois. Qui est-il pour vous, alors ?

« Tiens ! remarqua Arezou, Shirine lui plairait-elle donc ? »

— Nous avons failli nous marier.

1. En français dans le texte.

« Shirine est très en verve ce soir », songea-t-elle encore. Elle regarda la nappe de coton blanc, propre mais pas neuve. Elle se sentait un peu jalouse, se demandant pourquoi. « Pourquoi pas ? Moi qui suis, d'après elle, sa seule amie intime, il faudrait que je lui arrache des confidences au sujet d'Esfandyar, tandis qu'avec cet étranger… » Elle releva la tête et s'adressa à Zardjou :

— Cet ami docteur spécialisé dans le traitement des toxicomanes…

Zardjou se tourna vers Shirine :

— Un peu de salade ?

— Oui.

Il déposa quelques feuilles de laitue, quelques rondelles de concombre et de tomate dans son assiette puis se tourna vers Arezou :

— De la salade ?

Arezou fit non de la tête : « Imbécile ! Je t'ai posé une question. »

Zardjou remplit les trois verres de bière sans alcool, puis sortit de la poche de son complet gris une carte qu'il tendit à Arezou.

— Le docteur et moi étions camarades de classe au lycée Alborz. Nous nous sommes parlé au téléphone aujourd'hui. Il fera tout ce qu'il peut.

Il se servit de la salade, et, au lieu de la sauce toute prête, y ajouta de l'huile d'olive et du vinaigre. Au moment où il se mit à manger, Arezou se fit cette remarque : « Au moins, tu sais te servir d'une fourchette et d'un couteau ! »

Le garçon apporta les plats et leur souhaita de nouveau bon appétit. Et de nouveau, Zardjou se mit à rire en découpant un morceau de steak. « Hamid aussi savait se tenir à table », se dit encore Arezou. Puis, se demandant pourquoi personne ne parlait, elle voulut briser le silence :

— Excusez-moi ! Je ne voudrais pas paraître indiscrète, mais…

Elle se mit à rire sans raison.

— Nous ne savons pas quelle est votre profession.

Elle observa les mains de Zardjou.

— Nous savons que vous n'avez pas étudié l'architecture. La médecine peut-être ?

« Est-ce le steak qui est tendre ou le couteau très aiguisé ? » se demanda-t-elle. Zardjou attendit qu'elle ait levé les yeux et que se croisent leurs regards.

— J'ai un commerce, dit-il, près de la place Toup-Khaneh[1]. Je vends des serrures et des poignées de porte.

Arezou et Shirine le regardèrent fixement. Quant à lui, il les observa un instant, les yeux pétillants, semblant s'amuser à son propre jeu. Puis il ajouta en riant :

— Mon aïeul fut le premier importateur de serrures, mon grand-père et mon père prirent la suite, jusqu'à ce que vienne mon tour.

— Alors, vous êtes importateur de serrures ? dit Shirine.

— J'importe et je vends. Que désirez-vous pour le dessert ? Ici, le café n'est pas mauvais. Un expresso ?

Il prononçait le « r » grasseyé, à la française. Shirine déclina, mais Arezou accepta en demandant :

---

1. Place Toup-Khaneh : ancienne place de l'Artillerie, sous la dynastie Qajar, qui bordait au nord le palais royal du Golestan, au centre de Téhéran. Elle est actuellement située au nord du grand bazar.

— Vous avez déjà été en France ?

Zardjou commanda le café :

— Oui ! J'y ai déjà été !

— Si tu bois du café, dit Shirine à Arezou, tu ne vas pas dormir de la nuit et demain, il nous faudra encore supporter ta mauvaise humeur.

Zardjou versa du sucre dans son café qu'il remua en regardant Arezou :

— Madame Sarem n'a pas mauvais caractère. Seulement – il se tourna vers Shirine –, je ne sais pas pourquoi, elle se montre parfois impatiente et nerveuse.

— Qui ne serait nerveux et impatient ces jours-ci ? dit Shirine.

— Moi ! répliqua Zardjou.

Silence. Rompu par Shirine :

— Vous avez restauré la maison ?

— Oui, enfin, pas totalement, dit Zardjou en remuant son café. J'ai seulement repeint. En blanc. Avec le blanc, on est plus libre de choisir le mobilier et les rideaux. Vous saviez cela ?

Il reposa lentement sa cuillère dans la soucoupe.

— À vrai dire, je n'ai pas encore eu le temps d'acheter les meubles. Au fait, je vous dois des remerciements pour avoir suggéré à madame Sarem de me faire visiter cette maison. Elle n'était pas très chaude pour le faire. Elle n'avait pas tort. Je lui avais dit que j'étais à la recherche d'un appartement et madame Sarem…

« Voilà vingt fois qu'il me donne du madame Sarem », pensa Arezou. Sans trop savoir pourquoi, elle était furieuse : « Vas-y ! Dis-le que Shirine te plaît. » Entendant Zardjou boire son café, elle rumina : « On ne fait pas de bruit en buvant ! » et elle saisit au vol cette phrase de Zardjou :

— Je dois aussi des excuses à madame Sarem.

Toujours tourné vers Shirine :

— Le jour où nous sommes allés visiter la maison, je lui ai posé toute une série de questions stupides.

Il semblait parler comme si Arezou n'était pas là.

— Madame Sarem n'est pas décoratrice d'intérieur, je me trompe ? Je vous assure que je ne savais pas, et je ne sais toujours pas, où trouver du mobilier.

Il finit par se tourner vers Arezou :

— Vous aimez leur expresso ?

Cette fois, il prononça le « r » roulé à la persane.

« L'animal ! On dirait qu'il a entendu mot pour mot tout ce que j'ai raconté à Shirine. » Il fallait qu'elle dise quelque chose. Elle cherchait désespérément quoi, quand Shirine la regarda en disant :

— Pourquoi ne lui présentes-tu pas Jaleh ?

À Zardjou :

— C'est une de nos amies. Elle restaure et vend du mobilier ancien. Elle fait aussi dans le neuf. Elle a beaucoup de goût et ses prix sont très raisonnables.

Elle se tourna de nouveau vers Arezou :

— N'est-ce pas une bonne idée ? Tiens ! Accompagne-le chez elle.

Arezou avala son café de travers et se mit à tousser. Zardjou lui tendit la boîte de kleenex.

— Son adresse n'est pas facile à trouver, poursuivit Shirine.

Zardjou regarda Arezou qui toussait encore. Il but une dernière gorgée de café et demanda l'addition. Arezou se mit à hurler intérieurement : « Au fond, qu'est-ce que j'en ai à foutre qu'il sache se tenir à table, qu'il avale bruyamment son café ou que je doive l'accompagner chez Jaleh ? »

À la porte du restaurant, quand Zardjou proposa de passer la prendre en voiture, elle refusa, beaucoup plus nettement que Shirine. Mais Zardjou fit comme s'il n'avait rien entendu et dit qu'il passerait la prendre. Il se dirigea vers sa Jaguar blanche, garée dans une ruelle sombre. Quand elles furent montées dans la Peugeot, Arezou dit à Shirine d'un air courroucé :

— Tu ne manques pas de toupet ! Shirine khanom, tu n'es qu'une sale enfant gâtée !

Shirine mit le contact, passa devant la Jaguar et salua Zardjou en riant.

— Entre nous, n'est-il pas intelligent ? Tu l'as entendu ? Tout ce que je t'avais dit, il le...

— Ça va ! Inutile de répéter. C'était quoi cette histoire de l'accompagner chez Jaleh ?

— Je t'assure que je n'avais rien prémédité. Cela m'est venu d'un coup.

Elle éclata de rire.

— Ne fais pas l'enfant. Ça vaut la peine d'essayer. Et puis, il a été gentil pour Tahmineh, on lui doit bien ça !

— Qui ça « On » ?

— Toi ! De notre part à tous.

Arezou resta un moment sans rien dire. Puis elle s'écria :

— Un marchand de serrures !

Shirine pouffa de rire.

— C'est marrant, non ?

— Imagine un peu la tête de Mah-Monir ! dit Arezou en riant à son tour.

12

Il neigeait.

Naïm se précipita vers la porte de la R5 avec un grand parapluie noir. Le tenant bien haut, il prit la serviette de cuir des mains d'Arezou. Le laitier recouvrait d'un film plastique les cartons de lait, son pain *lavash* et son Coca. Arezou le salua :

— Bonjour, agha Jalal ! Bonne santé !

— Bonne santé à vous aussi, madame Sarem ! répondit le laitier tout sourire. Nous avons reçu du *Lighvan* extra. Je vous en ai mis de côté.

Naïm ouvrit la porte de l'agence en prévenant discrètement :

— Il y a de l'orage dans l'air !

Une femme vêtue d'un tchador noir et d'un foulard à motif léopard était assise devant le bureau d'Amini :

— Peuh ! C'est quoi ça ? Il a laissé trois lustres minables et quelques lambeaux de rideaux déchirés, et alors ?

— C'est vous-même qui le lui avez demandé. Le propriétaire s'est gentiment exécuté. Il avait annoncé dès le début que la cave n'était pas comprise dans la location.

La main de la femme lâcha le tchador. Dans un mouvement circulaire, elle fit tinter une vingtaine de bracelets en or.

— Mais enfin, où vais-je bien mettre mes meubles en trop ? dit-elle en se tournant vers Nahid debout à côté du bureau d'Amini, un dossier à la main. Toi ma chère, dis-le que les hommes n'ont aucune idée de tout ce que nous supportons, nous les femmes. J'ai acheté un réfrigérateur *size by size* pour le trousseau de ma fille, un téléviseur grand écran, un *microwine*, tout cela vient de Dubaï. Elle devait se marier au début du mois. Dieu merci, le contrat de mariage est signé, mais la noce a été repoussée. Le fiancé de ma fille a dû partir quatre mois en Biélorussie.

Elle tira son tchador sur son visage et dit d'un ton détaché :

— Il est aux Affaires étrangères.

Se tournant vers Amini, elle reprit d'un ton agressif :

— Ce n'est tout de même pas ma faute ! Jusqu'à son retour, où vais-je fourrer tout ce barda ? En plus, j'ai aussi tout le *téréd mél*[1] de notre Hajj agha de mari !

Tout en se dirigeant vers son bureau, Arezou dit à Naïm :

— Va chez Amir, achète-moi huit truites, un kilo de filet de bœuf, un poulet et porte vite le tout à Nosrat. Madame reçoit ce soir. Tu as de l'argent ?

Naïm, tout excité, assura qu'il en avait. La femme aux bracelets était toujours en discussion avec Amini au sujet de la cave.

Arezou prit sa serviette des mains de Naïm, entra dans son bureau, ferma la porte et se tourna vers Shirine :

---

1. *Trade mail* (correspondance commerciale). *Microwine* est la déformation de *microwave* (micro-ondes).

— Bonjour ! Chère madame, vous n'avez pas besoin d'un réfrigérateur *size by size* ni d'un *microwine* ?

— Alors, Naïm a encore…

Arezou suspendit son manteau au portemanteau et alla s'asseoir à son bureau.

— En voilà une qui possède un atout maître contre Naïm, pouffa-t-elle.

Shirine saisit son crayon, le prit entre les dents, regarda Arezou puis retira le crayon de sa bouche.

— On est tout sourire, ce matin, en quel honneur ?… Tu as bien dormi ?

— Comme un loir. Et toi ?

— Aussi bien que toi. J'ai téléphoné à l'ami de Zardjou. Il m'a dit que si on voulait, on pouvait faire hospitaliser le frère de Tahmineh dès demain.

— Demain ? Mais c'est vendredi[1] !

— Le docteur a dit qu'il serait là en personne. Il m'a aussi donné l'adresse d'un confrère pour la mère de Tahmineh, disant que si on se contentait de prendre rendez-vous par téléphone, on pouvait en espérer un dans les six mois, alors que si Zardjou intervenait, on l'aurait dans les deux jours maximum. Il m'a raconté qu'ils étaient trois copains de fac. Je n'ai pas bien saisi laquelle.

Elle alluma sa machine à calculer.

Arezou leva les yeux au ciel :

— Que Dieu prête vie à ces trois copains ! Peu importe la fac ! Je l'accompagnerai à l'hôpital dès demain. Tu en as parlé à Tahmineh ?

Shirine fit non de la tête. Arezou appuya sur une touche de son téléphone. Elle demanda à Tahmineh de

1. Jour de congé en Iran.

prévenir sa mère pour qu'elle trouve son frère et le persuade de venir. Si elle n'y arrivait pas, elle n'avait qu'à l'envoyer à l'agence ; qu'elle l'avertisse de ce qu'elle avait pu faire.

Elle raccrocha, défit le nœud de son foulard, ouvrit un dossier et lut le premier document :

« Au nom de Dieu

Contrat

Cession des droits de baux commerciaux

Bailleur : Monsieur…

Acquéreur : Monsieur… »

Elle referma bruyamment le dossier qu'elle mit de côté.

— Qu'est-ce qu'elle fabrique, cette Tahmineh ?

Shirine ouvrit la perforatrice à papier et la vida dans le cendrier :

— Donne-lui au moins le temps de parler à sa mère, de trouver son frère…

Arezou observait les confettis de papier qui tombaient en voletant.

— Et si elle ne le trouvait pas ? Et s'il n'était pas d'accord ?

Shirine souffla sur les deux trous de la perforatrice.

— Respire un grand coup, ne te ronge pas les sangs !

On frappa à la porte. Tahmineh entra avec un air qui hésitait entre rire et larmes.

— C'est mon frère qui a répondu. Il était chez ma mère. Il est d'accord.

Arezou ferma les yeux un instant. Puis elle se leva et s'approcha de Tahmineh qui, maintenant, pleurait pour de bon. Elle prit les mains de la jeune fille dans les siennes.

— Dis-lui de se tenir prêt demain matin de bonne heure. Je le conduirai moi-même. Vas-y maintenant, au lieu de pleurer…

Elle lâcha les mains de Tahmineh.

— Tu as tapé les lettres que je t'ai données hier ? Et les formulaires de demande du mois dernier ?

Elle ajouta en fronçant le sourcil mais avec le sourire :

— Si tu ne bosses pas plus, je te mets dehors, compris ?

Au milieu des pleurs, Tahmineh se mit à rire en se dirigeant vers la porte. La main sur la poignée, elle se retourna et regarda alternativement la photo du père d'Arezou accrochée au mur, Shirine et Arezou :

— Quand j'ai eu fini de parler à mon frère, je lui ai demandé de me passer notre mère. Il m'a répondu : « Elle prie tournée vers La Mecque pour madame Sarem, madame Mosavat, et monsieur… »

Elle sortit en sanglotant de plus belle. Les deux femmes regardèrent la porte fermée. Arezou se rassit à son bureau.

— Elle aurait pu prier pour Zardjou !

Le téléphone de Shirine sonna. Arezou fit pivoter son fauteuil vers la cour. Il neigeait plus dru. « Pourvu qu'on ait une bonne neige ! » Chaque fois qu'il neigeait ou qu'il pleuvait, son père avait l'habitude de dire : « Pourvu qu'il y en ait beaucoup ! La neige et la pluie m'ont toujours porté chance. »

Le jour où son père était mort, il avait plu et le jour de quarantaine[1], quand elle était venue à l'agence avec

---

1. Quarantaine : quarantième jour célébré après la mort, dans le deuil shiite (cf. note de la p. 16).

Naïm, il pleuvait encore. Elle avait attendu sous la pluie que Naïm ouvrît les deux gros cadenas. Sur les volets de l'agence, les commerçants du quartier avaient tendu un drap noir. Ils y avaient inscrit leurs condoléances. Au début, ils avaient été étonnés de voir Arezou décidée à reprendre la profession de son père, puis ils avaient ricané : « Une femme ? Faire tourner une agence immobilière ? Elle lâchera au bout de deux mois ! » Agha Jalal, le laitier, l'avait répété à Naïm, Naïm à Nosrat, et Nosrat à Arezou.

Elle fit pivoter son fauteuil de droite et de gauche. « S'il pouvait neiger un bon coup ! »

— Ligne 2, dit Shirine, Sohrab Zardjou !

Elle se leva et quitta la pièce. Arezou disait en souriant :

— Je vous dois quelques excuses.

Quelques instants plus tard, Shirine regagna son bureau. Tournée vers la cour, Arezou lui dit :

— Il m'accompagnera demain à l'hôpital avec le frère de Tahmineh.

13

À sept heures, Sohrab Zardjou sonna à la porte de l'appartement. Arezou s'enroula un châle de laine autour du cou et ouvrit la porte de la chambre d'Ayeh.

— J'y vais. On déjeune chez bonne-maman. Vas-y avec tante Shirine. Je vous rejoindrai.

— Mmm… grogna une forme sous les draps, les couvertures, les livres, les CD et les chaussettes.

En voyant les numéros des étages défiler en même temps que l'ascenseur descendait, Arezou se dit : « Jamais je n'aurais dû accepter, j'aurais dû y aller seule, avec Shirine. Mais la méchante a prétexté qu'elle avait ses cours, comme si un jour sans yoga, taï chi, que sais-je encore, c'était la fin du monde ! » Elle sortit de l'ascenseur, salua le gardien et se dirigea vers l'escalier de l'entrée en ruminant : « S'il s'est imaginé qu'il allait m'amadouer avec ses idées humanitaires, ou que je sortirais avec lui… »

Zardjou ouvrit la portière de la Patrol et avant qu'Arezou ne lui ait posé de question, il répondit :

— Ma voiture pour le boulot, les voyages et les jours de neige. Où habite-t-il ?

— *Sar-Tsheshmeh.* Il faut passer par…

— Oui, je sais.

Il vérifia dans le rétroviseur que la voie était libre, passa la marche arrière et déboucha de la ruelle dans l'avenue.

— La Jaguar, je l'ai achetée neuve, mais celle-ci, c'est un commerçant de mes voisins qui me l'a cédée. Elle lui appartenait, il me l'a vendue à crédit. Comme on dit dans le bazar : j'étais un peu à court à l'époque. Il s'appelle Mehdi, mais on l'a surnommé Mehdi-Patrol. Il en achète quatre ou cinq par an, pour les revendre. Rien que des Patrol.

Il se mit à imiter Mehdi-Patrol : « Agha Sohrab, non ! Ne viens pas à la boutique avec ta voiture de play-boy. Dans le passage, on va te charrier. »

Il s'engagea sur la rocade déserte et blanchie par le sel que répandaient sur la chaussée les camions de la municipalité.

— Il a raison. Dans notre quartier, il faut avoir une grosse voiture. Comme dit Mehdi, si tu veux qu'on te respecte, il te faut une Mercedes ou une Patrol. Ma première voiture était une Volkswagen commerciale. Et vous ?

Arezou essuya du bout des doigts la buée accumulée sur le pare-brise. Au-dehors, tout était blanc. Les collines de chaque côté de l'autoroute, les arbres, le large terre-plein central. La Toyota rouge, son père l'avait achetée d'occasion. Arezou en était folle. Enfant, tous les vendredis, elle prenait son petit transistor, s'asseyait dans la voiture et la nettoyait de fond en comble. Lorsqu'elle avait eu son permis, son père avait acheté une Cadillac de fabrication locale et lui avait donné la Toyota, qu'elle continua à laver et à faire briller tous les vendredis, intérieur comme extérieur.

Zardjou regarda Arezou plusieurs fois. Il semblait attendre qu'elle se mette à parler. Arezou pensait avec nostalgie à la Toyota rouge et à son père.

— Le frère de Tahmineh a-t-il déjà été hospitalisé pour une cure de désintoxication ? demanda-t-il.

— Une Toyota rouge, répondit-elle. Je l'aimais beaucoup. Pardon ? Non, c'est la première fois. Ce n'est pas un mauvais garçon, vraiment pas ; très studieux au contraire, toujours le premier de la classe. Son frère aîné a été exécuté. Lui-même est allé au front avec son frère jumeau. Depuis ce temps-là, Sohrab...

Elle s'interrompit. Son regard croisa celui, réjoui, de Zardjou :

— Alors, nous avons le même prénom !

Une bande de gamins secouait les platanes le long du trottoir et courait pour éviter les chutes de neige. Arezou les observa.

— L'autre s'appelait Esfandyar.

La Patrol s'enfonça dans un dédale de rues étroites.

— Autrefois, dit-elle, quand on a construit ces maisons, on n'avait pas prévu les voitures...

Zardjou freina. Il montra une porte en bois :

— La maison de Kashani[1]. C'est ici que Mossadegh[2] a rencontré Son Excellence pour la première fois.

On voyait la cime des arbres dépasser le mur de pisé, ainsi qu'une rangée de faïences bleu turquoise dessinant le bord des fenêtres. Les tempes de Zardjou

1. Kashani : religieux shiite célèbre par le rôle politique qu'il joua pendant la crise du gouvernement Mossadegh.

2. Mossadegh : Premier ministre au début du règne de Mohammad-Reza Pahlavi ; il nationalisa les pétroles et son gouvernement fut renversé par un coup d'État en 1953.

commençaient à grisonner, de petites rides se formaient sous ses yeux.

Tahmineh attendait assise devant la maison, sur un des deux bancs de pierre. Sur l'autre était posée une petite valise. Sa mère et son frère se tenaient au pied de l'escalier menant à la cour. Tahmineh avait les yeux rouges. Zardjou resta derrière Arezou, tandis que le frère gravit les marches et la salua les yeux baissés. Arezou trouva le jeune homme maigri depuis la dernière fois qu'elle l'avait vu. Il lui fallait dire quelque chose, mais elle ne voyait pas quoi. Zardjou retira son gant de cuir, tendit la main :

— Bonjour, Sohrab. Nous avons le même prénom.

Le jeune homme le regarda. Sa paupière gauche trembla. Il se tourna vers Arezou, clignant plusieurs fois des paupières. Il embrassa sa sœur qui pleurait.

— Pense à maman, à moi, à Esfandyar, à Mazyar, et à papa !

— Promis ! J'y penserai !

Ils avaient tous deux la voix éraillée. Arezou allait se mettre à pleurer à son tour, quand elle sentit la main de Zardjou se poser sur son épaule, et se retirer juste après. Elle arrangea sous son foulard une mèche rebelle en soupirant. D'un signe de la main, elle salua la mère de Tahmineh et dit au jeune frère qui, dans la rue, poussait la neige dans le caniveau du bout de sa chaussure :

— Allez, monte, Sohrab !

Zardjou mit la petite valise dans la voiture. Arezou se souvint de la première fois qu'elle avait vu le frère de Tahmineh. C'était à la sortie de l'école. Les deux mères attendaient leurs filles. Sohrab accompagnait la sienne. Il gardait les yeux rivés sur le porte-clefs d'Arezou auquel pendait un petit sablier. Arezou avait insisté pour le lui offrir.

Jusqu'à la place Azadi, seuls Zardjou et Arezou échangèrent quelques mots. Ils évoquèrent leur enfance à Téhéran, les quartiers où ils habitaient : Shemiran pour elle, Baharestan pour lui ; le lycée Alborz, le collège Jeanne-d'Arc. Zardjou gara la Patrol dans une grande avenue. De son balai à long manche, le balayeur poussait la neige du trottoir vers le caniveau. Son survêtement orange paraissait plus vif dans la blancheur environnante.

Quand Arezou descendit de voiture, elle aperçut la main de Zardjou se glisser dans la poche de la veste et le balayeur lui faire un sourire. Le frère de Tahmineh regarda l'enseigne au-dessus du portail : Centre de psychothérapie de Téhéran. Le jeune homme parut frissonner. Arezou lui mit la main sur l'épaule :

— Ce n'est pas facile, mais il faut que tu te montres courageux, d'accord ?

Le jeune homme acquiesça en murmurant quelque chose qu'Arezou n'entendit pas.

— Pardon ? dit-elle.

Il ouvrit la bouche, baissa la tête, sans rien dire.

La valise à la main, Zardjou se dirigea vers une petite porte qui jouxtait le portail et parla avec le gardien. Arezou s'apprêtait à le suivre quand le frère de Tahmineh lui saisit le bras, la regarda droit dans les yeux et lui dit :

— Monsieur Zardjou est un homme bien. Vous aussi… Vous avez toujours été très bonne. Vous souvenez-vous du porte-clefs ? Je l'avais donné à mon frère. Il l'aimait beaucoup. Moi aussi. On l'avait emporté au front.

Il se mordit le coin de la lèvre, regarda à droite dans l'avenue, tout était blanc. Il semblait vouloir parler encore, mais il s'arrêta, regarda à gauche, même blancheur partout. Il ouvrit la bouche, marcha rapidement vers la petite porte et insista pour reprendre sa valise des mains de Zardjou.

Dans la cour de l'hôpital, les gens allaient et venaient. Un homme de haute stature, coiffé d'un bonnet de laine, se précipita vers Zardjou.

— Bonjour, capitaine !

Puis il salua Arezou.

— Bonjour, madame le docteur !

Arezou regarda Zardjou.

— Bonjour ! dit celui-ci. Comment est la mer ?

Il prit Arezou et Sohrab par le bras et les entraîna vers une porte qui s'ouvrit devant eux, laissant passer un homme vêtu d'une blouse blanche. Il tira son bonnet sur ses yeux :

— Le temps est convenable ! C'est le poisson qui nous soucie. Passez le message au commandant.

Le cabinet du médecin consistait en une petite pièce, froide, garnie de rideaux verts. Arezou n'arrivait pas à remplir toutes les rubriques du questionnaire.

— C'est sans importance ! la rassura le médecin.

Il se tourna vers l'infirmier qui attendait à la porte :

— Conduisez Sohrab khan à la chambre 12.

L'infirmier observa Zardjou. Le médecin désigna le frère de Tahmineh en souriant :

— Celui-ci !

Le frère de Tahmineh, tout pâle, regarda Arezou. Celle-ci se leva.

— Je l'accompagne.

Zardjou se leva à son tour.

— Non, je m'en charge.

Le jeune homme regardait toujours du côté d'Arezou. Quand l'infirmier lui mit la main sur l'épaule, il recula vivement et cria presque :

— Attendez !

Le médecin se leva de derrière son bureau. Zardjou fit un pas en avant. Le jeune Sohrab dit à Arezou :

— Ce que je vais vous dire, ni ma mère ni Tahmineh ne le savent.

Il respira profondément et ferma les yeux.

— C'est pour vous seuls que je vais le dire.

Il rouvrit les yeux. Il tremblait. L'infirmier se rapprocha. Le médecin lui fit signe d'attendre. Le frère de Tahmineh observa le bureau. Était-ce le calendrier qui attirait son attention ? La pile de notes ? Soudain, il se calma et, se mettant à parler, sembla ne s'adresser qu'à lui-même, comme s'il se donnait des explications précises :

— Mon frère avançait. Nous le suivions, quelques copains de régiment et moi. Sur le chemin de terre, il n'y avait que nous et les palmiers morts. C'était Esfandyar qui avait la gourde. Nous avions soif. « Non ! dit mon frère, pas une goutte tant que nous n'aurons pas rejoint les autres, pas une goutte ! » Il rigolait. Et nous aussi : « On va te la prendre de force ! » Il se mit à courir en riant. Avant qu'on ait pu le rejoindre, cette saloperie est tombée et tout a volé en éclats. On a été projetés à terre.

Il s'arrêta un instant, les yeux fixés sur le bureau. Il haletait. Comme pour mieux voir, il plissa les yeux.

— J'ai crié : « Frérot ! » Et je l'ai vu qui courait devant moi, la gourde à la main. Sans tête. Il courait devant, sans tête. La gourde à la main. Il n'avait plus de tête. Il courait, mais sans sa tête. Plus rien. Plus de tête.

Arezou s'assit machinalement. Le frère de Tahmineh, toujours aussi pâle, ne tremblait plus. Il respira profondément, comme s'il venait de réciter une leçon très difficile.

— Je n'ai rien dit à ma mère, ni à Tahmineh, mais il fallait que je le dise à quelqu'un.

Il se retourna et suivit l'infirmier. Zardjou portait la petite valise.

Arezou contempla fixement la porte fermée, sa poignée verte, bordée d'un liseré jaune vif. Puis la rainure brillante s'opacifia, tout devint flou. Arezou ne voyait plus très bien.

Le médecin lui tendit une boîte de kleenex et remplit un verre avec l'eau de la carafe posée sur le bureau. Il y jeta quelques morceaux de sucre qu'il fit fondre et lui tendit le verre :

— Tenez ! Buvez ! Dans ce genre de circonstances, le taux de sucre baisse. Ne vous inquiétez pas. Maintenant qu'il a vidé son sac…

Arezou regarda d'abord le verre :

— Son sac ?

Puis le stylo dans la main du docteur :

— Vous n'allez pas le voir ?

Le docteur reposa son stylo sur le bureau. Il s'appuya au dossier de sa chaise.

— Sohrab – notre Sohrab à nous – n'en sait peut-être pas plus que moi, mais pas moins non plus.

Il remarqua la mine éberluée d'Arezou et caressa son épaisse moustache.

— Il ne vous a jamais rien dit ? Non, sans doute.

Il regarda la porte du bureau.

— Un an avant la fin de ses études, il a tout lâché pour rentrer en Iran.

Arezou regarda par la fenêtre. La neige tombait de nouveau.

Sur tout le chemin du retour, elle observa les essuie-glaces faire virevolter les flocons de neige. Avant d'arriver chez Mah-Monir, elle contempla les arbres blancs.

— Pourquoi avez-vous abandonné la médecine en cours de route ?

La Patrol entra dans la ruelle, faisant crisser la neige sous ses pneus. Sohrab fit la moue :

— Au juste, je ne sais pas. Je pense que tout à coup j'ai réalisé que je n'avais pas envie de faire de l'argent sur le dos des gens.

— C'est ici ! dit Arezou.

La Patrol freina. Arezou descendit en murmurant :

— Je ne sais comment…

Zardjou descendit à son tour. Il leva son doigt ganté de noir et le mit sur sa bouche :

— Chut !… Va boire un café brûlant, fumer une cigarette et pleurer un bon coup. Moi aussi, il m'arrive de pleurer. Au revoir. Je te téléphone demain.

Avant qu'elle ait pu trouver les mots qu'il fallait, il était remonté en voiture, lui disait au revoir de la main et faisait démarrer en douceur la Patrol.

Dans la cuisine, Nosrat débarrassait le couvert du déjeuner. Naïm lavait la vaisselle. Mah-Monir était restée assise à table. Elle faisait des boulettes avec son pain qu'elle poussait sur le bord de son assiette. Shirine feuilletait un magazine. Arezou se massait la tête. Ayeh prit le dernier morceau de riz grillé dans le plat de *baghali polo*.

— Pauvre Tahmineh ! Elle a beaucoup pleuré ?

— Bravo ! Beau témoignage d'amitié ! éclata Arezou. Tu n'as même pas été capable d'aller passer un moment avec elle !

Un instant, on entendit craquer dans sa bouche les morceaux de grillé, puis le bruit cessa.

— Je t'ai déjà répété au moins six cents fois que Tahmineh n'était pas mon amie, rétorqua Ayeh. Elle est beaucoup plus vieille que moi. On était dans la même école ? Et alors ? Si toi, après mille ans, tu as rencontré sa mère dans la rue et qu'elle t'a raconté tous ses malheurs, et si, par pitié, tu as embauché Tahmineh, qu'est-ce que ça peut bien me faire ? Hein, bonne-maman ?

— Tu as dit qu'ils habitaient à Sar-Tsheshmeh ? intervint Mah-Monir. Mais alors, comment Ayeh a-t-elle pu se trouver dans la même école que Tahmineh ?

— Du temps où le mari était en vie, ils habitaient *Gholhak*.

Elle se remplit un verre d'eau. Ayeh se léchait les doigts les uns après les autres :

— Ils étaient gardiens dans une immense propriété qui disposait d'un court de tennis.

— Et toi, répliqua sèchement Arezou après avoir vidé son verre, tu en as bien profité !

Ayeh se tourna vers sa grand-mère.

— Et alors ! Tahmineh m'invitait, j'y allais. Où était le mal ? En plus, je me suis tuée à lui apprendre à jouer. Je n'y peux rien, moi, si elle a été incapable d'apprendre. Mais un de ses frères savait bien jouer. Je ne sais plus lequel… Le religieux, ou bien l'autre, le communiste ? Il y en a un qui est mort au front. Le pauvre. Le drogué, c'était lequel ?…

— Assez ! cria Arezou.

Shirine redressa la tête. Mah-Monir libéra la chaîne en or qui s'était accrochée à un bouton de son chemisier :

— Ne fais pas attention, ma chérie. Tu ne connais donc pas encore ta mère ? Elle est devenue docteur… Tu sais, cette femme docteur de la série télévisée, ce docteur de village, comment s'appelait-elle déjà ?…

— Si tu avais seulement la moitié du courage de Tahmineh ! fulmina Arezou. La pauvre fille porte sur ses épaules toute sa famille. Et toi ? Tu n'es bonne qu'à faire la coquette et à dépenser de l'argent !

Ayeh regarda sa grand-mère d'un air pincé. Mah-Monir posa la main sur le bras de sa petite-fille. Elle éleva la voix :

— Je t'ai demandé quel était le nom de cette femme docteur !

— Doctor Mayker ! cria Naïm depuis l'évier.

— Doctor Michael ! le reprit Nosrat d'un air furibard en débarrassant les assiettes.

— Doctor Mike ! précisa Shirine en refermant son magazine.

— Depuis quand es-tu spécialisée dans les séries TV ? s'étonna Arezou.

— Quelle femme sympathique ! dit Nosrat tout en posant les assiettes dans l'évier. Toujours prête à rendre service !

Arezou prit son set de table et celui de Shirine pour les donner à Nosrat.

— Laisse tout, ma chérie ! dit Nosrat, je vais ranger. Est-ce que tu n'en fais pas assez du matin au soir pour les tiens et pour tout le monde ?

Elle ramassa les sets qu'elle alla ranger dans le tiroir en marmonnant :

— Ah ! Si on pouvait reconnaître tes qualités !

— Alors, ce thé, ça vient ? réclama Mah-Monir.

S'adressant à Arezou :

— Raconte-moi un peu ce que le type t'a dit. Finalement, tu as pu apprendre ce qu'il faisait dans la vie ? Tu as dit qu'il était venu avec une Patrol ? Il a les moyens, alors ?

Arezou ouvrit de grands yeux, poussa un long soupir, recula sa chaise. Shirine se mit à crier :

— Une souris !

Ayeh et Mah-Monir bondirent. Ayeh grimpa sur une chaise en poussant des hurlements.

— Naïm ! cria Mah-Monir.

Shirine se pencha sous la table, suivie par Arezou qui lui demandait :

— Où ça ?

Shirine la tira par la main et toutes deux se glissèrent à quatre pattes sous la table :

— Ferme-la et pas de disputes avec ta mère et Ayeh ! OK ? chuchota Shirine en lui faisant un clin d'œil.

Arezou la regarda fixement et lui dit :

— Pourquoi pas ? Je vais me gêner, tiens ! J'en ai marre de ces deux-là. Et toi, tu n'es pas drôle du tout.

— Chut ! Promets-moi de ne rien dire et je te paie une plombières. Seulement, il faut me promettre de ne plus te disputer. D'accord ?

Arezou éclata de rire en s'étalant sous la table. Nosrat se donna des gifles en s'affolant.

— Ô Mousa fils de Ja'far ! Ma fille s'est évanouie.

Pendant ce temps, Naïm courait partout en hurlant :

— Où est-elle ?

Ayeh restait juchée sur sa chaise, tenant Mah-Monir par la main et poussant des cris. Arezou sortit de dessous la table et leur dit en riant :

— N'ayez pas peur, n'ayez pas peur ! Shirine s'était trompée. C'était… C'était… C'était quoi, Shirine ? demanda-t-elle en se tordant de rire.

Shirine émergea à son tour et se redressa :

— Excusez-moi. J'avais pris le soulier d'Arezou pour une souris.

— Oh Shirine ! s'écria Mah-Monir, la main sur le front. Tu m'as fait mourir de peur.

Puis, se tournant d'un air furieux vers Arezou :

— Ne t'ai-je pas dit cent fois de ne pas enlever tes chaussures sous la table ?

Ayeh redescendit de sa chaise en rejetant derrière l'oreille sa mèche de cheveux :

— Eh bien alors, tante Shirine ! s'esclaffa-t-elle.

— Prends ce balai qui traîne, brailla Nosrat à Naïm. Descends balayer. En bas, c'est un vrai nid à poussière.

Arezou ne pouvait plus s'arrêter de rire, elle en bégayait.

— Le type… le type… C'est un marchand de serrures et de poignées de porte… Sa boutique… sa boutique se trouve du côté de Toup-Khaneh…

Mah-Monir ouvrit la porte de la cuisine :

— Arezou, ne fais pas l'idiote ! Et toi, Nosrat, donne-nous du thé. Léger pour moi.

Arezou riait toujours comme une folle :

— Je te jure que c'est vrai !

Son fou rire se prolongea encore un bon moment alors qu'elle était assise à la table de la cuisine, la tête entre les mains, puis se transforma en sanglots. Shirine et Nosrat la prirent dans leurs bras. Dans un coin de la pièce, Naïm hochait la tête. Le hall résonnait des voix d'Ayeh et de Mah-Monir.

L'avenue Shariati était calme. De temps en temps, on entendait les chaînes fixées aux roues des voitures crisser sur la chaussée totalement blanche et le flop sourd d'un paquet de neige tombant d'un arbre sur le trottoir. Leurs bottes s'enfonçaient dans la neige. Elles portaient toutes deux des foulards de laine et se protégeaient d'un châle la bouche et le nez. Arezou regardait où elle mettait le pied, Shirine droit devant elle.

— Je ne sais pas ce qui m'a pris !

— Ce n'est rien. Tu es fatiguée.

— Et toi, pourquoi n'es-tu pas fatiguée ?

— D'abord, je suis aussi fatiguée que toi, mais outre que j'ai le temps de me reposer, je n'ai pas vingt personnes à qui rendre des comptes. Maintenant, tâche d'oublier la vision de la mort du frère de Tahmineh.

Les yeux fixés sur la neige vierge, Arezou ne répondit pas et se dit : « Comme si c'était facile ! » L'odeur du pain frais les précéda de cinq minutes. Quand elles atteignirent la boulangerie, un tas de pains barbari juste sortis du four attendait sur l'étal.

— Je t'avais promis une plombières. En échange, on va se manger un barbari tout chaud !

Elle s'adressa au garçon qui tenait la caisse :

— C'est bien, les jours de neige ! On n'a pas besoin de faire la queue.

Le garçon avait les cheveux gominés. Il lui sourit :

— Vous êtes en avance. Attendez un peu, vous allez voir la foule. Même quand il neige, les gens mangent du pain, pas vrai ?

Elle pointa son doigt ganté de laine vers le garçon :

— Combien ?

— Soixante-quinze.

— Tomans ? demanda Arezou.

— Évidemment ! Quoi d'autre ? Des rials ?

Shirine posa un billet de cent sur le comptoir. Le garçon lui rendit la monnaie avec le pain et dit en plaisantant à Arezou :

— On dirait que vous n'avez pas acheté de pain depuis des années.

— Mon Dieu ! fit Arezou.

— Et encore il est subventionné, renchérit Shirine, pas vrai, monsieur ?

— Quoi ? fit le garçon intrigué.

— Rien ! répondit Shirine. Je disais que le gel pour les cheveux est devenu cher, pas vrai ?

Le garçon se passa une main dans les cheveux en riant. Tout en marchant, Shirine donna un morceau de pain à Arezou.

— Tu es comme une pile sur laquelle on tire tout le temps sans jamais la recharger. Tu dois penser un peu à toi.

— Comment faire ?

— Trouver le chargeur.

Arezou s'arrêta. Elle croqua un morceau de barbari, le mâcha et l'avala.

— Tu veux parler de Sohrab ?... Sohrab Zardjou ?

— Oh ! Peu importe que ce soit Sohrab, dit Shirine en s'arrêtant, Zardjou, Sohrab Zardjou, ou qui que ce soit d'autre, pourvu que quelqu'un t'aide au lieu de te pomper. Je ne parle pas d'aide financière, tu n'en as pas besoin, mais d'une aide morale… Je ne sais pas, une aide quoi, quelqu'un sur qui tu puisses compter, quelque chose qui te comble, tu comprends ?

— Mais toi alors ? Tout cela, tu me le donnes déjà !

Elle fit un pas. Shirine n'avait pas bougé :

— Tu ne saisis pas. Tout ce que je sais faire, c'est t'écouter, te réconforter par de bonnes paroles. Tu as besoin de plus que ça. Ne le comprends-tu pas ?

Arezou mangea un morceau de barbari.

— Et si, en fait, ce n'était qu'un minable ?

Shirine remua la neige du bout du pied.

— Tant qu'il est bon avec toi et qu'il t'aide à t'en sortir, c'est toujours ça de pris, sinon, tant pis, tu lui dis adieu. Je n'ai pas dit qu'il fallait l'épouser.

Arezou observa un moineau qui l'épiait du haut d'un monticule de neige. Elle fit une boulette de pain qu'elle lui lança.

— Et Ayeh ?

Shirine éclata de rire.

— Comme dit Ayeh, tu es vraiment ouf ! Elle m'a répété cent fois : « S'il y avait quelqu'un pour lui tourner la tête, elle me lâcherait un peu les baskets ! »

— Quel culot ! dit Arezou vexée.

Maintenant, c'était Shirine que le moineau épiait.

— C'est Ayeh qui a raison.

Elle jeta un morceau de pain au moineau.

— Quand tu seras moins énervée, tu t'en prendras moins à elle.

Arezou cria presque :

— Ça, c'est trop fort !

La porte d'une maison s'ouvrit. Deux fillettes en sortirent. Shirine se précipita vers elles et leur dit bonjour.

— Bonjour ! répondirent-elles en chœur.

Shirine se rapprocha.

— Cela vous ennuierait si je vous posais une question ?

Les deux fillettes hésitèrent. Arezou regarda l'avenue : les arbres, le caniveau, le trottoir. « Cette fille est folle », murmura-t-elle. Puis elle regarda les fillettes qui répondirent en riant :

— Bien sûr que non.

Shirine leur donna la moitié du barbari, les salua puis revint vers Arezou.

— C'était la deuxième clownerie de la journée pour te faire rire !

Elle regarda Arezou, son châle noué à la diable autour du cou.

— Ces filles se sont portées garantes pour Ayeh. Pour ta mère, on va lui dire que l'aïeul de Zardjou était maître serrurier de Nasereddin Shah. Elle va sûrement organiser toute une série de fêtes.

— Par la tête de ton propre aïeul, pas un mot à Mah-Monir pour l'instant !

Arezou donna quelques coups de botte dans la neige en soupirant. Elle leva la tête pour regarder les arbres. Shirine fit des miettes du reste de pain qu'elle jeta dans la neige. Puis elle la rejoignit. Toutes deux s'en allèrent bras dessus, bras dessous.

De toutes les branches alentour, une vingtaine de moineaux fondirent sur les miettes de pain en précipitant un paquet de neige dans le caniveau.

14

Face au miroir de sa coiffeuse, Arezou se passait du rimmel. Ayeh était accroupie sur son lit, parmi une dizaine de coussins multicolores. Elle lançait en l'air un des coussins et le rattrapait :

— Tu es la championne des descriptions ! Raconte-moi exactement ce que vous vous êtes dit. Allez ! Dis-le-moi.

— Tu me tues avec toutes tes questions. C'était le genre de conversation qu'ont les hommes et les femmes de notre âge : « T'es-tu déjà mariée ? Oui ! Tu as des enfants ? Oui, j'en ai… »

La brosse fit un va-et-vient dans le tube de rimmel.

— Et lui, il a déjà été marié ?

Ayeh lança un coussin en l'air et le rattrapa.

— Non !

Arezou se rapprocha du miroir pour ôter une petite tache de rimmel sous sa paupière.

— Des enfants ?

Elle relança le coussin.

— Non !

— Formidable !

— Quoi formidable ?

— Sans mioches, c'est le pied !

Arezou roula des yeux furibonds dans la glace.

— Ajou khanom, fais pas ta ringarde !

— Et toi, ne joue pas les idiotes !

— Où t'a-t-il invitée ce soir ?

Elle lança un coussin.

— Au Mamalek, j'espère ?

Elle rattrapa le coussin.

— Oncle Hesam affirme qu'il se trouve en terrasse au dixième étage de l'immeuble.

Un coussin s'envola.

— Il y a un grand écran sur un mur, comme au cinéma. On y passe des films en boucle, sans le son à vrai dire.

Elle écrasa le coussin dans ses mains.

— En fait, l'été dernier, le restaurant était en terrasse. Mais en ce moment, je ne sais pas si à l'intérieur on passe aussi des films.

— On en passe sans doute pour éviter aux clients de voir ce qu'ils ont dans leur assiette !

Arezou prit le flacon de parfum.

— Ça c'est vrai, Oncle Hesam a dit que la cuisine y était à peine mieux que catastrophique, et l'addition, Dieu sait combien de milliers de tomans…

Le coussin s'envola.

— En revanche, on n'y laisse pas entrer les ploucs, c'est un endroit hyper-chic et…

Le téléphone sonna. Ayeh laissa tomber le coussin, tendit une main par-dessus la table de nuit, saisit le récepteur, et prit une voix contrefaite, une voix traînante et très snob :

— Oooui ! Ma chèère ! Vous êtes bien chez Mâdâme Sareeem, je vous en priiie.

Le coussin tomba au sol.

— Bonne-maman, c'est vous ? Bonjour ! dit-elle en riant aux éclats. J'ai imité qui vous savez. N'est-ce pas tout à fait elle ? Dites-moi que j'ai raison, jurez-le-moi. Ça va très bien, répondit-elle en cessant de rire. Et vous-même ? Arezou ?

Arezou posa un doigt sur ses lèvres. Agitant les mains, elle lui fit signe de se taire, de ne pas dire que... Ayeh colla l'écouteur à son épaule et lui demanda à voix basse :

— Pourquoi ? Tu as volé ? Tu as tué quelqu'un ?

Elle se tourna contre le mur pour reprendre la conversation :

— Ajou khanom est invitée à dîner par monsieur Zardjou.

Arezou se prit la tête entre les mains, ferma les yeux et grommela :

— La maudite ! Maintenant, maman ne va plus me lâcher.

Elle s'apprêtait à prendre le téléphone, se demandant ce qu'elle allait bien pouvoir dire à Mah-Monir, quand Ayeh ajouta :

— Elle vient juste de sortir. Elle n'a pas pris son portable. Et même si elle l'avait pris, il vaudrait mieux ne pas lui téléphoner, hein ! Holà, j'ai laissé le lait sur le gaz, il déborde. Au revoir, bonne-maman. Je vous rappelle.

Tout sourire, Ayeh raccrocha en faisant un tour complet vers sa mère, debout de l'autre côté du lit, la main sur la hanche :

— Petite morveuse qui ne sait pas tenir sa langue !

Ayeh sauta du côté opposé, la main sur la hanche, comme sa mère :

— Bien fait !

Elle haussa les épaules.

— Quand donc comprendras-tu que tu ne dois rien à ta mère ? Du matin au soir, tu fais face au monde entier, et quand tu es devant ta mère…

Elle pencha la tête à gauche et l'imita :

— Pourvu que Monir djan n'en sache rien, ça lui ferait tellement de peine !

Elle pencha la tête à droite :

— Pour l'instant, pas un mot à Monir djan, surtout ne pas la contrarier !

Arezou s'assit sur le tabouret, devant la coiffeuse.

— La question n'est pas de la contrarier ou non. Comme tu dis, c'est une emmerdeuse.

Ayeh rejeta sa longue mèche de cheveux derrière l'oreille et dit d'une voix stridente en remuant l'index :

— Ajooou djooooun ! Arrête ton char.

Puis elle redevint sérieuse.

— Avoue plutôt que tu as peur. Tu as peur de bonne-maman.

Elle se pencha pour ramasser son coussin, le prit dans ses bras, toisa sa mère et lui fit un clin d'œil.

— Tu ne vas pas encore te mettre ce rouge à lèvres couleur bave de mort ?!

Elle jeta le coussin sur le lit et quitta la pièce. Arezou observa le coussin tombé à côté du tas de coussins sur le lit. Elle se retourna et se regarda dans la glace. Était-ce de la considération pour sa mère, ou le fait qu'à quarante et un ans, elle avait encore du mal à lui dire qu'elle dînait en ville avec un homme ? C'était bien vrai, elle n'avait pas le courage de supporter les questions de sa mère. Mah-Monir était bien trop capable d'annoncer à tout le monde une chose qui n'était pas encore faite.

Elle caressa de la main le cadre de la photo de ses parents posée sur la coiffeuse : « Qu'est-ce qui est vraiment réel ? J'ai du plaisir à être en compagnie de cet homme, à lui parler. Mais… Sans doute est-ce Ayeh qui a raison. Peut-être bien que j'ai peur. Je crains encore ma mère. » Elle passa un doigt sur le verre de la photo. « Pourquoi ? » Son doigt enleva la poussière et le rire de ses parents devint plus éclatant. C'était une très vieille photo. Elle avait été prise lors d'une promenade à Tchalous avec la famille et les amis. Hesam venait juste d'acheter un appareil photo, il n'arrêtait pas de mitrailler tout le monde. « Les singes, avait-il dit à Arezou, je ne les prends pas en photo. » Elle avait bondi. Son père avait eu beau la supplier de revenir en l'assurant qu'Hesam plaisantait, elle avait haussé les épaules et s'était blottie derrière un rocher au bord de la rivière. « Laisse-la, avait dit sa mère, elle fait encore son intéressante. » Derrière son rocher, Arezou s'était mise à pleurer, tandis que ses parents faisaient face à l'objectif.

Arezou observa son doigt couvert de poussière. Elle revint à la photo : « Si au lieu de dire "Laisse-la", elle avait simplement dit "Viens", je les aurais rejoints et je serais sur la photo. » Sur la photo, Mah-Monir portait une longue jupe tachetée. Le mari avait passé un bras autour du cou de sa femme. Ils riaient tous deux, la rivière en arrière-plan. Elle regarda les tubes de rouges à lèvres et en choisit un, l'orange, d'un ton ni pâle ni foncé.

Elle se pencha sur le vase de fleurs au centre de la table, huma le parfum des narcisses.

— Pourquoi n'es-tu pas marié ?

Sohrab fit la moue.

— Cela ne s'est pas présenté.

Elle se mit à jouer avec la salière.

— J'ai tout d'abord pensé qu'il y avait des choses plus importantes à faire, puis qu'il fallait que j'épouse une femme avec qui parler des grandes questions. J'ai mis du temps à comprendre qu'il n'y a pas de questions plus importantes que la couleur des murs, l'agencement du mobilier, l'emplacement des tableaux, le choix du menu pour le déjeuner ou le dîner, et qu'il fallait pouvoir rire de tout ça ensemble.

Une femme aux joues pleines, aux yeux couleur de miel, leur servit deux assiettes de gâteau de noix et deux tasses de café ; d'abord à Arezou, ensuite à Sohrab. Arezou lui sourit :

— Est-ce vous qui avez fait ce gâteau, madame Sarmadi ?

— Oui, bien sûr ! répondit la femme en riant. Mais c'est Saman qui a pilé les noix, ajouta-t-elle en montrant un jeune garçon debout à côté d'elle, un plateau à la main.

Le garçon découvrit dans un sourire une rangée de dents prises dans un appareil dentaire.

— Où est Sara ? demanda Sohrab.

Madame Sarmadi indiqua une table à Saman d'un signe de tête :

— Va dire à Sanaz qu'elle prépare l'addition de la quatre.

Elle se tourna vers Sohrab et passa la main sur un tablier blanc immaculé.

— Sara a des examens. Je lui ai dit de rester en haut pour réviser.

Puis, vers une des tables :

— Je suis à vous tout de suite. Vous permettez, s'excusa-t-elle, en souriant, auprès de Sohrab et d'Arezou.

Elle se dirigea vers la table à côté de la fenêtre. Arezou suivit des yeux la mère et le fils, puis se rapprocha de Zardjou pour lui demander tout bas en plissant les yeux :

— Tu as dit qu'elle avait combien d'enfants ?

Zardjou se rapprocha à son tour. Il lui répondit tout bas en plissant les yeux :

— Trois : deux filles et un garçon. Je te verse du sucre dans le café ?

Leurs visages étaient pratiquement collés au bouquet de narcisses. Arezou se recula en riant. Secoua la tête pour dire qu'elle ne prenait pas de sucre. Regarda autour d'elle. Si on enlevait les tables du milieu pour les remplacer par une paire de fauteuils et un guéridon, le restaurant redevenait ce qu'il était en réalité : le salon d'un appartement de quatre pièces, dont trois chambres à coucher, dans une maison à un étage du quartier *Zafaranieh*.

Quand arrivèrent la soupe *tarkhineh* de *Boroujerd*, la salade de haricots et le poulet *bakhtyari*, Sohrab lui raconta comment, à la mort de monsieur Sarmadi, sa femme et ses enfants s'étaient retrouvés avec cette maison hypothéquée à cause de toutes les dettes contractées pendant la longue maladie du père. La famille les poussait à vendre la maison pour rembourser les dettes, mais madame Sarmadi leur répondait : « Si je vends la maison, où vivrai-je et de quoi ? » Frères et sœurs répliquaient : « Mais nous, est-ce qu'on n'est pas là pour t'aider ? » Beaux-frères et belles-sœurs murmuraient : « Aie confiance en Dieu. » Un soir où madame Sarmadi, à court d'argent, avait préparé du *taskébab* sans viande avec des pommes rapportées de Damavand par l'un des oncles, Sanaz, la fille aînée qui étudiait matin et soir pour présenter le concours de l'université, avait regardé le plat qui, malgré la faim, n'avait pas été fini. Son livre de maths sur les genoux, elle s'était souvenu de ce qu'elle disait à sa mère quand elle était enfant : « Ce n'est pas de la cuisine que tu fais, c'est de la magie ! » Et soudain, elle avait bondi de sa chaise, envoyant valser le livre de maths sous la table. « Au diable le concours ! On va transformer le rez-de-chaussée en restaurant. »

Ce que Sohrab ne disait pas, c'était que pour dîner dans ce restaurant familial, il fallait réserver des mois à l'avance. Ce qu'il ne disait pas non plus, c'était pourquoi lui-même était exempt de cette formalité. Au lieu de cela, il se répandit en plaisantant sur la cuisine de sa propre mère, si mauvaise que chaque fois qu'elle servait un plat, elle devait s'excuser vingt fois auprès de tous.

— Et tes parents ?… demanda Arezou.

Sohrab prit le petit vase de fleurs et respira le parfum des narcisses.

— Du même monde que ton père.

Il reposa le vase au milieu de la table.

— Tu n'as pas aimé le gâteau de noix ?

Arezou remarqua la petite porte qui communiquait avec la cuisine. C'était une porte en bois munie d'une poignée noire en fer forgé. « Quelle belle poignée », songea-t-elle.

Elle regarda le gâteau.

— Mais si ! Il est délicieux. Seulement, j'ai tellement mangé ! dit-elle en riant. Il faut que nous revenions un soir avec Shirine. On va voir si face à ce genre de menu, elle ose encore parler de régime.

— On viendra certainement un soir avec Shirine, mais…

— Mais quoi ?

— Tu ne veux vraiment pas voir où je travaille ?

Sans attendre la réponse, il ajouta :

— Un de ces jours, viens vers midi, je t'emmènerai déjeuner dans un endroit inimaginable.

« Il y a tant de choses que je n'aurais jamais imaginées », se dit Arezou, puis, tout haut :

— Tu sembles avoir oublié que je suis une femme d'affaires. Et l'agence ?

— Tu la confies à Shirine.

Il fit une pause.

— Bon ! Lève-toi, il se fait tard. Tu es une mère, ta fille t'attend.

— Et l'addition ?

Sohrab, ravi, prit le sac d'Arezou sur la chaise et le lui donna.

— Ici, je suis invité en permanence !

Madame Sarmadi les raccompagna jusqu'à la porte et serra la main d'Arezou :

— Merci de votre visite. J'espère que vous nous ferez à nouveau l'honneur. Les enfants vous remercient, glissa-t-elle à Sohrab.

Ils montèrent en voiture.

— De quoi te remercient-ils ?

Sohrab mit le contact, pencha la tête vers Arezou et la regarda dans le blanc des yeux :

— De leur avoir amené une charmante jolie femme !

Il éclata de rire. Arezou, au lieu de penser « Quel idiot ! », se dit « Comme je me sens bien ! » et, au moment de lui dire au revoir, s'écria :

— J'ai trop mangé, j'ai trop ri, j'ai trop parlé !

— On a passé un trop bon moment, renchérit Sohrab.

15

Mah-Monir s'écria depuis le salon :

— Mon thé, surtout pas dans un grand verre, hein !

La théière dans une main, la passoire dans l'autre, Arezou prit un air pincé : sa mère lui rabâchait sans cesse les mêmes choses. Elle se souvint du mot d'Ayeh : « Ajou khanom, ne me répète pas septante fois la même chose ! »

Elle reposa la théière sur le samovar et entra dans le salon avec un petit verre de cristal et deux mugs sur un plateau. Dans un angle du salon, Ayeh, pelotonnée dans son fauteuil, tripotait les branches d'un palmier.

— Bref, Marjane nage dans le bonheur. Elle est au septième ciel.

Mah-Monir se baissa pour atteindre sa cheville et rajuster un bas de nylon qui n'avait pas le moindre pli.

— Où se sont-ils connus ?

Arezou présenta le plateau à Mah-Monir et gronda Ayeh :

— Laisse ces feuilles tranquilles.

Ayeh retira vivement sa main. Elle dit à sa grand-mère :

— Sur Internet.

— Tu plaisantes ? répondit Mah-Monir, le petit verre à la main.

Arezou éclata de rire.

— Absolument pas ! Ils se sont rencontrés sur un tchat-room, je te jure !

Mah-Monir, toujours le verre à la main :

— Sur un quoi ?

— Je fatigue, dit Arezou, tu prends du sucre, oui ou non ?

Comme si elle chassait une mouche, Mah-Monir secoua sa main libre pour lui signifier qu'elle ne prenait pas de sucre, qu'elle pouvait disposer. Arezou prit son mug et s'assit dans un fauteuil.

— Nous, on s'est mariés après une rencontre. On a vu le résultat. Mais maintenant, si on fait connaissance par ordinateur...

Ayeh n'écoutait pas plus que Mah-Monir. La petite-fille expliquait à sa grand-mère, tout ouïe, ce qu'était un tchat-room – un forum de discussion – et comment se déroulait une rencontre sur Internet.

— Comme c'est intéressant ! dit la grand-mère.

Elle se tourna vers Arezou.

— Où est le problème ? Il faut bien vivre avec son temps.

Elle eut un de ces rires qu'Arezou détestait déjà quand elle était toute petite et qui faisait dire à Ayeh : « Bonne-maman est dans son trip de séduction. » Une fois, Arezou lui avait demandé : « Toi, ce rire ne te rend pas folle ? » « Non pourquoi ? » avait répondu Ayeh, étonnée.

Le téléphone sonna. Ayeh décrocha. Elle prit une voix aiguë et traînante :

— Allôô, chère amiiie, vous êtes bien chez Mâdâme Sareeem, je vous en priiie.

Arezou pesta :

— Parle comme tout le monde.

— Marmar djan, attends une minute ! dit Ayeh.

S'adressant à sa mère :

— Et alors ? Il est interdit de plaisanter dans cette maison ?

Le téléphone à la main, elle se dirigea vers l'escalier qui menait à l'étage du bas :

— Comment va la petite mariée ?

La voix s'éloigna.

— Avant Nowrouz ?

S'éloigna un peu plus.

— Alors, tu as très peu de temps.

On entendit se refermer la porte de la chambre à l'étage du dessous. Mah-Monir s'emporta :

— Et alors ? Qu'est-ce que cette enfant a dit pour que tu la rabroues ainsi ? Bon ! Elle imite l'animatrice de « Chansons dédicacées ». Moi, je la trouve très drôle et…

— Monir djan ! Je t'en prie !

Arezou se leva pour redresser le cadre de la photo sur le mur.

Mah-Monir était furieuse.

— Je te prie de ne pas me prier ! Qu'a-t-elle de si mauvais cette émission ? Les Occidentaux seraient-ils vraiment meilleurs que nous ? Ou alors…

Sur la photo, Ayeh riait. C'était son père qui l'avait prise. Le regard d'Arezou glissa vers les rideaux du salon, des rideaux blancs dont le bas avait été brodé par Nosrat. Elle se tut jusqu'à ce que Mah-Monir finisse aussi par se taire, se verse une petite assiette de fruits secs et dise encore :

— Quoi de neuf ?

« L'interrogatoire commence », se dit Arezou. Puis à voix haute :

— Tout va bien. Hier j'ai réglé la traite de Hajji.

« Quand les emprunts de papa seront remboursés, pensa-t-elle, je pourrai envoyer Ayeh en toute tranquillité. » Mah-Monir toussa :

— Ce dîner avec monsieur… comment s'appelle-t-il déjà ? Ça s'est bien passé ?

Arezou ôta ses babouches pour se blottir dans le fauteuil : « Tu parles qu'elle a oublié son nom ! » À voix haute :

— C'était très bien. Nous avons mangé dans un restaurant tenu par une femme et ses enfants et…

— Tu as dit qu'il faisait quel genre de métier ?

— Importateur de serrures.

Mah-Monir croisa les jambes, porta la main à sa chaîne en or et, tout en la faisant glisser plusieurs fois de gauche à droite, regarda photos et tableaux qui entouraient une photo d'Ayeh.

— Ce mur est bien encombré. Si j'étais toi, j'enlèverais tout ça et ne laisserais que la photo d'Ayeh. Un appartement aussi minuscule, ça donne le tournis.

Puis elle fixa le tapis.

— Donc, si on veut le présenter…

Elle prit quelques fruits secs.

— Il fait du commerce, n'est-ce pas ? Profession libérale ? Ou bien…

Elle croquait ses fruits secs de façon à ne pas effacer un rouge à lèvres imaginaire. Arezou était stupéfaite :

— Qui va-t-on présenter à qui ?

— Maryam a fait la connaissance d'un cardiologue… On dit qu'il est apparenté aux Rahiolmamalek. Tu dis que ce… ce Sohrab s'appelle comment déjà ? De toute façon, je ne connais personne dans le bazar.

Arezou se demandait ce qu'elle pouvait bien répondre et comment éviter la dispute. Quoi qu'elle dise, et sur quelque ton que ce soit, Mah-Monir se mettrait à crier. Arezou piquerait une colère. Mah-Monir fondrait en larmes et Arezou serait pleine de remords. Le bruit de pas d'Ayeh qui grimpait quatre à quatre l'escalier en hurlant de rire la sauva.

— Marjane et sa mère sont dans la purée de pois. Elles paniquent à l'idée d'avoir à choisir un lieu pour la noce, le nombre des invités, le menu, le photographe, le coiffeur, sans parler du trousseau.

Elle retourna s'asseoir au même endroit et allongea les jambes sur le bras du fauteuil.

— Il n'y a pas de quoi rire, s'irrita Mah-Monir. Organiser un mariage n'est pas une plaisanterie.

Elle décortiqua une pistache.

— Tu as dit « avant Nowrouz » ? La pauvre mère de Marjane ! Il lui reste bien peu de temps.

Elle jeta les coquilles dans l'assiette.

— Nous sommes probablement invitées, n'est-ce pas ? demanda-t-elle à Ayeh en lui offrant la pistache.

— Certainement ! Elle vous adore.

Puis elle passa une main dans ses cheveux en s'enfonçant dans le fauteuil.

— Marjane n'est pas une mauvaise fille. Il y a juste certaines choses à propos desquelles on n'est pas du même groupe sanguin !

Mah-Monir sortit d'un sac verni un petit face-à-main.

— Quoi par exemple ?

Elle se regarda en clignant plusieurs fois des paupières.

— J'ai quelque chose dans l'œil.

Ayeh agita ses jambes qui pendaient du bras du fauteuil. Elle leva les yeux, l'air inspiré :

— Beaucoup de choses. Par exemple, moi, je suis folle de voyages : j'adore voir des gens, des lieux nouveaux. Marjane, elle, ne pense qu'à un mari, aux bijoux, aux toilettes, à ce genre de choses.

— C'est vrai que toi, dit Arezou, tu es un modèle de coquetterie.

— Moi ? sursauta Ayeh en écarquillant les yeux.

— Non, moi !

Mah-Monir remit le face-à-main dans son sac, fit les gros yeux à Arezou et se tourna vers Ayeh qui avait l'air vexé :

— Ne fais pas attention à ce que te disent Arezou et Shirine. Sortir, recevoir, acheter des bijoux, tout cela n'est pas un crime.

Ayeh haussa les épaules en regardant Arezou :

— Tante Shirine et toi, vous vous imaginez que votre façon de penser est le fin du fin du raisonnement, le summum de la sagesse, que tous les autres sont des crétins. Si Marjane et sa mère raffolent de tout ça, où est le mal ? Elles n'ont jamais rien volé ! Mettons que certains aiment dépenser leur argent, en quoi ça nous regarde ? En quoi ça regarde qui que ce soit ?

Pendant qu'elle vidait son sac, Mah-Monir hochait la tête en signe d'approbation. Quand Ayeh eut fini de parler et Mah-Monir d'approuver, Arezou répliqua :

— Il y a quelque temps, un couple est venu à l'agence pour vendre son appartement de quatre-vingts mètres carrés et en louer un de quarante. Tu sais pourquoi ?

Elle fixa Ayeh qui faisait tourner son bracelet de cuir autour du poignet.

— On avait demandé leur fille en mariage. La fille insistait pour avoir un superbe trousseau, car le fiancé promettait un magnifique mariage. Les parents n'ayant pas d'argent…

Mah-Monir la coupa :

— Bah ! Voilà qu'elle recommence. En quoi ce que font les gens nous concerne-t-il ?

Elle prit une boîte jaune dans son sac, l'ouvrit, se mit deux gouttes de crème sur les mains.

— Si vous voulez mon avis, un mariage, cela se prépare. Plus c'est somptueux, plus c'est réussi. D'abord, il en va de l'honneur de la famille. Ensuite, plus le mari dépense pour sa femme, plus cela prouve qu'il la considère.

Elle s'étala minutieusement la crème sur les mains.

Arezou observa les mains de sa mère. Elle avait donné l'ordre à Amini et à Mohsen de ne pas chercher de client pour l'appartement de quatre-vingts mètres carrés. Sa mère avait les doigts fins et longs. Ses ongles n'avaient pas besoin d'être rallongés artificiellement. Elle avait expliqué à ses collaborateurs pourquoi elle ne voulait pas être complice de cette vente. Ils l'avaient regardée, ahuris. Elle examina ses propres mains. Elle avait les doigts courts, les ongles taillés au carré. Au restaurant de madame Sarmadi, quand elle avait raconté l'histoire de l'appartement à Sohrab, celui-ci avait regardé ses mains en hochant la tête : « Quelles belles mains ! » Arezou s'était hérissée : « Tu te moques de moi ? » Sohrab avait tremblé : « Moi, me moquer ? Jamais de la vie. Ces mains ne sont pas douillettes. Je n'aime pas les mains douillettes. » « Quand j'étais petite fille, avait repris Arezou, ma mère me répétait tout le temps : “ Tu as vraiment des mains de bonne à tout faire.” » Et Sohrab de rebondir : « Mon père à moi n'a cessé de me répéter jusqu'à ce que j'aie trente ans :

“Quand vas-tu te décider à grandir?” Lorsque j’ai eu trente ans, il m’a déclaré tout uniment : “Décidément, tu ne grandiras jamais!” » Il avait regardé encore une fois les mains d’Arezou en hochant la tête. « Ils finiront par vendre leur appartement, faire ce mariage, acheter le trousseau; nous n’y pouvons rien, ni toi, ni moi. »

Arezou observa les mains de sa mère : « Si je ne venais pas d’allumer une cigarette, elle m’aurait sûrement pris la main. »

— Pour les taches brunes, dit Mah-Monir, le docteur m’a prescrit cette crème trois fois par jour. Si tu en veux, tu n’as qu’à me le dire, je t’en prendrai aussi.

— Du thé? proposa Arezou en se levant.

Mah-Monir refusa tout d’abord, avant de se raviser :

— Oui, mais léger. Si tu en veux, dis-le-moi, j’en prends pour toi.

Aussi loin qu’elle pût se rappeler, elle avait toujours vu sa mère se comporter ainsi, à lui parler comme si elles étaient du même âge, allant même jusqu’à lui cacher sa ménopause… Quand Ayeh avait atteint la puberté, Mah-Monir lui avait acheté des serviettes hygiéniques de marque. Elle répétait à Arezou : « Ces choses-là ne sont plus pour nous! »

La voix de sa mère lui parvenait du salon. Elle parlait de façon à ne pas être entendue.

— Et toi, tu ne l’as pas vu? Il faut que j’interroge Shirine. J’ai invité le petit ami de Maryam pour la soirée de Nowrouz. Je vais aussi inviter Zardjou. Si la mère de Maryam s’imagine qu’il n’y a que sa fille…

La passoire à la main, Arezou ferma les yeux, les rouvrit et frappa un grand coup de passoire sur le coin de la banque. Les feuilles de thé humides se répandirent sur le sol de la cuisine.

16

Il faisait froid dehors, mais dans le centre commercial, l'air était si chaud qu'Arezou dut déboutonner le haut de son manteau. Elle s'éventa avec la pointe de son foulard.

— J'étouffe.

— Ne t'avais-je pas dit de ne pas mettre ce manteau ? dit Ayeh.

— Quelles belles boutiques ! s'extasia Mah-Monir en embrassant l'endroit d'un regard circulaire. Cela faisait longtemps que je n'étais pas venue.

— Dépêche-toi d'acheter cette maudite combinaison de ski, s'impatienta Arezou, et rentrons. Je bous.

— Si tu as décidé de grogner, dit Ayeh, autant rentrer tout de suite. Je veux tout voir. Et puis, il me faut aussi des baskets.

Mah-Monir l'entraîna vers les bijouteries :

— Viens, je commence toujours par là.

Elle montra un bracelet dans la vitrine.

— Il ressemble à mon Cartier.

— Un vrai Cartier ?

— Le mien ? Bien sûr. Un cadeau de ton grand-père pour un de mes anniversaires. Celui-ci est sans doute de fabrication locale. Mais bon ! Les bijoutiers iraniens savent aussi faire des prodiges. Ils font de telles copies que…

Elle passa à la boutique suivante.

— Quelles jolies lunettes !

Ayeh détailla les marques de lunettes pour femmes :

— Dolce & Gabbana, Versace, Chanel. Et celles-là, regarde, des Armani ! Elles sont mortelles !

Arezou regarda les lunettes pour hommes en songeant : « Je ne l'ai jamais vu porter de lunettes noires. » Elle pensa aux rides que Sohrab avait sous les yeux en passant une main sous les siens. Puis elle observa le profil de sa mère. Quand son père parlait de la peau de Mah-Monir, il disait : « Du grain de raisin ! » Et Sohrab : « Une femme sans rides sous les yeux, c'est comme un vin de l'année, imbuvable ! » Arezou l'avait rapporté à Shirine qui en avait bien ri. « Quel petit malin ! » Arezou, elle, n'avait pas trouvé ça drôle.

Ayeh l'interpella :

— Ajou khanom ! À quoi rêves-tu ? Viens. Marjane m'a dit qu'il y avait des combinaisons de ski extra dans la dernière boutique. Ça s'est dit aussi dans plusieurs blogs.

— Dans quoi ?

— Rien. Laisse tomber. Tiens, voilà justement la boutique.

Le magasin d'articles de sport était bondé. Arezou regarda autour d'elle.

— Qui raconte que les gens sont fauchés ? Regarde-moi cette foule !

— Tout le monde n'achète pas forcément, dit Ayeh en se rapprochant de la caisse. La plupart sont là pour le spectacle.

Mah-Monir alla dans les rayons tâter un survêtement noir.

— Quelle belle matière !

Elle le prit pour l'essayer.

— S'ils l'ont en rouge vif, j'en prends un.

Elle alla se renseigner. Arezou regarda le prix sur l'étiquette et supplia le ciel qu'ils n'aient pas la couleur. Elle se fraya un passage dans la foule jusqu'à Ayeh qui piétinait à côté d'un vendeur. Une jeune femme aux lèvres épaisses était en train de lui demander :

— Vous auriez des maillots de bain ?

Elle avait plusieurs pansements sur le nez, dus à une opération de chirurgie esthétique. Mah-Monir donna un coup de coude à Arezou. Du regard, elle lui montra les lèvres de la dame. Elle chuchota :

— Collagène !

De son côté, Arezou donna un léger coup de coude à Ayeh en lui montrant la jeune femme :

— Un maillot de bain en cette saison ?

Ayeh chuchota d'un air bougon :

— Ne crie pas, voyons. Tu n'as jamais entendu parler des piscines couvertes ?

Puis elle lui montra les chaussures de sport avec des lacets argentés.

— Voilà celles dont je t'ai parlé.

Quand elle entendit le prix, Arezou sursauta :

— Quoi ? Ce n'est même pas la peine d'insister !

— Les gens achètent des maillots pour les piscines couvertes, grommela Ayeh, et moi, comme une malheureuse, pour pouvoir jouer une espèce de basket-ball dans une espèce de gymnase dans une espèce de faculté, il faudrait que je porte des espèces de savates en plastique ?

La gorge nouée, elle ajouta :

— Bon ! Puisque c'est comme ça, je ne veux rien !

Elle se rua vers la sortie. Mah-Monir jeta le survêtement sur le comptoir et s'écria :

— Toi et ta pingrerie ! Tu vas finir par acculer ta pauvre enfant au suicide. Ni moi ni ton père n'avons jamais été pingres. Dieu du ciel ! De qui peux-tu bien tenir ça ?

Elle chercha Ayeh :

— Attends, ma chérie. Je vais te les acheter, moi.

La femme au nez opéré et le vendeur toisaient Arezou. Les lèvres de la femme, écartées l'une de l'autre par le sourire, luisantes d'un rouge à lèvres de couleur brune rehaussée par un trait d'une nuance plus soutenue, étaient deux fois plus épaisses que celles du jeune vendeur. Arezou lui fit face :

— Écoute bien la pingre que je suis : le jour où tu iras te faire enlever les pansements qui te couvrent le nez, dis au docteur de réduire tes lèvres de moitié au lieu de les regonfler au collagène.Tu économiseras autant sur le rouge.

Elle n'avait pas fait deux pas hors du magasin qu'elle se souvint de ce que disait Nosrat : « Que ça te rende malade ! La pauvre femme ne mérite pas ça. » Ayeh et Mah-Monir faisaient du lèche-vitrines devant une boutique de décoration. Étaient exposés là : vases de porcelaine et de cristal, plateaux en argent ou plaqués or, fleurs artificielles... Parmi tout cela se dressait la statue d'un jeune éphèbe noir portant une lampe sur l'épaule, le regard perdu on ne savait où. Une des oreilles de la statue était ornée d'une boucle. Sa taille était prise dans une ceinture orange. Mah-Monir mouchait Ayeh avec un kleenex. Arezou soupira en se dirigeant vers elles. Avant qu'elle ait eu le temps d'ouvrir la bouche, Mah-Monir la devança :

— Inutile d'ajouter quoi que ce soit. Personne n'a rien à dire. On est toutes les trois très énervées. On va aller prendre un café au Coffee-Shop, dit-elle en montrant le café à l'angle du centre commercial. Ensuite on parlera.

Elle passa un bras sous celui d'Ayeh pour se diriger vers le café. Arezou regarda l'esclave noir en murmurant : « Te voilà obligé de porter cette horrible lampe jusqu'à la fin du monde. Je compatis ! »

Les tables et les chaises du café étaient rouges et noires.

Ayeh tira nerveusement son sweat-shirt en avant.

— Tu me fais suer ! Je ne suis qu'une esclave à tes ordres. Viens ! Va ! Fais ci ! Fais pas ça ! Ne mets pas ci ! N'achète pas ça ! Tu crois que j'ai toujours deux ans ? Va donc voir chez les autres comment ils traitent leurs filles.

— Arrange ton foulard.

Arezou, la main sous le menton, regardait Ayeh.

— Les autres filles ont des pères costauds et présents qui veillent sur elles, toi non.

— Il faut encore que tu t'en prennes à papa, dit Ayeh sur un ton furieux.

— Toute cette dispute pour une combinaison de ski et une misérable paire de chaussures, dit Mah-Monir. Si on nous entendait, on pourrait croire, Dieu m'en préserve, que nous en sommes à mendier. J'ai dit que c'était moi qui les achetais. Assez discuté.

Elle porta la tasse de café à ses lèvres.

Ayeh se mit à tripoter en marmonnant les feuilles de la plante verte qui se trouvait à côté de leur table.

— Qu'est-çe que j'y peux si nous n'en avons pas ? Quand tu es tombée enceinte, tu aurais dû prévoir ce genre de détails. C'est toi qui m'as forcée à aller à l'université. Je n'ai jamais voulu faire d'études. Je veux travailler, être indépendante.

Mah-Monir posa brutalement sa tasse sur la table.

— J'ai dit que je paierais. Ça suffit maintenant !

Devant les yeux rougis de sa fille, Arezou se demanda : « D'elle ou moi, qui a raison ? J'ai été si heureuse quand je suis tombée enceinte. J'aurais dû prévoir. Aurais-je dû ? Comment aurais-je pu ? Je ne pouvais pas savoir qu'Hamid était une telle bourrique. À vingt-deux ans, qu'est-ce qu'on peut comprendre ? Pourquoi Mah-Monir insiste-t-elle autant pour payer ? Avec quel argent ? Et Hamid, pourquoi a-t-il aussi mal tourné ? Pourquoi mon père est-il mort ? Pourquoi suis-je si fatiguée ? Si seulement Sohrab était là. » Était-ce le remords ou la simple envie d'être gentille avec Ayeh et avec sa mère, ou les deux à la fois ? Elle pensa dire tout de suite à Ayeh qu'elle avait décidé de l'envoyer en France. Mais avant qu'elle n'ait eu le temps d'ouvrir la bouche, une voix forte et grave résonna :

— On met son voile ! Les femmes, par ici ! Tous les hommes dehors !

Les mains se précipitèrent sur les foulards, les têtes se tournèrent vers la sortie.

— La police des mœurs ! fit Ayeh.

17

— Il me prend pour une idiote ? Qu'est-ce qui prouve qu'ils sont vraiment mari et femme ?

Amini regardait fixement Arezou. Celle-ci, l'air courroucé, n'arrêtait pas de parler.

— Supposons que le type vienne signer l'acte de vente, que l'acheteur entre en possession du bien et s'installe dans les lieux. Demain ou après-demain, une femme, propriétaire selon ce document de trois parts du bien, vient déclarer à l'acheteur : « Vous ne pouviez pas vous porter acquéreur. » Ou bien elle vient dire à ce prétendu mari : « Tu n'avais pas le droit de signer à ma place l'acte de vente. » Toi, que feras-tu ?

Elle referma le dossier qu'elle remit à Amini en lui disant :

— Je veux voir la procuration officielle faite par la femme à son mari. Cette procuration doit impérativement comporter les éléments suivants : droit de vente, droit d'encaissement, droit de résiliation. Réclame aussi les photocopies des cartes d'identité des deux époux et porte le tout à l'étude de maître Moradi. Assure-toi aussi qu'ils ne sont pas interdits de transaction.

Amini répéta plusieurs fois : « Entendu ! » Plusieurs fois, il remonta la ceinture de son pantalon. Puis il sortit du bureau, le dossier sous le bras, tandis que Naïm entrait avec le plateau à café.

Shirine allongea les jambes sur le bureau. Elle portait des bottines marron et un pantalon crème. Arezou repoussa papiers et dossiers et mit elle aussi les jambes sur le bureau. Elle portait des souliers noirs à talons hauts et de fins bas de nylon noir. Un soleil pâle éclairait le mur derrière les deux bureaux, focalisé sur la photo du père d'Arezou.

— Mmmm ! fit Shirine en buvant son café. Et que s'est-il passé ensuite ?

Dans la cour, deux pigeons et quelques moineaux picoraient du millet dans un pot que Naïm avait posé au bord du massif.

— Rien ! Ils nous ont fait la morale pendant une demi-heure et nous ont relâchées.

Elle but son café.

— J'aurais aimé que tu voies la tête de ma mère et celle d'Ayeh ! Blanches comme un linge.

— Finalement, tu l'as achetée, cette combinaison de ski ?

— Bien sûr ! Et aussi la paire de baskets. Et maman s'est pris un survêtement rouge vif. À propos, sais-tu ce que c'est qu'un blog[1] ?

Shirine retourna sa tasse à café sur la soucoupe en expliquant ce qu'était un blog : une page qu'on ouvrait sur Internet, à laquelle on donnait le nom qu'on voulait, et sur laquelle on écrivait ce qu'on voulait, quand on voulait. N'importe qui pouvait la lire et, s'il le voulait, ajouter un commentaire. Elle éclata de rire :

— Il y a quelques jours, j'ai lu que si on comparait un journal à un restaurant, il fallait voir le blog comme un pâturage !

---

1. *Weblog* dans le texte persan.

Arezou regarda les moineaux. Ils avaient chassé les pigeons et dévoraient le millet à toute vitesse.

— Tu penses qu'Ayeh a ouvert un blog ?

Shirine haussa les épaules :

— Félicitations pour tes nouvelles chaussures, très chic !

— Elles ne sont pas neuves, ma chère. Je les ai depuis des années.

Elle regarda ses chaussures et remua les jambes.

— Ce soir, j'ai rendez-vous avec Sohrab.

Un sourire naquit dans ses yeux pour s'épanouir sur ses lèvres.

— Au restaurant de madame Sarmadi ?

Shirine, la main sous le menton, observait Arezou.

— Je ne sais pas. Il a dit : « Surprise ! »

Elle eut un petit rire, reposa les pieds par terre et prit son stylo pour noter quelque chose dans son agenda. Shirine, un sourire imperceptible aux lèvres, ne la quittait pas des yeux.

— Magnifique !

Arezou releva la tête :

— Qu'est-ce qui est magnifique ?

— Que j'aie deviné juste. Sohrab s'est révélé une bonne aspirine !

Arezou contemplait le foulard de coton blanc.

— Et toi ?

— Quoi moi ?

Deux grands yeux marron lancèrent un regard muet à deux petits yeux verts. Shirine se tourna vers la cour en faisant pivoter sa chaise.

— Il faut que je termine ma convalescence. Ensuite, peut-être que moi aussi je chercherai mon aspirine.

Arezou fronça le sourcil.

— Arrête un peu avec tes aspirines.

Elle proposa sur un ton plus calme :

— Viens avec nous ce soir.

Elle redressa un peu le buste et lui lança un regard implorant.

Shirine semblait absorbée par le spectacle des moineaux qui avaient confisqué le pot de millet et forçaient les pigeons à boire dans le bol posé à côté.

— J'ai mon cours de yoga.

Arezou était sur le point de grogner, mais elle se retint. Elle s'appuya au dossier de sa chaise.

— Ma mère et Ayeh ne me laissent pas en paix.

Elle se mit à les imiter :

— « Quand allons-nous enfin voir ce Sohrab khan ?! » Moi, je n'ai aucune envie qu'elles le voient. Mais toi, viens, je t'en supplie…

— Pourquoi ne veux-tu pas qu'elles le voient ?

Elle défit son foulard, retira l'élastique qui attachait ses cheveux, avant de se recouvrir.

— Je ne sais pas.

Tout en regardant la cour, elle enfonça la pointe de son stylo-bille. Elle fit sortir la pointe à nouveau.

— Je crois que j'ai peur.

Elle rentra la pointe.

— J'ai peur que ma mère et Ayeh gâchent tout.

Un corbeau se posa en haut du mur.

— C'est comme un pressentiment…

Un des moineaux s'envola.

— Je ne sais pas pourquoi, mais je ne veux pas qu'elles le voient.

Elle jeta le stylo sur le bureau en se mordant la lèvre inférieure. Autour du pot de millet et du bol d'eau, il n'y avait plus pigeons ni moineaux. Le corbeau s'était posé sur le pot.

18

Elle referma le dossier qu'elle donna à Tahmineh.

— Voilà pour les signatures. J'ai noté aussi les coups de téléphone que tu dois passer. Cet après-midi, j'ai deux dossiers de location. Le premier, je l'ai confié à Amini. Le second concerne un diplomate. C'est madame Mosavat qui s'en chargera. Je crois que nous n'avons rien d'autre ?

Elle regarda l'heure. Tahmineh serra le dossier sur sa poitrine. D'un signe de tête, elle confirma qu'il n'y avait rien d'autre. Elle hésita un instant :

— Excusez-moi, je sais que vous êtres pressée, mais…

— Mais quoi ? Qu'y a-t-il ?

La jeune fille se mordit les lèvres. Elle baissa la tête.

— Maman et moi, nous pensons que… Il semblerait que mon frère ait à nouveau…

Arezou se prit la tête entre les mains. Shirine regarda sa montre, puis Arezou. Elle se leva et s'approcha de Tahmineh.

— Ne t'inquiète pas. Depuis le début, on s'en doutait. Ce n'est pas si facile de décrocher.

La main sur l'épaule de la fille, elle l'accompagna jusqu'à la porte du bureau.

— Nous en parlerons au docteur et à monsieur Zardjou. Je vais leur téléphoner tout de suite.

Après l'avoir presque poussée dehors, elle s'adressa à Arezou :

— Toi, vas-y. Je téléphone immédiatement au docteur.

— Tu lui téléphones, et puis quoi ? La dernière fois, l'intervention de Sohrab a permis une prise en charge gratuite. Et encore, je ne suis pas tout à fait certaine qu'il n'y ait rien eu à payer… Si ça se trouve, Sohrab a versé quelque chose sans nous le dire…

Shirine prit le manteau noir et le lui passa.

— Habille-toi.

— Cela a dû coûter très cher, dit Arezou en enfilant son manteau. Au moins cinq cent mille tomans, non ? Peut-être même plus ?

Shirine boutonnait le manteau pendant qu'Arezou poursuivait.

— Mettons que la première fois il n'ait pas pris d'honoraires. Une fois, d'accord, mais une deuxième fois… et Dieu sait combien de fois encore ?…

Shirine serra le nœud du foulard, lui mit son sac à longue lanière sur l'épaule et la conduisit vers la porte :

— Bon ! D'accord ! Vas-y maintenant. On trouvera une solution. Salutations à Hatam Taï-Casanova[1] !

En retenant la porte, Arezou dit encore :

— Pour le diplomate, pas de ristourne. Si on téléphone de chez le notaire, dis-lui que les surfaces des trois appartements de la tour Mas'oudi sont toutes

1. Hatam Taï : personnage historique célèbre pour sa générosité.

fausses. J'ai dit à Mohsen de faire une photocopie de l'acte de propriété pour le terrain de la rue Razi…

— Au-re-voir, martela Shirine.

Elle n'avait pas refermé la porte qu'Arezou ajoutait encore :

— Si Ayeh téléphone, dis-lui que j'ai acheté de la vitamine C. Je l'ai posée sur son bureau. Elle renifle un peu depuis hier…

Sohrab lui avait conseillé de prendre le bus. Ce serait plus simple. Elle devait monter à Tajrish et descendre place Toup-Khaneh. Au début de l'avenue Sepah[1], un peu plus haut que l'entrée de Bagh-e melli[2], elle verrait l'enseigne « Serrures Zardjou ».

Arezou n'avait pas dit à Sohrab qu'elle n'avait pas pris le bus depuis longtemps. Elle n'avait rien dit non plus à Shirine de cette escapade. Quand elle fut à Tajrish, elle demanda aux uns et aux autres où se trouvait la ligne Toup-Khaneh. Mais au moment où elle la trouva enfin, l'autobus était sur le point de démarrer.

— Toup-Khaneh ! cria-t-elle au chauffeur.

— Ton ticket, répondit-il. Dépêche-toi et monte par l'arrière.

---

1. L'avenue Sepah (« de l'Armée », aujourd'hui avenue Imam-Khomeyni) relie la place Toup-Khaneh à l'avenue Pahlavi (aujourd'hui Vali-Asr).

2. *Bagh-e melli* : le Parc national, situé en plein centre de la vieille ville de Téhéran, à l'ouest du grand bazar.

— Je n'en ai pas, dit Arezou en montant par l'avant. Que dois-je faire ?

— Messieurs, lança le chauffeur à la cantonade alors qu'il démarrait, y en a-t-il un parmi vous qui aurait un ticket en trop ?

Mettant la main à la poche, quelques hommes firent non d'un signe de tête. Certains prirent un air dubitatif, d'autres restèrent sans réaction. La main sur la barre, Arezou dit au chauffeur :

— Qu'est-ce qu'on peut faire ?

Celui-ci, qui portait une barbe superbe, répondit en riant :

— Tu n'as pas de dollars ? Donne-moi des dollars. Les rials, ça ne vaut plus rien aujourd'hui.

Il rit de plus belle, imité instinctivement par Arezou. Elle lui dit soudain :

— Eh bien, je mettrai l'argent du ticket dans un tronc de charité.

Le chauffeur éclata franchement de rire :

— À la bonne heure !

Il s'arrêta à la station suivante.

— Cours rejoindre la section des femmes avant qu'on ne se mette à jaser sur mon compte[1].

Il repartit dans un fou rire.

Arezou monta par la porte arrière et s'installa près d'une fenêtre. Pendant quelques minutes, elle regarda fixement au-dehors en essayant de ne pas faire attention aux passagères. Elle était persuadée que tout le monde voyait qu'elle n'avait pas pris le bus depuis des années, elle se figurait qu'on l'observait. Exprès, ce matin-là,

---

1. En Iran, aujourd'hui, les bus sont divisés en deux sections : l'avant est réservé aux hommes, l'arrière aux femmes.

elle avait mis un manteau qu'elle ne portait plus depuis longtemps.

Ils passèrent devant Pol-e Roumi. Arezou jeta un coup d'œil. Quand elle allait à l'école, c'était là qu'elle montait dans le bus. À l'époque, la station se trouvait à côté d'un terrain vague où se dressait maintenant un immeuble de dix étages avec sa façade de pierre jaune et sa coupole de verre. Quand elle se rendait en bus à l'école, des aides-chauffeurs annonçaient les stations d'une voix forte : « Yakhtchal, Dorahi, Mina… » Un parfum léger lui parvint, proche de l'odeur de la fleur des glaces. Elle regarda autour d'elle. Personne ne faisait attention à elle. Une jeune femme à lunettes lisait le journal. Deux femmes, assises l'une à côté de l'autre, égrenaient leur chapelet en chuchotant. Une fillette vêtue d'une blouse et d'une guimpe vertes se concentrait sur un prospectus étalé sur ses genoux. « Ce doit être le parfum de la femme aux lunettes ou de la jeune écolière », se dit Arezou.

Tous les matins, en allant à l'école et l'après-midi, pendant le trajet du retour, c'étaient à peu près les mêmes gens qu'elle retrouvait dans le bus. Les filles et les garçons se connaissaient de vue. Certains liaient amitié, échangeaient des numéros de téléphone ou des petits billets, mais n'engageaient que rarement la conversation. Arezou n'avait jamais lié amitié avec personne sur le chemin de l'école. Elle savait cependant qui était l'ami de qui. Elle avait donné un surnom à la plupart des garçons et des filles qu'elle côtoyait chaque jour : *l'allumeuse*, c'était celle qui riait tout le temps dans le bus ou dans les files. Manifestement, elle s'épilait les sourcils et se mettait du rimmel. Les autres filles jasaient dans son dos. *Ses yeux*[1], c'était le garçon aux beaux yeux du lycée Alborz. Celui-ci avait tenté de lui donner son numéro de téléphone, mais Arezou avait décliné l'offre. Aussi s'était-il moqué de son bonnet de laine, braillant dans la file d'attente : « Un vrai bonnet d'ouvrière ! » Il y avait aussi deux Arméniennes qui montaient et descendaient à Pol-e Roumi. Chaque fois qu'elle racontait ses souvenirs d'école à Ayeh, celle-ci en pleurait de rire : « Ce que vous pouviez être ringardes ! »

« Étions-nous si arriérées ? » se demandait Arezou. « Ou bien alors… ou bien quoi ? Tout était si différent à présent. Qu'étaient devenues ces jeunes Arméniennes ? Sans doute s'étaient-elles mariées. Sans doute, comme toutes les Arméniennes, avaient-elles grossi ! Je peux me féliciter de n'avoir pas pris un gramme !… » gloussa-t-elle en se jurant de commencer un régime.

Elle sentit à nouveau le parfum de la fleur des glaces. La fille aux lunettes et l'écolière étaient descendues. « On sent beaucoup ce parfum ces jours-ci », remarqua-t-elle. L'autobus prit le toboggan sur l'autoroute. Elle se souvint qu'à l'époque, celui-ci n'existait pas. Par la fenêtre poussiéreuse, elle aperçut des maisons à un ou deux étages qui jouxtaient de hauts immeubles : maigres chatons abandonnés à côté de ces monstres aux lèvres rouges, noires et marron, cheveux jaunes, verts ou mauves, aux crêtes de verre ou de cuivre qui montraient en riant leurs crocs brillants aux petits chats. Plus l'autobus avançait, plus le nombre des crocodiles

1. *Ses yeux* : peut-être une allusion au roman de Bozorg Alavi intitulé ainsi, et dans lequel le narrateur part à la recherche de beaux yeux admirés sur une toile dans une exposition de peinture.

diminuait, et plus celui des chatons augmentait. Certains d'entre eux étaient vraiment mignons. Hélas pas bien propres ! Comme s'ils sortaient d'un tas de charbon. Il aurait fallu que quelqu'un se dévouât pour les emmener au hammam y peigner leur poil poussiéreux et débarbouiller leurs sales têtes de lions sauvages.

L'autobus s'arrêta. Une jeune femme monta, le bout de son tchador entre les dents, un enfant sur un bras, l'autre chargé de paquets et de sacs de nylon. Elle ne trouva pas de place libre et trébucha quand le bus se mit en marche. Arezou tendit la main pour la retenir, ou peut-être pour la décharger de ses paquets, ou bien… La femme la remercia chaleureusement en lui mettant l'enfant dans les bras. Arezou le regarda un instant, étonnée. Il n'avait guère plus de six ou sept mois. Son bonnet de tricot jaune tombait sur ses yeux. Elle crut qu'il n'était pas à son aise, releva le bonnet. L'enfant la regarda de ses grands yeux. Allait-il se mettre à pleurer ? Au contraire, il lui fit un sourire. La mère, la main accrochée à la barre, s'amusait de l'étonnement d'Arezou.

— Il passe tellement d'un bras à l'autre qu'il n'est pas farouche, lui dit-elle.

L'autobus s'arrêta à la station suivante. La section des femmes se vida presque : celles qui descendaient étaient pour la plupart de très jeunes filles portant guimpe, blouse et pantalon. La place à côté d'Arezou se libéra. La mère de l'enfant s'y assit.

— Jusqu'à la station de l'École infirmière, dit-elle, le bus est généralement bondé. Quand toutes les petites infirmières seront descendues, on sera tranquilles.

Elle ne fit aucun geste pour reprendre l'enfant qui regardait toujours Arezou fixement. Il avait les deux joues gercées, de longs cils. Sa mère fourra tout son barda sous ses jambes, rajusta son tchador en poussant un grand soupir.

— Merci mon Dieu ! s'exclama-t-elle en se tournant vers Arezou. D'habitude, je monte toujours à la station École-Infirmière, mais là, je viens d'aller chercher du sucre à la coopérative. Vous en avez pris aussi ?

Arezou resta un instant interdite. Elle ne savait au sujet des coupons de vivres que ce qu'en disaient Naïm et Nosrat quand ils se disputaient sur la denrée annoncée, la date ou le numéro d'ordre. Une femme au foulard brodé de perles demanda à la mère de l'enfant :

— À quel numéro en sont-ils ?

— 642 et 643, répondit la grosse femme qui tenait la barre.

Le bébé se mit à geindre. Sa mère le reprit dans ses bras. Histoire de dire quelque chose, Arezou lui demanda :

— C'est votre premier ?

Celle-ci ricana :

— Oh non ! Le quatrième.

Sans se gêner, elle ajouta :

— J'ai beau répéter à ce minus qu'il doit se faire stériliser, il ne veut rien entendre. Il craint sans doute pour sa virilité !

— Pourquoi n'y vas-tu pas toi-même, dit Arezou à voix basse. Il y a un tas d'endroits où on fait l'opération gratuitement, non ?

La femme remit dans la bouche du bébé la tétine qui était épinglée à sa chemise.

— L'opération est gratuite, ma sœur, mais après, il faut rester huit ou dix jours à l'hôpital. Qui va travailler pour payer les chaussures, les vêtements, les livres et les cahiers d'école pour les enfants ? Sauf votre respect, leur maquereau de père ?

La grosse femme se mêla à la conversation :

— Qui parle de dix jours ? Ma belle-sœur s'est fait opérer, elle était dehors en moins d'une semaine.

Tout excitée, la femme au foulard brodé se tourna vers la grosse femme :

— Dites-moi, il n'y a pas eu de séquelles ?

— J'ai entendu dire que cela provoquait le cancer de l'utérus, intervint la femme assise derrière.

— Qui t'a dit ça ? demanda Arezou.

La femme était maigre, avec un bouton d'Alep au visage.

— Est-ce que je sais ? J'ai dû entendre ça quelque part.

Une jeune fille, probablement la fille de cette femme tant elle lui ressemblait, le bouton d'Alep en moins, demanda ce qu'était cette chose qu'il fallait opérer. Sa mère la rabroua.

— Ça ne te regarde pas.

— Et pourquoi ça ? protesta Arezou. Il faut lui ouvrir les yeux dès maintenant.

La mère de l'enfant se pencha de côté sur son siège.

— Bien sûr qu'elle doit savoir, sinon, elle va se retrouver comme moi en un clin d'œil avec quatre mioches vagissant sur les bras.

— Dans quel hôpital ta belle-sœur s'est-elle fait opérer ? demanda la femme au foulard brodé à la grosse femme.

— Dieu nous garde ! protesta sa voisine, une femme âgée au foulard gris. C'est la fin du monde ! Qu'est-ce que vous faites, vous et vos maris ? Nous, à notre époque…

— Primo, coupa la mère du bébé, c'est pas ça le problème, deuzio, à ton époque, ton homme, il allait au boulot, il gagnait de l'argent. Toi, tu te contentais de lui donner des enfants, de faire la cuisine et le ménage. Tu n'étais pas obligée comme nous autres de bosser dehors du matin au soir et de rentrer fourbue chez toi pour récurer la baraque. Et alors que tu n'as que l'envie de roupiller… sauf votre respect, voilà que ton homme il veut…

Elle se tourna vers Arezou :

— Pas vrai ?

La grosse femme, la mère au bouton d'Alep et sa fille – sans bouton –, ainsi que deux ou trois autres femmes assises derrière qui s'étaient mêlées à la conversation, approuvèrent à l'unanimité en riant aux éclats :

— Bien dit ! Que le croque-mort emporte tous les mecs !

La grosse femme était en train de décrire par le menu l'opération de sa belle-sœur, quand la mère de l'enfant demanda à Arezou :

— Où as-tu dit que tu descendais ?

— Sepah… enfin, Toup-Khaneh.

— On y est. Lève-toi vite avant qu'il ne redémarre.

Fourguant son bébé dans les bras de la femme au foulard gris, elle se leva pour crier au chauffeur :

— Attends ! Démarre pas, y en a une qui veut descendre !

— Stop, stop ! hurlèrent les autres femmes.

Les hommes se mirent à grogner. La mère de l'enfant riposta :

— Et alors ? Y a un problème ? Vous avez rendez-vous sur la tombe de vot' papa ?

Arezou descendit, la porte se referma, le bus démarra. Elle resta un instant sur le trottoir à répondre aux gestes des femmes qui lui disaient adieu par la fenêtre.

— Il y a combien d'années que tu n'avais pas pris le bus ? s'entendit-elle murmurer à l'oreille.

Elle se retourna. Sohrab riait de bon cœur. Elle retint sa respiration puis lâcha :

— C'est exprès que tu m'as fait prendre le bus ? Vraiment, c'était méchant de ta part.

Sohrab rejeta la tête en arrière en riant. Le col de sa veste en cuir marron était retourné. Tout en se mettant à marcher, il lui répondit en imitant Dieu sait qui :

— Mais ça t'a permis de mieux connaître les classes défavorisées, non ?

Il toisa Arezou de la tête aux pieds.

— Félicitations ! Je vois qu'on a même sorti le manteau spécial autobus !

Cette fois, Arezou tourna la tête. Elle se mordit les lèvres pour ne pas rire.

— Pardonne-moi si j'ai été cruel. Personne ne t'a importunée ?

— Importunée ?

Cette fois, Arezou ne se retint plus.

— Comme dit Ayeh, c'est fou ce que je me suis marrée.

Son rire se figea sur ses lèvres. Elle reprit d'une voix grave :

— Le frère de Tahmineh a recommencé.

Elle lui raconta tout. Ils arrivèrent devant un immeuble, au pied d'un large escalier. Sohrab s'arrêta :

— La banque Sepah. Construite en 1925. Regarde un peu ces bases de colonnes !

— Il va falloir l'hospitaliser de nouveau. Cela va encore coûter… Finalement, tu ne m'as rien dit des dépenses de la fois dernière.

Ils arrivèrent à la poste centrale.

— 1928, dit Sohrab. Regarde ces entourages de fenêtres en brique.

Tout contre la poste s'ouvrait le portail de Bagh-e melli. Arezou s'arrêta.

— Tu m'écoutes, oui ou non ? Je te disais que…

Sohrab se rapprocha. Il lui dit à voix basse :

— Je t'écoute. J'ai bien entendu ce que tu m'as dit. Je m'y attendais. Ne crains rien. Ne t'inquiète pas. Ne pense pas à la dépense. On parlera avec le docteur. On va arranger ça.

Il regarda le grand portail en fer.

— Tu es déjà venue ici ?

Arezou observa à son tour le portail.

— Une fois, quand j'étais enfant… Le docteur ne fera rien pour nos beaux yeux.

Sohrab se remit à marcher.

— À l'occasion, il faudra qu'on revienne. Pour visiter. Pour tes beaux yeux à toi ? Il ne manquerait plus que ça ! Pour mes beaux yeux à moi, certes ! Viens.

Ils s'engagèrent dans une avenue animée. Sohrab fit halte devant la double porte d'un magasin. Avant même qu'il n'eût poussé la porte vitrée, celle-ci s'ouvrit. Un homme de petite taille se précipita.

— Bonjour, bienvenue ! Quel honneur pour nous ! Quel plaisir ! Je vous en prie.

Il avait des yeux bleus et des cheveux couleur paille. Sohrab le présenta.

— Voici monsieur *Farhangui*. Tout le monde dans le bazar l'appelle monsieur *Farangui*[1].

Ils entrèrent dans le magasin. Monsieur Farhangui réitéra ses politesses et ses palabres. Comment allait la famille, le père, la mère… « Il ne manque plus que les tantes paternelles et maternelles ! » se dit Arezou. Mais Sohrab demanda :

— Monsieur Farhangui, et le thé ?

— À vos ordres, oui, tout de suite.

Le petit homme obséquieux se précipita vers une des deux portes que l'on apercevait au fond du magasin.

Arezou regarda autour d'elle. C'était un magasin semblable à tous les magasins de serrures. Dans des vitrines étaient alignées des serrures de toutes sortes. Des rangées de poignées de porte ornaient les murs jusqu'au plafond : d'énormes poignées pour les portes de garage, de plus petites pour les portes d'appartement, de plus petites encore pour les portes intérieures ou les placards. Au milieu du magasin trônaient deux tabourets. Elle pensa qu'elle devait dire quelque chose.

— Comme c'est curieux !

Et, pour elle-même : « Faut-il vraiment s'asseoir sur un de ces machins ? »

— Qu'y a-t-il de curieux ?

— Ce… ici… enfin, c'est-à-dire, bredouilla Arezou.

— Pourquoi ne t'assieds-tu pas ?

Arezou se voyait dans ce magasin de serrures de l'avenue Sepah, installée sur un tabouret probablement très inconfortable. Elle allait s'y asseoir, quand Sohrab se dirigea vers le fond du magasin. Il ouvrit

---

1. Jeu de mots sur *Farhangui*, un nom de famille, et *Farangui*, qui signifie « l'Européen ».

la deuxième porte en s'effaçant pour la laisser passer. Dehors, l'alarme d'un véhicule s'était déclenchée. Sohrab, appuyé sur le chambranle de la porte, avait un petit sourire en coin. L'alarme hurlait toujours. Arezou se tourna calmement vers Sohrab.

— Quel méchant homme ! Mais quel méchant homme !

L'alarme se tut.

C'était une pièce rectangulaire, pavée de terre cuite. Au plafond, pendait un vieux ventilateur. Un des murs était recouvert de placards vitrés. Les étagères croulaient sous les livres et sous des objets difficiles à distinguer de loin. Derrière le bureau, le mur était presque recouvert, du sol au plafond, de peintures à l'huile de toutes dimensions dans d'épais cadres en bois. Le troisième mur était en fait une immense verrière donnant sur une petite cour aux murs de pisé. Là trônait une monumentale calèche noire et brillante aux roues dorées. Arezou n'en avait vu de semblable qu'au cinéma.

— C'est un souvenir du premier voyage que fit mon aïeul en Europe.

Arezou regarda Sohrab. Un bout du col de sa veste en cuir était encore retourné. Elle se faisait l'impression d'être celle qui a longtemps cherché l'adresse d'une maison, finit par la découvrir mais se trouve incapable de frapper à la porte. « Je ne suis tout de même plus une gamine de quinze ans », se dit-elle. Tendant la main, elle redressa le col de la veste.

Dans la cour, un rayon de lumière fit scintiller une roue dorée.

19

— Pourquoi ? répéta-t-elle pour la troisième fois.

Mohsen baissa la tête. Sa mèche lisse et noire lui tomba sur le bout du nez.

— J'ai eu tort, excusez-moi, madame Sarem.

Arezou regarda Shirine hausser les sourcils et les épaules, une gomme à la main. Elle regarda Mohsen à nouveau.

— Relève la tête. Regarde-moi dans les yeux et dis-moi pourquoi. Pourquoi avais-tu besoin d'argent ? Tu as des dettes ? Tu es malade ?

Mohsen releva la tête, rejeta sa mèche en arrière. Il s'efforçait de ne pas cligner des yeux. Se mordit la lèvre, hésita, regarda dans la cour. Finalement, il cligna des yeux. Deux larmes perlèrent sur ses joues.

— J'ai eu tort, excusez-moi, madame Sarem.

— Tant que je n'aurai pas compris pourquoi, tes excuses et tes torts ne m'intéressent pas. Dis-moi pourquoi tu voulais de l'argent. Tu en avais vraiment besoin ? Ou tu as voulu jouer au plus malin ?

Elle détourna son regard pour fixer le calendrier sur son bureau. Mohsen se prit la tête entre les mains et bredouilla :

— Pour ma mère, je voulais... Je voulais lui acheter... Une machine à laver.

Arezou le regarda intensément, se tourna ensuite vers Shirine, puis vers la photo de son père sur le mur, enfin vers un des tiroirs de son bureau, entrouvert. Soudain, elle s'écria :

— Fous le camp, sors d'ici ! Non seulement tu es un imbécile, mais en plus doublé d'un menteur. Dehors !

Mohsen fondit en larmes.

— Excusez-moi, j'ai eu tort. Ma fiancée m'a dit que si je ne lui achetais pas un bracelet en or, je pouvais faire une croix sur nos fiançailles.

Shirine passa la main sur son front en hochant la tête. Arezou se cala contre le dossier de son fauteuil et regarda dans la cour. Dans le massif de fleurs, deux moineaux buvaient l'eau des coupelles sous les pots. Elle se demanda si Naïm leur avait jeté du pain ou du millet. Quand elle était enfant, les soirs d'hiver, devant le poêle, elle préparait des miettes de pain avec Naïm et Nosrat. Le lendemain matin, avant de partir à l'école, elle jetait les miettes dans la cour pour les moineaux et les pigeons.

— Eux aussi sont des créatures du bon Dieu, disait Nosrat, sauf qu'ils n'ont pas de langue pour parler.

Le matin était brumeux et froid.

— Peut-être que c'est nous qui ne les comprenons pas.

Nosrat hochait la tête.

— Peut-être bien ! Aujourd'hui les hommes ne se comprennent même pas entre eux.

Arezou se retourna vers Mohsen toujours en train de sangloter, les yeux rivés au carrelage marron.

— Ta fiancée ? demanda-t-elle doucement. Tu veux dire que tu as l'intention de l'épouser ?

Elle poussa une chaise vers le jeune homme.

— Est-ce que tu te rends compte de la bêtise que tu es en train de commettre ? Une fille qui veut rompre ses fiançailles pour un bracelet demandera probablement le divorce pour un collier en or. Tu y as pensé ? Dis voir, cette demoiselle demande combien pour le douaire ? Elle a certainement exigé aussi un *shirbaha*[1] ! Où fêterez-vous vos noces ? Où irez-vous pour votre lune de miel ? Ta *Peykan* ne te sera pas d'une grande utilité ! Il te faudra une *Pride*, ou peut-être même une Xantia, pas vrai ?

Mohsen s'essuya les yeux.

« A-t-il vraiment compris mon stupide raisonnement ? se demanda Arezou. Je ne crois pas. Il fallait que je tente. J'ai tenté. » Elle poussa la chaise sous le bureau. Elle rangea distraitement tout ce qu'il y avait sur son bureau : dossiers, papiers, crayons, stylos.

— La dernière fois que je t'ai accordé une augmentation, je t'ai dit que j'étais contente de ton travail. Je t'ai même dit que si tu continuais ainsi, tu aurais certainement une prime. Tu étais content, n'est-ce pas ?

Elle s'arrêta de tripoter les objets pour le regarder.

— Écoute-moi bien. Pour cette fois, je ne te mets pas à la porte. Mais tu peux dire adieu à ta carrière si je te reprends à faire des coups en douce. Sois sûr que je m'en apercevrai. Je retiendrai chaque mois sur ton salaire une partie de l'argent que tu as extorqué à ce propriétaire. Cette année, tu peux oublier les étrennes de Nowrouz. Si cela te convient, reste et conduis-toi correctement. Sinon adieu.

Elle chercha quelque chose dans le tiroir entrouvert sans savoir quoi au juste. Mohsen fit un pas en avant.

1. *Shirbaha* (« prix du lait ») : dot donnée par la famille du marié à celle de la mariée.

— Madame Sarem, je vous baise les mains, parole d'honneur, parole d'homme. C'est la première et la dernière fois. Je vous remercie. Merci !

Arezou referma le tiroir.

— Bien ! Va ! Je n'ai encore jamais vu personne tenir une parole d'homme. Si tu es vraiment un homme, donne-moi ta parole de femme !

— D'accord, répondit Mohsen entre rire et larmes. Parole de femme ! Merci, merci !

Il s'éloigna à reculons en direction de la porte qui s'ouvrit d'elle-même et se referma derrière lui.

Les deux femmes regardèrent un moment la porte, puis se regardèrent et finalement éclatèrent de rire.

— Naïm est devenu l'homme invisible, dit Arezou.

— Comment as-tu compris que l'histoire de la machine à laver était un mensonge ?

— Un pari ! Tu as une cigarette ?

Shirine lui lança le paquet en criant :

— Naïm agha ! Il est onze heures, ce café ?

La porte s'ouvrit, Naïm entra un plateau à la main. Avant qu'il ne se mette à dire que « depuis le début je savais bien que ce Mohsen… » Arezou leva la main.

— Laisse donc tout ça. J'ai tellement parlé que je suis en ébullition. Dis aux autres qu'on ne me passe aucune communication pendant une demi-heure. Ferme bien la porte derrière toi.

Naïm sortit son plateau sous le bras, sans un mot. Shirine mit les pieds sur le bureau. Arezou l'imita. Elles burent toutes les deux leur café en regardant les massifs de fleurs. Il n'y avait plus qu'un moineau qui se désaltérait dans les coupelles.

— C'est toi qui avais raison, dit Arezou.

Shirine se retourna. Elle la regarda en silence, mais avec l'air de dire : « À quel sujet ? »

— Au sujet de ce qu'on était en train de dire avant que tout ce chahut ne commence.

Shirine se tourna de nouveau vers les massifs de fleurs en buvant son café. Arezou regardait le mur de la cour.

— Je me répète sans cesse qu'il ne faut pas juger trop vite, qu'il vaut mieux attendre. Mais vas-tu me croire si je te dis que je n'ai jamais vu un homme qui me ressemble autant ?

Elle gloussa.

— À part le mauvais caractère, les angoisses, les peurs incontrôlées et les colères.

Le rire se mua en un sourire imperceptible.

— Il ne ressemble à aucun des hommes que j'ai vus jusqu'ici. À aucun autre, et pourtant…

Son regard se porta très au-delà du mur de la cour. Elle ajouta :

— Jusqu'ici, il n'a rien fait de choquant.

— Une personne qu'on connaît depuis deux semaines seulement ne fait jamais rien de déplaisant !

Elle fit tourner sa tasse dans sa main. Puis la posa.

— Pas deux semaines, plus de deux mois. Je ne vois pas ce qui te prend. Au début, quand je refusais, quand je disais que je n'avais pas le courage, tu m'as tannée avec tes « Vois-le, éprouve-le, j'ai l'impression que ». Maintenant, pourquoi changerais-tu d'avis ?

— Je t'ai dit « Fréquente-le, sors, parle-lui, ris », je ne t'ai pas dit « Tombe amoureuse ».

Elle retourna sa tasse sur la serviette en papier. Arezou regarda le plumier sur le bureau.

— Qui a parlé de tomber amoureuse ?

Elle prit un crayon.

— Et puis où serait le mal ?

Elle mordit le bout du crayon. Shirine reprit sa tasse dans ses mains, les coudes sur le bureau, pour étudier les dessins du marc de café.

— Pour stopper un mal de tête, on prend de l'aspirine, de l'acétaminophène, ou du paracétamol, ou n'importe quel cachet qui se trouve en pharmacie. On ne met pas la tête sous la guillotine.

Arezou allait répliquer quand la porte s'ouvrit. Ayeh entra avec un paquet de gâteaux.

— *Salamalec !* Comment allez-vous ? Comment vais-je ?

Elle posa les gâteaux sur la table basse devant les fauteuils, jeta son sac à dos sur le sol et alla embrasser Shirine.

— Ouf ! Quelle circulation ! Voilà un beau foulard, tante Shirine, comment se fait-il qu'on ait abandonné le blanc ?

Elle alla embrasser Arezou.

— Comment va Ajou khanom ? Mohsen nous a encore fait des embrouilles ?

Du menton elle montra les gâteaux.

— Quand je suis arrivée, il s'est précipité pour me confier les gâteaux en disant : « Porte-les à madame Sarem et à madame Mosavat. » Je lui ai demandé pourquoi il ne les portait pas lui-même, il s'est mis à faire des manières en tenant des propos incohérents. Qu'a-t-il fait ?

— Des bêtises, répondit Shirine.

Arezou tendit la main vers le téléphone qui sonnait.

— Quelles nouvelles de la fac ? Oui ! répondit-elle, bonjour !

Elle sourit en faisant pivoter son fauteuil vers la cour. Shirine avait les yeux encore plus petits que de nature en racontant à Ayeh ce qui était arrivé à Mohsen. Quand Arezou reposa le combiné, Ayeh, un gâteau à la main, répondit :

— Pas de nouvelles.

— Quoi ? dit Arezou.

Ayeh éclata de rire.

— Rien ! C'était ce cher monsieur Sohrab ?

Elle n'attendit pas la réponse.

— Quand est-ce que nous finirons par faire la connaissance de votre cher monsieur Sohrab ?

Elle n'attendit pas davantage de réponse. Se tourna vers Shirine.

— Je commence à croire que vous nous menez en bateau toutes les deux. À propos, vous ne mangez pas de gâteau ?

Arezou se leva. Elle se dirigea vers le paquet de gâteaux.

— Quel genre de gâteaux est-ce ?

Ayeh regarda dans la boîte.

— Des longs au kiwi, des ronds au kiwi et des trilobés au kiwi.

Arezou s'étira.

— Au début personne ne savait ce que c'était. Maintenant, on va finir par nous servir du kiwi polo ! Shirine, la liste est prête ?

Shirine lui tendit une grande feuille qu'elle prit.

— Je la porterai demain aux Impôts, à la première heure.

— Ne change pas de sujet, Ajou khanom, je t'ai demandé pourquoi tu ne nous présentais pas Sohrab. Pas plus tard qu'avant-hier, bonne-maman me disait…

— Que disait-elle ? demanda Arezou en reposant la feuille sur le bureau.

— Elle disait que tu fais exprès de nous cacher Sohrab, dit Ayeh en prenant un autre gâteau, et je suis d'accord avec elle.

— Exprès ? Mais pourquoi ?

Arezou éclata de rire. Ayeh s'appuya au dossier du fauteuil.

— Est-ce que je sais ? Dis-le, toi. Babak est constamment en voyage ou invité à dîner avec son père et sa nouvelle amie. C'est pareil avec le petit ami de sa mère. Il m'a même dit qu'ils avaient décidé de sortir un soir tous ensemble.

Elle regarda Shirine qui notait quelque chose.

— Tu entends ça, tante Shirine ? Babak m'a dit qu'ils avaient décidé, le petit ami de sa mère et ses deux filles, sa mère, son père et sa petite amie – ça fait combien ? – (elle compta sur ses doigts) sept personnes. Tous les sept, ils ont décidé d'aller dîner ensemble, c'est pas génial ?

Shirine regarda Arezou.

— Si, vraiment !

Ayeh repoussa du bout du doigt le kiwi du gâteau dans le paquet.

— Bon ! Alors, pourquoi ne peut-on pas voir ce cher Sohrab khan ?

Arezou se rapprocha d'Ayeh et se posta devant elle. Elle se pencha jusqu'à ce qu'elles soient face à face.

— Parce que pour la première fois de ma vie, j'ai décidé de garder quelque chose pour moi toute seule. Est-ce clair ?

Ayeh écarquilla les yeux en riant.

— Alors ça, c'est un petit ami !

Arezou se redressa. Elle regarda dans la cour. Un vent violent soufflait. Le lierre tremblait le long du mur.

20

— Il faut que ce soit moi, Sohrab khan !

— Je t'ai dit que non, Arezou khanom !

— Pourquoi ?

— Parce que tu ne sais même pas de quel genre de gens il s'agit.

— Que veux-tu dire par « quel genre de gens » ? Bon, ce sont des drogués. Et après ? Ils n'ont ni queue ni cornes ! Il faut que je voie comment ça se passe.

— Je t'ai dit que c'était une sorte de psychothérapie et…

— Je veux voir par moi-même.

— Tu me téléphones dès l'aube pour te disputer avec moi ?

— Tu es très cruel ! Heureusement que je suis au courant par Tahmineh. Sinon, tu y allais sans moi. Va d'abord chez son frère et ensuite passe me prendre.

— Non !

— Si !

— Non !

— En fait, ce n'est pas nécessaire que tu viennes. D'ici, il n'y a pas plus de cinq minutes à pied.

— Tu râles tellement que j'ai avalé deux doigts de dentifrice.

— Quoi ?

— J'étais en train de me brosser les dents quand tu as appelé.

Arezou éclata de rire. Elle se calma et dit :

— Qu'est-ce que tu préfères ? Le dentifrice ou le rouge à lèvres ?

Du tac au tac Sohrab répondit :

— Les trois.

Arezou pouffa de rire. Elle reposa le combiné, fit son lit, s'habilla et s'enfonça dans le couloir. Elle envoya promener les pantoufles qui traînaient devant la porte de la chambre d'Ayeh. Elle allait fermer la porte quand son regard fut attiré vers le bureau. « Elle a encore laissé ce machin allumé. » Elle s'approcha de l'ordinateur. Sur l'écran, en mode veille, les quatre lettres A, Y, E, H semblaient danser sur une musique muette. Arezou se pencha sur le bureau et remua la souris. L'écran s'alluma. Elle était sur le point d'éteindre l'appareil quand sa main s'immobilisa. À gauche de l'écran, une des icônes jaunes qui ressemblait à un dossier affichait « Blog ». Elle se dit : « C'est probablement le blog de cette femme qui… Comment s'appelait-elle déjà ? Ah oui ! Djeyran et ses poussins. » Elle regarda sa montre. Elle avait encore beaucoup de temps devant elle. Elle déplaça la souris, fit glisser le curseur vers l'icône, cliqua deux fois sur le bouton. Le dossier s'ouvrit. En haut de l'écran était affiché : « Blog de l'enfant du divorce. »

Elle fut d'abord un peu décontenancée. Elle eut un frisson, transpira, se mordit les lèvres, respira profondément et lut les premières lignes.

Bonjour ! Je m'appelle Yalda. Mais autant vous le dire, ce n'est pas mon vrai nom. Pourquoi ? Parce que ma petite maman se mêle de toutes mes affaires et comme elle calcule tout, je crains qu'elle ne se rende compte que ce blog est le mien et qu'en rentrant à la maison elle ne me tombe dessus. Ici, je veux parler de choses dont je ne peux pas dire le quart à ma mère sans qu'on se dispute. Et si je ne les dis pas, elles me restent sur l'estomac et ça me met en boule. Comme le divorce de mes parents. Ou le fait que je veuille aller à Paris chez mon père et que ma mère s'y refuse. Bref, je veux vider mon sac avec vous. S'il vous plaît, que toutes les filles et tous les garçons dont les parents sont divorcés partagent leur expérience avec une pauvre enfant du divorce. Je vous en supplie, connectez-vous, sinon je vais me cogner la tête contre les murs.

Arezou appuya les deux coudes sur le bureau, se prit la tête entre les mains. « Elle a vraiment écrit tout ça sincèrement ? se demanda-t-elle, ou, comme le dit Nosrat, elle a allongé la sauce ? Suis-je donc si mauvaise qu'elle préfère parler à une poignée d'étrangers plutôt qu'à moi ?... »

Elle eut du mal à avaler. « Est-ce que je téléphone à Sohrab ? » Elle s'emporta subitement. Quand il n'y avait pas Sohrab, avec qui parlait-elle ? Auprès de qui s'épanchait-elle ? Sa mère ? Jamais ! Shirine ? Oui. Mais quand elle parlait avec Sohrab, c'était différent. En quoi ? Elle n'aurait su le dire. Depuis qu'elle avait rencontré Sohrab, combien de fois avait-elle bavardé avec Shirine comme autrefois ? Quand étaient-elles allées faire les courses ensemble ? Se promener ? Déjeuner, dîner ou autre ? Jusqu'à ce qu'un homme entre dans sa vie... Il fallait qu'elle invite Shirine un de ces jours... Pourtant quand elle parlait avec Sohrab, c'était différent. Avec lui, elle pouvait parler de Shirine. Mais l'inverse n'était pas possible. Avec lui, elle pouvait parler d'Ayeh, de Mah-Monir, de son travail, du fait qu'elle avait grossi. Sur tous ces sujets, Shirine, pour tout encouragement, se contentait de hocher la tête en disant : « Je ferais tout pour toi. » Ou bien elle s'irritait : « Tu gâtes trop Ayeh. Tu laisses faire ta mère. Pense plutôt à toi. Arrête de te faire du mauvais sang. »

Sohrab l'écoutait parler avec attention des problèmes les plus insignifiants. Il lui proposait des solutions. C'était juste quand elle parlait de son poids qu'il riait en disant : « Bravo ! Nous avons quelques kilos supplémentaires d'Arezou. » À travers les rideaux, elle apercevait un petit bout de ciel gris. Elle passa au deuxième message.

Pour que maman me laisse surfer sur la toile à ma guise et ne râle pas pour les notes de téléphone et l'abonnement Internet, je lui ai montré le blog de Djeyran et ses poussins. Je savais que le divorce de Djeyran qui élève toute seule ses deux grands enfants ferait fondre maman. Elle a lu tous les messages du premier jusqu'au dernier. Elle a hoché la tête puis elle a regardé fixement la photo où nous sommes, elle, mon père et moi, posée à côté de l'ordinateur. J'avais des remords d'avoir laissé là cette photo. Elle m'a dit : « Écris à Djeyran et dis-lui que ta mère la comprend très bien, qu'elle a un conseil à lui donner : ne jamais se laisser impressionner par des phrases du genre "Je te retirerai la garde des enfants". Les hommes ne savent même pas reboutonner leur culotte, encore moins éduquer leurs enfants. » Et puis, comme si l'incapacité des hommes ou la situation catastrophique de Djeyran étaient de ma faute, elle s'est mise à ronchonner : « Allez ! Dépêche-toi un peu, ou va chez la Princesse. » La Princesse, c'est ma grand-mère. Quand je dis ma grand-mère, n'allez pas croire qu'elle soit vieille. En fait, c'est une femme super : grande, svelte, incroyablement belle. Quelquefois, dans nos soirées familiales, elle se met à danser avec nous sur un rythme d'enfer. Mais attention, ne vous figurez pas que je sois d'une famille d'aristos, hein ! Évidemment, si vous demandez à ma grand-mère, elle vous dira que sa grand-mère était la femme d'un roi Qajar. Ma mère, elle, vous dira que la grand-mère de ma grand-mère était l'une des trois ou quatre cents concubines d'un des trois ou quatre cents princes de la huitième branche, une sorte de sous-Qajar, avec pour fonction principale de pondre comme une lapine. Mais quoi qu'il en soit, ma mère lui donne toujours en plaisantant du Princesse, ce qui la flatte secrètement. À propos, ma mère m'a demandé hier si j'avais un blog. J'ai répondu non sans hésiter. Elle n'a pas insisté.

Arezou se mit à rire : « La diablesse ! Il faut que je raconte ça à Sohrab. » Elle pensa aussitôt : « Et à Shirine. » Elle regarda sa montre. Elle avait encore du temps. Elle passa au message suivant.

Aujourd'hui, après avoir bâillé tout le temps et ri de l'accent du prof de français qui n'a jamais mis les pieds à Paris – que dis-je ? à Dubaï – je suis allée retrouver ma mère à son bureau. Ma mère gère une agence immobilière. Vous imaginez ? (Ma grand-mère m'a demandé de dire « agence » car c'est plus chic que « bongah[1] *».) Ma mère, comme d'habitude, était en train de jongler avec dix personnes et vingt lignes de téléphone. Pendant qu'elle faisait visiter une maison à un client, on a beaucoup parlé avec tante Shirine. Je dis « tante »,*

1. *Agence* : en français dans le texte ; *bongah* signifie la même chose en persan.

mais ce n'est pas ma vraie tante. C'est une amie et une collaboratrice de ma mère ; une femme très sympathique, mais la pauvre n'a vraiment pas eu de chance dans la vie. Un jour, peut-être, je vous raconterai ce qui lui est arrivé. Pour l'instant, je dis simplement que tante Shirine déteste les hommes. Ce qui est drôle, c'est que lorsque je me plains auprès d'elle des persécutions de ma mère, elle me dit : « Il faut qu'on trouve un petit ami pour ta mère. » À son avis, maman est fatiguée (ce qui est vrai). Elle porte sur ses épaules de lourdes responsabilités (ce qui est vrai). « Toi et ta grand-mère, dit-elle, au lieu de l'aider, vous l'épuisez » (ça, ce n'est pas vrai). Ma grand-mère, en effet, est très exigeante. Ma mère, je ne sais pas pourquoi, supporte tous ses caprices. Mais moi, qu'est-ce que j'y peux ? Je ne sais pas... Sans doute, parfois, je la taquine un peu, mais je l'aime beaucoup. Je pense que c'est surtout à cause de papa qu'elle s'énerve. Papa est son cousin germain maternel. Il est très sympa. Il vient en Iran une fois tous les deux ans. Nous nous amusons beaucoup, nous voyageons... Qu'est-ce que je disais ? Ah oui ! Tante Shirine m'a dit : « Si ta mère pouvait trouver un petit ami, elle se calmerait et arrêterait de t'ennuyer. » Aujourd'hui, elle l'a forcée à faire visiter une maison à un monsieur qui, d'après elle, aurait le béguin pour ma mère. J'espère qu'elle ne va pas lui casser les pieds. C'est sa spécialité : se foutre de la gueule des hommes !

Il ne faisait pas chaud dans la chambre. Pourtant Arezou avait chaud. Elle se leva pour ouvrir la fenêtre. Elle observa les immeubles de toutes tailles, le grand carrefour encore calme. Sur le rebord de la fenêtre de la voisine étaient posés deux bocaux de légumes au vinaigre. Elle regarda sa montre, se retourna, s'assit au bureau. Elle passa au message suivant.

Mercredi. – Suite au mail de Maryam djoun, à qui je dis merci et tout et tout – N'est-ce pas formidable qu'ici (c'est-à-dire sur le Bloguestan[1]*) entre gens de tous âges, de catégories si variées (j'allais écrire* range *mais j'ai pensé à maman et à tante Shirine qui détestent le mélange de mots étrangers, puis j'ai réalisé que je ne savais pas comment on disait* range *en persan, alors j'ai été voir dans le dictionnaire puis j'ai ajouté « variées » pour faire plus chic), bref, je voulais dire qu'on tchatte et qu'on s'amuse avec Yalda-19 ans, Maryam-25, et Shadi-15 (qui passe ses examens ces jours-ci et laisse tomber ses amis de la toile). Parfois, je me demande ce que serait la vie sans ordinateur, sans Internet et sans blog. Comme la vie de maman et tante Shirine et celle de la génération d'avant, sans doute, c'est-à-dire... c'est-à-dire plutôt minable, selon moi ! Maryam demande pourquoi maman et papa ont divorcé. Plutôt que dans un mail personnel, je préfère l'écrire ici pour que tout le monde le lise et donne son avis. Mon vieux, cette écriture du persan, quelle calamité ! Quand je veux écrire* begand *(disent)*[2] *ça fait comme* begand *(crève) ! Quand je veux écrire* bedan *(donnent) ça fait comme* badan *(le corps)*[3]*. Maman et tante Shirine pestent tout le temps contre les jeunes qui écrivent en persan familier. Quelquefois, je*

---

1. Bloguestan : néologisme qui fait jouer le mot sur un suffixe formateur de noms de lieux, comme Golestan, Afghanistan, etc.

2. En persan formel *beguyand* signifie « Qu'ils disent », *begand* : « Pourris ». En persan familier *begand* signifie « Qu'ils disent ».

3. En persan formel *badan* signifie « le corps ». En persan familier *bedan* signifie « Qu'ils donnent ». *Badan* et *bedan* s'écrivent de façon identique.

me demande pourquoi nous faisons ça. Est-ce que c'est plus familier ? Plus facile ? Ou bien peut-être parce que la génération d'avant écrivait d'une façon si compliquée que nous ne comprenions rien à ce qu'ils voulaient dire (crève toi-même) et qu'on se tuait à déchiffrer deux lignes, alors maintenant on les emmerde. Maman dit : « La jeunesse de maintenant est totalement inculte. » Tante Shirine lui répond : « Comment auraient-ils pu acquérir la moindre culture ? » Qu'en pensez-vous ? J'allais vous parler du divorce de mes parents ! Maudit soit le bavardage perpétuel de Yalda khanom sur le blog. Maman dit en plaisantant : « Ton bagout et ton culot, tu les as hérités de ton père. » Elle dit que lorsqu'elle était enfant, elle était timide et discrète. Quand je lui dis que je ne la crois pas, elle se met à rire et ajoute que lorsqu'elle a compris qu'elle ne pouvait pas faire autrement, elle a rangé sa modestie et sa discrétion au vestiaire, et elle a pris la vie à bras-le-corps pour ne pas être broyée par elle.

Arezou regarda l'heure. Il se faisait tard mais elle ne bougea pas de sa chaise et continua sa lecture.

Excusez-moi de n'avoir pas mis mon blog à jour depuis un moment. J'étais trrrrrrès occupée ! Parfois, quand maman n'est pas dans son trip nerveux et enquiquineur... (De fait, ces jours-ci, maman est dans une super-forme. Si vous saviez pourquoi ! Vous vous souvenez de l'homme que maman a emmené visiter la maison l'autre jour ? Mais oui ! Bref, et je te dis oui et tout ça et les restaurants et les balades et les mamours, une maman de très bonne humeur et une Yalda qui pète la forme.) Qu'est-ce que je vous disais ? Ah oui ! Dans ces cas-là, ma mère et moi, on se parle. La plupart du temps, avec l'honorifique participation de tante Shirine dans le rôle de l'arbitre pour éviter les disputes. Plusieurs fois dans ces « parfois » maman a raconté qu'elle avait épousé papa parce que, d'abord, c'était son cousin et qu'ensuite, ma grand-mère avait très envie que maman soit la femme de son neveu et puis aussi parce que ce cousin maternel venait juste de rentrer de France et qu'il avait de la classe. Maman a pensé que papa, après le mariage, resterait le même gentleman qu'il était avant (ça fait « le même singe », ah ! ce persan[1]), le galant qui ouvre la porte de la voiture aux dames, les aide à mettre leur manteau, enfin tous ces gestes que les femmes aiment voir faire aux hommes. Papa était intarissable au sujet de... (Ma belle Maryam, tu m'excuses, hein ? C'est râje'be *qu'il faut écrire et non* râjeb be[2]. *Tout ce que j'ai dit au sujet de l'écriture du persan est bien vrai, mais un grain de culture, ça ne fait pas de mal ! Ah ! Ah ! Ah !) Que disais-je ? Ah oui ! Papa était intarissable au sujet de la liberté des femmes, le respect du droit des femmes et ce genre de trucs. Il était riche (même si par la suite il s'est avéré qu'il avait un peu gonflé les chiffres). Il avait une belle gueule. Bref, comme dit tante Shirine, maman a cru que c'était un croisement d'Alain Delon, Onassis et Marx (ces trois noms, tante Shirine les donne parce que ça remonte à leur jeunesse, pour notre génération, il faudrait choisir Bill Gates, Brad Pitt et... au lieu de Marx, choisissez le zozo que vous voulez). Mais entre nous, je pense que la vraie raison du mariage de maman et de papa, c'était que papa devait retour-*

1. À l'écrit, *mimune* signifie « resterait » et *meymune* « c'est un singe ». Les deux mots s'écrivent de façon identique.
2. *Râje'be* : au sujet de.

ner s'installer en France et que maman en avait aussi envie. Surtout, n'allez pas croire que papa ait tellement changé après son mariage. Non ! Juste un peu. Juste pour maman. Sinon, pour toutes les autres femmes, il ouvre toujours les portes, passe les manteaux et parle toujours aussi bien de la domination historique des hommes sur les femmes. Moi, je sais bien que tout ça c'est du bluff, c'est à pleurer !

Quand Arezou vit l'heure, elle bondit. Elle éteignit l'ordinateur et grimpa les marches quatre à quatre. Elle décrocha le téléphone, composa un numéro, ouvrit la porte du congélateur, le combiné coincé contre l'épaule :

— Bonjour ! Tu vas bien ? Écoute.

Elle sortit un paquet de ghormeh sabzi.

— Téléphone à Granit et repousse le rendez-vous à cet après-midi. Si le couple allemand téléphone, passe-leur madame Mosavat. Dis à Naïm de ne pas oublier de payer la facture du maçon. Si Ayeh téléphone, tu lui dis que j'ai sorti le repas du congélateur. Je lui ai laissé un mot. Je reviens avant midi.

Elle raccrocha et laissa un mot pour dire à Ayeh que le riz était dans le frigo, qu'elle n'avait qu'à le faire réchauffer avec le ghormeh sabzi ; qu'elle n'oublie pas d'éteindre le gaz. Elle mit son manteau et son foulard et regarda l'heure : « J'ai encore le temps, se dit-elle. Ce n'est pas loin. Je ne prends pas la voiture. »

À l'extérieur et à l'intérieur de la boutique du fleuriste, c'était une profusion de jacinthes. On avait fait germer des graines[1] dans des assiettes dorées ou argen-

1. Pour la fête du Nowrouz (cf. note de la p. 39), la coutume est de faire germer des lentilles ou des graines de blé dans une assiette.

tées. Elle ruminait la même pensée : « Au lieu de me parler, elle… Je fais encore l'imbécile. Les gens ont des millions de problèmes. Ma fille a ouvert un blog. Et alors ? » Le fleuriste était en train de laver le trottoir en tirant l'eau du caniveau dans un seau en plastique. Arezou s'arrêta.

— Agha Davoud, qu'est-ce qu'il faut faire pour atteindre le fond de ta boutique sans être inondé ?

Le fleuriste se redressa. Son tricot à carreaux remonta sur son gros ventre.

— Mes hommages, dit-il en riant. Excusez-moi, je vous en prie. Vous avez certainement vos propres graines germées. Vous ne voulez pas une jacinthe ?

— Si je la prends maintenant, d'ici Nowrouz elle sera fanée.

Elle montra les assiettes dorées.

— Dis-moi, n'y avait-il pas de ces belles assiettes comme autrefois, au lieu de ces choses clinquantes ?

Le fleuriste, le balai dans une main et le seau dans l'autre, s'épongea le front sur une manche de son tricot.

— Que faire, madame Sarem ? Les goûts changent. Celles-ci sont bien mignonnes, n'est-ce pas ?

Il y avait une longue file d'attente aux stations de bus et de taxi. Dans la vitrine du magasin de hi-fi, on avait installé la nappe des *haft sin*[1]. La télévision diffusait un programme pour enfants : des souris et des poules portant le foulard bavardaient en hochant vivement la tête. L'ail et les jujubes de la nappe étaient saupoudrés de poudre d'or.

---

1. La nappe des *haft sin* : la nappe des « Sept S », dressée pour Nowrouz avec sept objets dont le nom commence par S. Par exemple, jujube : *sendjed* ; ail : *sir*, etc.

Arezou longea un grand immeuble. À la grille du parking, on avait accroché une pancarte où était écrit en lettres biscornues : Bazar de la charité. « On aurait pu s'appliquer un peu plus pour la calligraphie, se dit Arezou, accrocher la pancarte plus droite. Ayeh vide son sac avec des étrangers. Et si le frère de Tahmineh ne guérissait pas ? Si quelqu'un se prend les pieds dans ce fil ? » Un gros câble traînait au sol. À une extrémité, il était branché à un micro qu'une femme en blouse et en guimpe noires tenait à la main.

— S'il vous plaît, criait-elle, entrez voir à l'intérieur du parking. Vous y trouverez aussi un coin restauration avec du cappuccino et du halim.

Arezou aperçut la plaque du Centre. Elle traversa l'avenue embouteillée. Les passants se faufilaient calmement entre les voitures. « Tous ces gens, songea-t-elle, tous à faire leurs achats de Nowrouz ! Peut-être certains d'entre eux sont-ils des drogués qui vont à … » Elle observa les jeunes gens, les femmes et les hommes, lequel était drogué ? Lequel possédait un blog ? Cette fille avec la guimpe bleue et le gilet en cuir sur la blouse courte et serrée ? Ou bien ce garçon maigre avec le catogan ? La femme au teint basané, aux yeux las, son gros sac à la main, ne savait certainement pas plus qu'elle-même ce qu'était un blog, mais elle savait sûrement ce qu'était la toxicomanie. Cet homme accroupi à côté de la porte, qui fixait la flaque au milieu du trottoir, était-il drogué ou non ?

Elle s'approcha de la guérite du gardien.

— Excusez-moi, la cérémonie de ?… demanda-t-elle.

Le gardien prenait son petit déjeuner. D'un geste de la main, il lui indiqua de prendre à gauche. Arezou n'avait pas compris. Elle répéta à voix basse :

— La cérémonie des drogués…

Le gardien avala sa bouchée.

— L'autre entrée, dans l'allée de gauche.

Arezou trouva l'allée. « On aurait dit qu'il donnait l'adresse de l'épicerie. » Elle demeura clouée sur place. Jusqu'au milieu de l'allée, une foule compacte : femmes, hommes, enfants, jeunes, vieillards ; les uns munis de bouquets de fleurs, d'autres portant des paquets de gâteaux, certains les deux. « À une heure aussi matinale, songea-t-elle, ce ne peut être une noce. Que se passe-t-il ? » Elle se faufila parmi les gens, les fleurs et les gâteaux et se dirigea vers la porte signalée par une plaque plus petite qui portait l'inscription « Dispensaire ». Deux femmes attendaient devant la porte, une jeune et une plus âgée. Elles regardèrent en souriant Arezou qui leur rendit leur sourire.

— Excusez-moi, c'est ici… Ces fleurs, ces gâteaux ?…

— C'est l'anniversaire des copains.

Arezou ne comprenait pas.

— L'anniversaire de tous ces gens ?

La femme âgée se mit à rire.

— Tu es nouvelle ?

— Bienvenue ! ajouta la jeune fille.

Sur le badge qu'elle portait à la poitrine on pouvait lire : « Hôtesse d'accueil. » « Ai-je l'air d'une ?… songea Arezou. Elles n'ont vraiment pas l'air de… » Elle regarda autour d'elle. « Personne n'a vraiment l'air… »

La femme avait un visage rond, le nez petit, des yeux brillants. Elle ressemblait à un chat.

— C'est l'anniversaire de la guérison des copains.

La jeune fille avait la même figure ronde, un petit nez, les yeux brillants. Elle aussi ressemblait à un petit chat. La mère et la fille saluèrent un homme qui portait un costume crème. Du même air étonné, Arezou regardait tous ces gens, avec leurs fleurs et leurs gâteaux, lorsque quelqu'un la tira par le bras.

— Alors, il a fallu que tu viennes ?

Le frère de Tahmineh se tenait à deux pas derrière Sohrab. L'homme au costume crème déclara :

— Allons-y !

Il se mit en marche. Arezou le suivit, entouré par la foule et les deux Sohrab dans le long couloir sombre qui débouchait sur un petit amphithéâtre.

— Les femmes s'assoient dans les gradins de gauche, dit Sohrab.

Il fit asseoir Arezou sur un des sièges de gauche. Lui-même et le frère de Tahmineh allèrent s'asseoir au premier rang. L'amphi se remplissait progressivement. Il n'y avait plus de place. Ceux qui arrivaient encore durent s'asseoir sur les marches ou rester debout à la porte. Arezou jeta un regard circulaire. Elle aperçut à côté d'elle la femme âgée à la tête de chat qui lui souriait. On rangea les fleurs et les gâteaux sur la scène, derrière la longue table. L'homme au costume crème s'y installa, face au public, tournant le dos aux bouquets de fleurs et aux paquets de gâteaux. La foule était muette.

— Bonjour ! dit l'homme. Je m'appelle Behzad ; je suis un drogué.

Arezou crut avoir mal entendu.

— Bonjour, Behzad ! répondit la foule.

« Il le dit comme ça, aussi facilement ? » Behzad parla de l'institut, de son évolution, des mois et des années de lutte pour se sortir de la drogue, de tous les anniversaires de sevrage et de toutes les renaissances qui suivraient. Arezou se pencha vers la femme et dit tout bas :

— Vous aussi…

— N'aie pas honte, lui répondit-elle. Pose ta question. Oui, dit-elle en riant, ma fille et moi.

Elle la lui montra, semblable à un petit chat. Debout à côté de la porte, elle essayait de trouver des places, assises ou debout, pour les nouveaux arrivés.

— Moi, c'était l'opium. Ma fille, tout ce qu'elle trouvait, jusqu'à ce qu'elle passe à l'héroïne. Au début, c'était le pied. Après, ce fut l'enfer. Maintenant, on est guéries. Pour moi, ça fait un peu moins de deux ans. Ma fille, tout juste deux.

On aurait dit qu'elle parlait de la fin d'un rhume.

— Ne t'inquiète pas, lui dit-elle en riant. Et toi ?

Arezou montra le premier rang. Le frère de Tahmineh baissait la tête comme s'il cherchait à voir le bouton de son col de chemise.

— Ceux qui ont tenu jusqu'à trente jours, dit Behzad.

Des mains se levèrent dans la salle. Behzad fit signe à la première main.

— Je m'appelle Majid, je suis un drogué.

— Bonjour, Majid, répondit la foule.

— Cela fait vingt-six jours que j'ai arrêté.

— Bravo ! applaudit la foule.

— Je m'appelle Naghmeh, dit la deuxième main. Je suis une droguée. J'ai tenu trois mois.

Et ainsi de suite, la troisième, la quatrième, la cinquième main, Ali, Shahram, Soudabeh, six mois, une année, trois ans, neuf ans. La foule saluait, applaudissait. « Ayeh veut aller à Paris, songea Arezou, elle a ouvert un blog, elle ne se confie pas à moi… » Elle regarda Sohrab qui écoutait les témoignages. Le frère de Tahmineh regardait les fleurs. Il ressemblait à un petit chat apeuré ne sachant pas si on l'appelle pour lui donner sa pâtée ou un coup de pied. « Et si un jour, Ayeh… », songea Arezou. Les applaudissements, les sifflets, les hourras et les bravos la firent bondir sur son siège. Un jeune garçon de quinze ou seize ans était en train de souffler deux bougies sur un petit gâteau. La femme âgée lui dit tout bas :

— C'est le plus jeune de nous tous. Il se shootait à l'héroïne depuis l'âge de dix ans.

Arezou sentit qu'elle avait froid. Elle était sur le point de pleurer. Avait la tête qui tournait. Elle regarda dans la direction de Sohrab qui se retourna comme si quelqu'un l'avait appelé. Arezou prit un gâteau dans le paquet qu'on lui tendait. Elle ne se souvint pas si elle avait remercié ou non.

21

La main sur la poignée de la porte, Ayeh dit :

— Je ne sais pas quand je rentrerai. Tu connais Marjane, tant qu'elle n'a pas feuilleté cent revues de mode ni épuisé la couturière, elle est incapable de choisir une robe. Surtout une robe de mariée. Elle a fait des pieds et des mains pour obtenir un rendez-vous ce vendredi — elle imita Marjane — « Il faut que je sois seule chez la couturière ! » Ne t'inquiète pas, on rentrera avec sa mère.

Arezou regarda un moment la porte fermée, alla dans la cuisine ouvrir les rideaux. Les montagnes étaient encore blanches de neige. « Dieu merci, dit-elle en souriant, on n'a encore rien construit sur vos pentes. » Son regard s'attarda ensuite sur des maisons, des tours, d'immenses immeubles aux façades vertes, aux encadrements écarlates, à perte de vue. « Un vrai jeu de lego ! » Puis il s'arrêta sur le téléphone. « Ah ! S'il était là. » Sohrab avait insisté pour qu'elle vienne :

— Il n'y a pas plus de quarante minutes jusqu'à Ispahan. De là on loue une voiture jusqu'à…

Il avait dit le nom mais elle n'avait pas entendu ou ne s'en souvenait pas.

— Le vieil homme a fini par se décider à vendre l'héritage de trois générations. Je suis sûr qu'on va trouver des choses intéressantes. Même si on n'achète rien, à elle seule la maison vaut le coup d'œil. Viens avec moi.

— Mais j'ai du travail par-dessus la tête à l'agence. J'ai pris un rendez-vous chez le dentiste pour Ayeh. Il faut que je conduise ma mère chez le docteur.

Sohrab lui avait décoché un de ses sourires en coin, dégageant sa mèche de cheveux du bout du doigt.

— Un de ces jours, je ferai en sorte que tu n'aies plus rien à faire. Nous voyagerons, nous ferons le tour de l'Iran, le tour du monde, d'accord ?

Arezou s'était contentée de rire.

Le regard perdu dans les montagnes, elle pensa combien il aurait été agréable d'accompagner Sohrab à Ispahan, ou ailleurs, ou même nulle part. Jamais elle n'avait eu une telle envie d'être avec quelqu'un.

Mah-Monir était invitée chez Sarvar khanom. « Je n'en ai aucune envie », ronchonnait-elle.

— Eh bien, n'y va pas ! lui avait dit Arezou.

Mah-Monir avait plissé les yeux.

— Pour que demain elle déblatère sur mon compte ! Elle va répéter que je ne suis pas venue parce que j'étais malade. Tu peux être sûre qu'elle est déjà au courant de ma visite chez le docteur. Et puis, il y aura aussi monsieur et madame Moti'Abadi. Je voulais les inviter un de ces jours. Je vais le faire dès aujourd'hui. Leur petit-fils vient de rentrer des États-Unis. Il mène grand train. Sarvar m'a dit qu'on lui cherchait une épouse. Qui sait si…

Arezou s'était efforcée de ne pas entendre la suite.

Shirine était à son cours du vendredi : yoga ? méditation ? connaissance de soi ? Elle ne se souvenait plus. Elle prit le téléphone, « au cas où il téléphonerait », et descendit à l'étage du bas, une main sur la rampe. « Il faut que je me vernisse les ongles », se dit-elle en observant sa main. Depuis combien de temps ne l'avait-elle plus fait ? Des années ! Enfant, elle se rongeait les ongles. Mah-Monir lui avait souvent tapé sur les doigts. Peine perdue ! Elle avait donné l'ordre à Nosrat de lui plonger les ongles dans le poivre, de les enduire d'arsenic ! N'importe quoi ! Mais qu'elle fasse quelque chose ! Elle leur faisait honte à force de se ronger les ongles en public. Jusqu'à ce jour où, Nosrat ayant trouvé Arezou en pleurs, elle l'avait emmenée à la salle de bains, lui avait lavé les mains et la figure puis l'avait conduite dans l'arrière-cuisine. Elle avait pris un grand bocal de confiture de mûres, elle en avait versé dans une soucoupe. Elle avait plongé dedans les doigts d'Arezou l'un après l'autre, les lui avait mis dans la bouche. Quand la soucoupe avait été vide, elle lui avait donné un baiser sur chaque doigt en la cajolant. À partir de ce jour-là, Arezou avait cessé de se ronger les ongles. Jamais non plus elle ne les avait laissés pousser. Maintenant, chaque fois qu'Ayeh se les rongeait, à son tour elle la grondait, mais sa fille se contentait de hausser les épaules.

— Toi aussi, tu te les rongeais !

Si elle était par là, Mah-Monir ajoutait :

— Oh oui ! On s'est donné beaucoup de mal pour la faire arrêter. Toi non plus, ma chérie, ne te ronge pas les ongles, d'accord ?

Sur la coiffeuse d'Ayeh elle trouva un flacon de vernis incolore au milieu de paquets de biscuits entamés, de deux ou trois paires de boucles d'oreilles et d'une canette de Coca-Cola vide. Le téléphone sonna. Elle décrocha. Reconnut la voix à l'autre bout du fil. Se mit à rire.

— Comment as-tu trouvé un téléphone dans ce bled perdu ?

Elle s'assit sur le lit d'Ayeh, parlant, écoutant, riant. Les ongles de sa main gauche prenaient une couleur pelure d'oignon. Elle coinça le combiné contre son épaule gauche. Le petit doigt de la main droite prit la même couleur.

— Je parie que tu as acheté un plein camion de serrures, de poignées et de vieilleries, hein ?

Elle rit aux éclats.

— La mère de Tahmineh nous a invités à dîner mardi soir. Tu rentres bien demain, n'est-ce pas ?

Elle se passa du vernis sur le médium.

— Comment ça, tu ne peux pas venir ? La pauvre femme y compte absolument. Vingt fois Tahmineh m'a répété que sa mère insistait beaucoup pour que monsieur Zardjou soit là aussi. Tu dois venir !

Elle plongea la petite brosse à vernis dans le flacon.

— Pourquoi insiste-t-elle pour que tu viennes ? Excuse-moi, mais qui a permis que son fils soit hospitalisé ? Qui a trouvé cet institut machin pour drogués ? Quoi ? Non ! Sois tranquille. J'ai demandé à Tahmineh. Elle m'a dit qu'elle l'avait accompagné à la séance d'avant-hier. Pour celle de demain, il y aura encore Tahmineh ou moi, ou peut-être Shirine. Ne t'inquiète pas.

Elle passa du vernis sur son index.

— Il faut que tu viennes. Shirine et moi, on n'a pas le courage de conduire jusqu'à Sar-Tsheshmeh.

Elle écouta un moment puis éclata de rire.

— Oui ! On a absolument besoin d'un chauffeur, ça te va ?

Elle passa du vernis sur son pouce.

— Elle est allée avec sa copine commander la robe de mariée.

Elle referma le flacon de vernis. Sourit en contemplant le ciel par la fenêtre.

— Le nôtre est peut-être aussi pour un de ces prochains jours. Il faut que je trouve l'occasion de leur parler.

Elle leva sa main gauche, étudiant la couleur de ses ongles.

— Shorab khan, ne m'embête pas s'il te plaît. J'ai dit « Quand je trouverai une bonne occasion ». Le vernis à ongles ne me va pas du tout ! Ça me fait des pattes de chèvre.

Elle ramassa une chaussette par terre.

— Non, je ne change pas de sujet. Peut-être que… Je ne sais pas… Oui, peut-être que j'ai peur.

Elle regarda l'écran éteint de l'ordinateur sur le bureau.

— Je ne sais pas pourquoi, mais j'ai du mal à en parler.

Elle posa le flacon de vernis sur la table de nuit et se dirigea vers le bureau.

— Non ! Inutile d'en parler avec Mah-Monir !

Elle se prit le pied dans un tas de jeans, chemisiers, chaussures de sport, livres polycopiés.

— Shirine ? Elle ne dira rien, me fera la morale ou se moquera de moi.

Elle se baissa pour ramasser un jean qu'elle posa sur le bras du fauteuil.

— À vrai dire, j'ai un peu peur de leurs réactions à toutes.

Elle prit une photo encadrée sur le bureau. Une photo d'elle avec Hamid et Ayeh. Elle avait été prise quelques années auparavant dans un café parisien ; Hamid, le front dégarni, les cheveux dans le cou.

— Il n'y aura pas d'opposition, mais... Bon ! On pourrait commencer par l'annoncer d'abord à Shirine mardi soir, non ?

Elle reposa la photo sur le bureau.

— Tu fais encore des manières ! Passe me prendre à l'agence vers dix-huit heures. Il en sera dix-neuf quand on arrivera à Sar-Tsheshmeh. On y restera une demi-heure, trois quarts d'heure, et puis tu nous emmèneras dîner au restaurant de la mère Sarmadi. Quand nous en serons au café et au gâteau, nous l'annoncerons à Shirine, d'accord ? Alors, tu viens chez la mère de Tahmineh ?

Elle ramassa les stylos éparpillés sur le bureau, les rangea dans le plumier.

— Oui, j'ai bien pris mes pilules. Demain, téléphone-moi dès que tu seras rentré, OK ?

Puis elle regarda l'écran éteint de l'ordinateur en souriant.

— Moi aussi... très très fort !

Tout sourire, elle éteignit le téléphone en pressant une touche : « Voyons un peu ce que cette petite sorcière a bien pu écrire ! » Puis elle pensa : « Serais-je en train de l'espionner ? Après tout, un blog est fait pour être lu par tous. Je suis une lectrice comme les autres. » Elle alluma l'ordinateur. On lui demanda le mot de passe. Elle réfléchit un instant, tapa AYEH dans la fenêtre. L'ordinateur refusa l'accès. Elle tapa

AREZOU, nouveau refus. Elle tapa HAMID. La page principale s'afficha. Elle ouvrit le blog.

Maintenant que j'ai tellement parlé de maman, il faut que je vous dise une chose qui m'angoisse chaque fois que j'y pense. Il y a très longtemps, maman a raconté à tante Shirine (elles pensaient que je dormais) que lorsque mon grand-père est mort (je m'en souviens très bien) ma grand-mère n'a pensé qu'aux détails de la cérémonie funèbre qui, selon elle, devait nous faire honneur. Les bougies devaient être absolument noires, les dattes fourrées à la pistache, pour donner de la couleur au plateau, etc. Après les cérémonies de quarantaine, on a vu arriver les créanciers. On a compris que mon grand-père était criblé de dettes. Maman était sous le choc. Elle se frappait la tête, pensant sa dernière heure arrivée, Dieu la protège ! Pendant ce temps, ma grand-mère (je n'y étais pas, maman m'avait envoyée chez un parent) n'a rien su faire d'autre que de mettre son manteau d'astrakan et de se coller au radiateur en tremblant. Finalement (excusez-moi si je vous embête avec tout ça) maman a démissionné du poste qu'elle occupait dans une société pour gérer l'agence de mon grand-père. Elle a négocié avec les créanciers l'échéance de la dette. Je pense qu'elle doit être encore en train de payer les traites, même si elle n'en parle jamais.

Arezou ferma les yeux, se leva, fit les cent pas dans la chambre. Elle s'arrêta devant la fenêtre. Face à l'autoroute déserte. « Et nous qui croyons que ces gamins ignorent tout ! » Elle revint vers le bureau.

Quand je relis ce que j'ai écrit plus haut, je me dis : « Pourquoi racontes-tu toutes ces choses sur ta mère ? Qu'est-ce qui te prend ? » Ce qui me prend, je pense, c'est que je veux être libre, sans qu'il y ait constam-

ment quelqu'un qui vienne me dire : « Tu as mangé ? Tu y vas ? Tu viens ? Fais ça ! Ne le fais pas ! Comme dit Forough[1]*, je veux pouvoir me casser la gueule, ou ne pas me la casser. Je veux avoir mal, ou non. Bref, si les mères n'étaient pas aussi emmerdantes... Bon ! Il faut que j'y aille. Maman frappe à la porte. C'est encore un de ses bons points. Jamais elle n'entre sans frapper. Vas-y, Yalda khanom, maintenant tu peux te mettre à grogner sans raison contre ta mère !!!*

Arezou tendit la main vers la boîte de kleenex. « Ai-je pris la bonne décision ? »

J'écris de chez ma grand-mère car à cause de moi elle a seriné maman pour qu'elle lui achète un ordinateur : « Quand Yalda djan vient ici, elle a besoin d'un ordinateur. » Passons sur le fait que Yalda djan n'y est pas pour grand-chose. Si quelqu'un possède une chose et ma grand-mère non, elle déprime un max.

La radio des voisins diffusait l'indicatif des informations. « Déjà deux heures ! » Arezou continua sa lecture.

J'étais en train de vous dire ce que maman m'a raconté : « Juste après mon mariage avec Hamid (papa), il me parlait de choses auxquelles je ne comprenais rien. Comme je ne comprenais pas, je croyais que c'étaient des choses importantes. Jusqu'à ce que je lise les livres qu'il avait lus lui-même et que je m'aperçoive que ce n'était pas si important. Que, finalement, la culture n'était pas seulement une affaire de livres. » Moi, je n'ai pas d'avis sur la culture de papa. Jusqu'à un certain point, je suis plutôt inculte. Tout ce que je

1. Forough Farrokhzad : poétesse iranienne célèbre des années cinquante, modèle de la femme libérée.

sais, c'est que lorsque papa vient à Téhéran et que nous allons chez les uns et chez les autres (papa a de nombreux amis intellectuels), quand il se met à parler (il a un bagout extraordinaire), les femmes se pâment, clignent des paupières avec leurs longs cils pleins de rimmel. Leurs lèvres peintes jusque sous le nez lui envoient des baisers. Les hommes hochent la tête tout le temps d'un air approbateur. « Monsieur le docteur est une vraie sommité ! » (Papa a un doctorat en philosophie ; vingt fois, je lui ai demandé ce que signifiait « sommité », mais je ne m'en souviens jamais.) Un jour j'ai entendu ma mère dire à Shirine que lorsque je suis née, papa faisait chambre à part pour ne pas être réveillé par mes vagissements. Tous les matins, il se plaignait de ne pas avoir pu dormir. Un jour, je le lui ai rappelé, avec mille précautions pour ne pas le froisser (pauvre papounet, il est si sensible !) Il m'a répondu avec un regard si ingénu que j'en ai eu le cœur tout ramolli : « Oui ! Il fallait que je me lève tôt pour aller à l'université. » Je lui ai dit : « Bon ! Maman aussi devait se lever tôt pour aller à l'université. Mais en plus, elle devait me conduire à l'école. » Papa m'a regardé comme si j'avais dit la chose la plus incongrue : « C'était différent ! » Il y a un tas de gens qui ont la même réaction. Quand ils critiquent quelqu'un d'autre ou qu'ils racontent des ragots à son sujet, si on leur dit « Bien ! Mais toi aussi... », ils vous répondent en vous regardant d'un air ahuri : « Oui, mais c'est différent ! » Cela ne vous est jamais arrivé à vous aussi ?

On sonna à la porte. Comme un enfant surpris à chiper des gâteaux, Arezou cliqua précipitemment sur l'icône dans un coin de l'écran. Elle se leva. Sortit de la chambre. Grimpa l'escalier quatre à quatre. Quand elle ouvrit la porte, Ayeh ne lui laissa pas le temps de parler.

— Excuse-moi, excuse-moi, j'ai encore oublié la clef.

Arezou évita le regard de sa fille. Elle fit volte-face vers la cuisine.

— Comment se fait-il que tu sois déjà là ? Marjane a pu choisir sa robe ?

— Choisir sa robe ? (Ayeh se mit à rire.) Tu plaisantes ? Je suppose qu'après notre départ on a dû appeler l'ambulance pour la couturière !

22

Arezou était la seule femme du café-restaurant. Les clients étaient assis sur des banquettes en bois ou bien sur des chaises pliantes devant des tables métalliques. Le seul endroit libre était une banquette au centre de la salle, à côté d'un petit bassin. Sur son rebord étaient alignées en alternance des bouteilles de *dough* et de Coca ainsi que des pots de jacinthes et des plats de graines germées. Elle hésita un instant.

Elle lui avait téléphoné pour lui demander :

— Où est-ce qu'on déjeune ?

— Quelque part du côté du magasin, avait-il répondu.

Puis il avait ajouté :

— Mets un pantalon et des chaussures que tu puisses ôter et remettre aisément.

Elle se vit plantée là, au milieu de ce resto proche de la place Toup-Khaneh, parmi une cinquantaine d'hommes qui travaillaient probablement dans le quartier. Mal à l'aise, elle retira ses chaussures, s'assit en lotus dans un coin de la banquette et se mit à observer les motifs verts et rouges du kilim. Elle s'efforça de ne pas regarder autour d'elle. Même pas le garçon qui était venu prendre la commande. Celui-ci se retira. Il revint au bout de quelques minutes à peine. D'un ton neutre, comme s'il disait « nous sommes mardi ou mercredi », il s'adressa à Arezou :

— Hassan agha dit que la banquette est très inconfortable.

Il lui donna deux coussins en mousse recouverts d'un tissu à fleurs puis se retira. Arezou regarda les coussins d'un air étonné.

— Hassan agha ?

— C'est le patron du resto, dit Sohrab. Celui que j'ai salué en entrant, dit-il du même ton indifférent.

Arezou jeta un regard en coin du côté d'Hassan agha. Celui-ci somnolait derrière son comptoir. Personne ne faisait attention à elle. Le garçon apporta le pot-au-feu sur un plateau rond avec toutes sortes de garnitures. Sohrab vida le bouillon dans deux bols en zinc.

— Trempe ton pain pendant que je pile la viande.

En voyant Sohrab avec son pilon, Arezou se rappela le restaurant suisse avec son steak, ses couteaux et ses fourchettes. Le pain *sangak* était chaud et croustillant. Quand elle sentit l'odeur des condiments, elle eut faim. Tout en mangeant, elle lui parla du blog d'Ayeh. Les activités de l'agence ayant augmenté, il lui faudrait recruter un nouvel employé. Le plafond d'un des WC de la maison de sa mère fuyait. Il faudrait refaire le goudron d'étanchéité du toit. Le dentiste avait décidé d'arracher une dent de sagesse à Ayeh. Sa fille était dans tous ses états. Il fallait aussi changer les rideaux des chambres à coucher…

Sohrab prit de la viande pilée, quelques fines herbes, et en fit une bouchée avec un morceau de pain.

— Je n'arriverai jamais à comprendre comment les femmes peuvent penser et faire dix choses à la fois…

— Salut, mon vieux Sohrab, fit quelqu'un.

Arezou releva la tête. Elle aperçut un homme, jeune mais un peu gras, qui la salua les yeux baissés puis mit une main sur l'épaule de Sohrab pour le prier de rester assis.

— Je t'en prie ! Ne te lève pas, je suis juste venu te dire un petit bonjour avant de partir. Tu vas bien ? Tout baigne ? La santé ?

Il se tourna vers Arezou et, toujours les yeux baissés, s'inclina légèrement.

— Oh, dit Sohrab en riant. Mon beau Mehdi ! Il se leva prestement pour lui serrer la main. Quel plaisir ! Où es-tu ? On te voit peu, Farangui m'a dit que tu étais parti à la Caspienne. Tu en avais assez de nous voir, ou bien tu cherchais des Patrol ?

Mehdi dit quelques mots en riant puis, à nouveau, se tourna vers Arezou, les yeux baissés :

— Permettez.

Regardant Sohrab :

— Passe un de ces jours. Vive Ali ! dit-il en sortant.

Arezou observa un moment Mehdi en train de régler son addition à la caisse.

— C'est ce même Mehdi qui ?…

— Mehdi-Patrol ! répondit Sohrab en hochant la tête.

Arezou rompit de petits morceaux de pain sangak tandis que Sohrab mettait des condiments dans son bol. Elle se mit à rire.

— Pourquoi ris-tu ?

— Je viens de comprendre que tu parles avec chacun selon sa propre manière de parler.

Elle plongea un morceau de sangak dans le bol de concombre au yaourt. Sohrab la regarda attentivement.

— Enfin, tu as compris comment j'étais capable de parler avec chacun !

Une mèche de cheveux gris lui tomba sur le front. Ses yeux marron brillèrent.

— Permets-moi de parler à ta mère et à Ayeh.

Arezou sentit qu'elle avait trop mangé. Elle plongea un autre morceau de sangak dans le bol de concombres au yaourt et se redressa un peu.

— Non, pas pour le moment.

— Pourquoi ?

Arezou haussa les épaules, hocha la tête en observant le pilon pris dans la graisse du pot-au-feu. À la caisse, quand Sohrab voulut payer, Hassan agha lui dit :

— Agha Mehdi a déjà réglé.

Ils ne dirent plus rien ni l'un ni l'autre jusqu'au portail du Bagh-e melli. Arezou se demandait pourquoi elle remettait toujours au lendemain une chose qu'elle devait et qu'elle voulait faire. Si elle parlait de sa décision à Ayeh et Mah-Monir, qu'arriverait-il ? Mah-Monir commencerait certainement par faire son cinéma. Peut-être aussi ronchonnerait-elle. Ayeh lui lancerait sans doute quelques vannes, peut-être pas. Il finirait bien par leur parler. Sohrab savait très bien ce qu'il faisait. Il était très capable de leur parler... Pourquoi refusait-elle ? Pourquoi hésitait-elle ? Pourquoi ? Elle doutait, mais de quoi ? Avait-elle peur ? Sohrab s'arrêta devant le grand portail en fer forgé, leva la tête et regarda.

— Tu te souviens, j'avais dit qu'à l'occasion il faudrait revenir par ici ?

Arezou leva la tête. Elle admira l'agencement des briques au-dessus du portail : les céramiques, les colonnes.

— La première fois que je suis venue ici, j'avais sept ou huit ans.

À cette époque, le portail lui avait paru immense. Il lui paraissait toujours aussi grand.

— Tu es prête ? demanda Sohrab.

— Je suis prête, répondit Arezou et, tout en marchant, elle se mit à raconter.

Son père travaillait dans les parages. Elle ne se souvenait plus bien de cette visite, sauf du portail, de la barbe à papa énorme que son père lui avait offerte dans une boutique proche ; il lui avait fallu tout le temps du retour à la maison pour la finir.

— Moi aussi, dit Sohrab, j'ai mangé ici des quantités de barbe à papa. Je me souviens encore où était la boutique. Elle existe toujours. L'hiver, on y vendait aussi des betteraves chaudes. L'été, c'étaient les glaces et le *faloudeh*. Aujourd'hui c'est devenu une pizzeria.

Ils dépassèrent le portail et pénétrèrent dans une zone piétonnière. Arezou embrassa du regard l'immense avenue, les grands immeubles ornés de briques du ministère des Affaires étrangères et la porte centrale, avec ses chapiteaux à têtes de lion ou de cheval. Elle ne termina pas l'histoire de la barbe à papa, quand Nosrat lui lavait les mains et la bouche collantes de sucre. La voix de Mah-Monir parvenait jusqu'au cabinet de toilette : « Vends-les ! Quelques boutiques délabrées au bout de la ville, à quoi ça sert ? Il faut acheter des tapis, de l'argenterie, des cristaux. Avec les trois sous que tu as, comment veux-tu que je tienne mon rang ? » Nosrat avait essuyé les mains d'Arezou avec une serviette sèche en disant : « Ce que l'homme ramasse à la pelle, la femme l'en débarrasse d'un coup de balai.

— Qu'est-ce que tu dis ? — Rien, ma chérie. Viens, je ne t'ai pas essuyé la bouche. »

Son père avait vendu les boutiques. Mah-Monir avait acheté les tapis, l'argenterie, les cristaux. Ils avaient voyagé en Europe.

Sohrab s'arrêta au bord du terre-plein central de l'avenue.

— Si tu veux mon avis, c'est ici la plus belle partie de la ville. Regarde les arbres, ils bourgeonnent. Ici, on ne se croirait plus à Téhéran. Pourtant Téhéran, c'est bien ici, ou plutôt c'était. Là où nous habitons aujourd'hui, on ne sait plus trop où c'est.

Ils allèrent jusqu'au bout de l'allée. Plus ils avançaient, plus le bruit de la rue et de la circulation s'estompait. Du jardin du musée Malek leur parvenait le murmure d'un jet d'eau. Un homme sortit du ministère des Affaires étrangères, un dossier sous le bras. Il toussa et cracha dans le caniveau au bord duquel étaient plantés des œillets d'Inde. Ils revinrent vers la boutique.

— Je parlerai à Mah-Monir et à Ayeh, dit Arezou.

Avant de se retirer, monsieur Farhangi servit le thé avec mille politesses.

— Parle-moi d'Ispahan, dit Arezou, enfin, de cet endroit dont j'ai oublié le nom.

Sohrab reposa sa tasse sur la soucoupe en riant.

— Je ne me souviens pas non plus. C'était un endroit superbe autrefois, avec des maisons très anciennes aux murs de pisé. Quand tu les regardais de l'extérieur, elles semblaient dire : « Rien à voir à l'intérieur. » Et quand tu entrais, comme tu dis, tu te pâmais devant tant de beauté.

Il se leva. Se dirigea vers la bibliothèque.

— Les noms étaient délicieux : « Le jardin des cognassiers ; la place des noyers ; la source des marguerites. » Aujourd'hui, il n'y a plus que quelques familles au village. Ils sont tous allés à la ville, comme ils disent, c'est-à-dire Naïn, Ispahan, ou Téhéran. Le vieil homme était un ami de mon père.

Il s'arrêta devant la bibliothèque, tourna la tête et regarda dans la cour intérieure. Farhangi était en train de nettoyer les roues de la calèche avec un mouchoir à carreaux.

— Il m'a parlé des chasses qu'il faisait en compagnie de mon père. De l'époque où, selon son expression, le village était encore en vie. Il m'a montré des objets que les musées d'Europe s'arracheraient. « Ce serait bien que ce soit toi qui les achètes, m'a-t-il dit. Mes enfants ne les apprécient pas à leur juste valeur. Il n'y a que l'argent qui les intéresse. » Je lui ai acheté quelques objets qu'on va m'envoyer ces jours-ci.

Il ouvrit une des vitrines.

— Maintenant, viens admirer ceux-ci. La dernière fois que tu es venue, tu n'en as pas eu le temps.

Une série d'objets était disposée sur quatre étagères. Arezou s'approcha pour regarder. Une des étagères était remplie de poignées, une autre de serrures, toutes anciennes.

— Les jouets de quatre générations, dit Sohrab.

Il prit un tout petit cadenas doré.

— C'est de l'or pur. Il vient d'un coffre à bijoux. XVIIIe siècle français.

Il lui montra un autre cadenas qui avait la forme d'un dragon.

— Chine, d'il y a trois ou quatre siècles.

Il y avait aussi une poignée avec sa propre serrure qui se verrouillait en tournant la poignée d'une certaine façon. Une autre poignée de porte était conçue de telle sorte qu'après l'avoir fermée, si quelqu'un l'ouvrait à nouveau, le propriétaire des lieux pouvait savoir qu'on avait pénétré dans la pièce en son absence. Il y avait aussi des cadenas en forme de bouquetin, de crabe, de requin, des poignées que le constructeur semblait avoir passé une vie entière à réaliser.

Arezou était comme une enfant devant qui on aurait jeté une centaine de jouets. Elle riait de tout son cœur.

— Je n'imaginais pas qu'un jour j'envisagerais la beauté des serrures et des poignées de porte.

Sohrab lui montra un cadenas rectangulaire à trois clefs.

— Ce fut le premier achat de mon aïeul. Puis, mon grand-père a continué la collection, mon père ensuite, et moi maintenant.

Il prit une poignée en forme de cygne : le corps de l'oiseau se plaquait sur la porte, son cou s'offrait à la main, les deux yeux étaient faits de pierres écarlates.

Sohrab caressa le col du cygne. Arezou l'imita du doigt. Un rayon de lumière oblique vint frapper les yeux de l'oiseau depuis la cour intérieure. Pendant quelques instants le monde se réduisit à cette pièce haute de plafond où jouaient l'ombre et la lumière sur des serrures et des poignées inventées par des inconnus.

Sur l'étagère la plus basse étaient rangées toutes les poignées neuves. Arezou en prit une couleur vert de jade, bordée d'un liseré d'or.

— Quelle belle couleur ! Il me semble que j'ai déjà vu sa pareille. C'est en quelle matière ?

— En plastique pressé. Je les ai mises ici comme ça. Veux-tu une glace ?

Arezou se pencha pour admirer les autres poignées. Sohrab referma la porte de la vitrine.

— Il y a un glacier au coin de la rue…

— S'il te plaît ! J'ai tellement mangé que je vais éclater.

« Pourquoi ne m'a-t-il pas laissée regarder les autres poignées ? se demanda Arezou. Je suis sûre d'avoir déjà vu quelque part cette poignée ronde et blanche. »

La poignée était ronde, blanche, un tournesol gravé dessus.

23

La Patrol s'engagea dans une rue étroite. Tahmineh et son frère attendaient à la porte. Arezou leur fit signe.

— Le frère a grossi, on dirait ?

— La sœur aussi a meilleure mine.

— Tu as parlé avec le docteur ?

Elle prit sur la banquette arrière le bouquet de fleurs et le paquet de gâteaux.

— Très longuement. L'institut en a aidé un grand nombre.

Le frère de Tahmineh retira deux bidons posés entre les voitures. Il leur indiqua la place de parking qu'il leur avait réservée. Sohrab se gara.

— Oui, mais il faut qu'on le soutienne. Descends, je vais me coller au mur.

Le frère de Tahmineh salua d'abord Arezou, alla vers Sohrab, lui prit les mains en silence et se contenta de le regarder.

— Soyez les bienvenus, dit la sœur, essoufflée.

Sohrab passa un bras autour du cou du frère.

— Comment va mon copain ? On dirait que ça roule, hein ?

Ils se dirigèrent tous les quatre vers la maison. La mère de Tahmineh les attendait debout à côté du bassin sous son tchador blanc à fleurs. Arezou descendit les marches. Du coin de l'œil, elle vit Sohrab prendre le jeune homme par le bras et lui dire :

— Attends un peu !

La mère de Tahmineh prit Arezou dans ses bras en silence. Arezou offrit les fleurs et les gâteaux à sa fille.

— Je prie le ciel, dit la femme en l'embrassant sur les deux joues. C'est tout ce que je peux faire.

Elle déposa un baiser sur son front.

— Dieu m'a pris mes deux fils. C'était sans doute sa volonté.

Elle passa sa main osseuse sur la joue d'Arezou puis sur ses propres yeux.

— Mais il a envoyé un ange pour sauver celui-ci.

Arezou mit les mains sur les épaules de la femme, se disant en son for intérieur : « Pas le moment de gémir ! »

— Pourquoi pleurer ? dit-elle tout haut, surtout maintenant que Sohrab commence à aller mieux et…

Elle regarda autour d'elle, cherchant quelque chose à ajouter.

— Quelle belle cour !

C'était une cour pavée de briques avec un bassin hexagonal. La véranda était soutenue par des colonnes à torsades. Les fenêtres du sous-sol étaient bordées de céramiques. On eût dit une aquarelle. Dans la lumière pâle du couchant, les portes donnant sur la véranda avaient pris une couleur crème. Elles étaient ajourées de vitraux de couleur et munies de petits heurtoirs en forme de poing fermé. Cette fois, Arezou dit du fond du cœur :

— Quelle belle maison !

Les deux hommes descendirent les marches. Zardjou salua. Cachant un œil derrière son tchador, la femme répondit à ses salutations. Elle hésita. Son regard fit un aller et retour entre sa fille, son fils, Arezou et le pavé de la cour. Puis, d'un air craintif, elle montra la porte ouverte sur une pièce éclairée en répétant :

— Je vous en prie !

Ils entrèrent dans la pièce. En se baissant pour ôter ses chaussures, Arezou jeta un coup d'œil à la poignée de la porte à deux battants. Elle ne se trompait pas. Elle avait vu le même poing fermé sur une des étagères de la bibliothèque dans la boutique de Sohrab. Ils s'assirent sur le tapis et s'appuyèrent sur des coussins turkmènes. Tour à tour, Tahmineh, sa mère et son frère sortirent en s'excusant.

— Les pauvres, dit Arezou, ils se sont donné beaucoup de peine.

— Tu as remarqué ces moulures de plâtre ? dit Sohrab en admirant le plafond.

Arezou regarda le plafond et les moulures de la cheminée.

— Dieu sait de quand date cette maison !

— Fin Nasereddin Shah.

Arezou avança la tête et dit tout bas :

— Y a-t-il quelque chose que tu ne saches pas ?

Sohrab avança la tête à son tour et tout bas, lui aussi :

— Si ! Comment mettre des bigoudis.

Arezou éclata de rire :

— Fous-moi la paix !

— Ma mère mettait des bigoudis toutes les nuits. Chaque soir, il en manquait quelques-uns car je les chipais pour m'amuser.

Il regarda le manteau de la cheminée.

— Finalement, ma mère comprit. Elle m'acheta deux paquets de bigoudis de toutes tailles pour que je laisse les siens tranquilles. Ceux-ci sont certainement les frères de Tahmineh, et celui-là son père.

Il désigna trois photos encadrées sur la cheminée : un jeune homme en tenue militaire, un autre à l'épaisse moustache et un homme en complet veston rayé, le coude appuyé sur un grand escabeau supportant une fougère en pot très touffue. Tahmineh entra avec le plateau de thé, sa mère avec un plat de gâteaux. Le frère portait une corbeille de fruits.

Arezou prit un verre de thé. Elle demanda à la mère :

— Depuis combien de temps habitez-vous ici ?

Elle sourit à Tahmineh qui lui offrait du sucre. Refusa d'un geste. La mère de Tahmineh s'assit sur les talons. Elle rajusta son tchador sur sa tête.

— Depuis la mort de mon pauvre mari.

Elle regarda la photo sur la cheminée.

— C'est la maison familiale de mon mari. Là où vous êtes assis, se trouvaient autrefois les appartements privés.

Elle tourna la main vers la gauche du salon.

— De ce côté-ci, jusqu'à la rue à peu près, c'étaient les appartements de réception. La maison a été vendue morceau par morceau. J'ai raconté toute l'histoire à monsieur Zardjou.

Tahmineh et son frère lui lancèrent un regard noir. Prise de panique, elle offrit les gâteaux.

— Je vous en prie, servez-vous. Ce sont les gâteaux que vous nous avez gentiment offerts. Ils sont sûrement délicieux. Mais ces *noun-e nokhodtchis* ne sont pas mauvais non plus. Ils sont faits maison.

— C'est ma mère qui les a faits, intervint Tahmineh. Elle n'en avait pas préparé depuis des années. C'est en votre honneur. Mangez aussi ces *ghottabs*.

— Ma mère n'en avait plus fait depuis la mort de mes frères, glissa Tahmineh à l'oreille d'Arezou.

Arezou regarda les murs :

— On dirait que vous venez de repeindre. C'est superbe.

La mère se tourna encore vers Zardjou. Fit passer l'assiette de ghottabs :

— Je vous en prie.

Sohrab parlait avec le frère de Tahmineh, qui disposait des fruits sur des assiettes. Arezou buvait son thé en observant la poignée de la porte. « Il s'est passé quelque chose ici. »

— Allons voir le tableau des fusibles, dit Sohrab au frère de Tahmineh. Peut-être pourra-t-on réparer.

« Le voilà électricien ! » se dit Arezou.

La mère accompagna les deux Sohrab du regard puis se tourna vers Arezou :

— Que Dieu garde monsieur Zardjou dans sa généreuse disposition. Il est expert en tout. Le chauffe-eau…

— Maman ! cria Tahmineh.

— Dieu me damne ! dit la mère.

La mère et la fille baissèrent la tête.

— Tahmineh ! dit Arezou sur un ton qui affola la jeune fille.

— Je vous jure que jusqu'à ce matin, je n'étais pas au courant. Monsieur Zardjou avait demandé à ma mère de ne rien dire à personne.

— De ne rien dire à propos de quoi ?

La mère de Tahmineh poussa un long soupir :

— Moi, je ne sais pas mentir, Arezou khanom. Je ne comprends pas pourquoi monsieur Zardjou insiste pour qu'on ne dise rien.

Elle porta la main à son front, baissa la tête et allait se mettre à parler quand la porte s'ouvrit :

— On a trouvé ce qui n'allait pas, dit le frère. Je veux dire, c'est monsieur Zardjou qui a trouvé. Demain, j'achèterai un fusible.

Arezou regarda Sohrab avec insistance.

— Pourquoi madame Mosavat n'est-elle pas venue ? demanda la mère de Tahmineh.

— Elle ne se sentait pas bien, dit Arezou en regardant Sohrab avec insistance.

Comme un enfant qui aurait fait une sottise et craindrait de se faire gronder, Sohrab évita son regard. Il prit un noun-e nokhodtchi. Se tourna vers la mère de Tahmineh :

— Vous avez aussi un sous-sol, n'est-ce pas ?

Arezou s'efforça de ne pas rire en demandant à la mère et à sa fille qui les regardaient tous deux d'un air un peu inquiet :

— Vous permettez que nous visitions le sous-sol ?

« Il semble très ému que je voie ce sous-sol », nota Arezou.

Ils descendirent quelques marches. Tahmineh ouvrit la porte. Arezou resta bouche bée : le sol, les murs, la voûte en plein cintre, tout était appareillé en briques de couleur pâle, alternant avec d'autres plus foncées, les unes carrées, les autres rectangulaires ou triangulaires. Le petit bassin était revêtu de céramiques turquoise en forme de fleur à cinq lobes. Sohrab allait et venait, pivotait sur lui-même.

— Regarde la voûte, tu t'imagines que cela a au moins cent ans ? Et le cadre des fenêtres ? Tu as remarqué le dallage de briques ?

Le regard d'Arezou s'enroulait autour de celui de Sohrab. Combien de briques différentes composaient les motifs de cette mosaïque ?

Arezou posa les boîtes de noun-e nokhodtchis et de ghottabs sur le siège arrière. Au moment de dire au revoir, la mère de Tahmineh lui avait dit :

— Ce n'est rien en comparaison de ce que nous vous devons. Ce sera pour la nappe des haft sin.

Elle cala son sac contre les cartons.

— Bon ! C'était quoi tous ces trucs à la James Bond ?

Sohrab donna un coup de volant à droite pour laisser passer la Pride blanche qui lui faisait des appels de phares. Il passa une main dans ses cheveux clairsemés.

— Je ne sais pas. J'ai pensé que… Je ne sais pas. Je ne suis pas à l'aise dans ce genre de conversation.

Arezou appuya son dos contre la portière et lui dit en l'imitant :

— Et dans ces genres de trucs, tu es à l'aise ?

— Oh oui ! répondit-il en riant.

Arezou observa les oreilles de Sohrab. « De vraies oreilles de bébé », pensa-t-elle.

— Alors raconte-moi tout depuis le début.

— Il n'y a ni début ni fin.

Il stoppa au feu rouge, se mit au point mort, posa la main sur le volant.

— Ils allaient vendre la maison pour une bouchée de pain.

— Pourtant, le quartier n'est pas bon marché.

— Les prix sont élevés, mais pas dans les petites rues. De toute façon, c'était idiot, une maison de plus de cent ans…

— Te voilà archéologue maintenant !

— À ton avis, il reste combien de ces maisons-là à Téhéran ?

Il démarra. La Pride blanche fila vers la bretelle d'autoroute et tourna en direction de Shemiran, faisant crisser ses pneus extra-larges.

— J'ai parlé avec quelques responsables de l'Organisation du patrimoine. Ils sont venus visiter la maison.

Il prit aussi la bretelle.

— Ils sont d'accord pour maintenir dans les lieux la mère de Tahmineh et sa famille le temps qu'ils voudront. On va peut-être pouvoir faire financer les travaux de restauration par l'Organisation.

Arezou éclata de rire. Sohrab lui en demanda la raison. Son regard se fixa sur la file des voitures devant eux.

— Oh, rien ! Que sais-tu du père de Tahmineh ?

Ils arrivèrent à un feu rouge. Sohrab s'arrêta à hauteur de la Pride blanche, passa la tête par la fenêtre et dit au garçon assis à côté du chauffeur :

— Toi et ton copain, vous êtes las de vivre ?

Le garçon qui avait le crâne entièrement rasé se mit à rire.

— Tu appelles ça vivre, toi ?

Sohrab se retourna vers Arezou :

— Qu'est-ce que tu m'as demandé ?

— Le père de Tahmineh, sur la photo, lui et sa femme – elle chercha le mot juste –, ils ne sont pas très bien assortis.

— C'était un aristocrate, un lettré, un poète. La mère était la fille du régisseur. Le fils de la famille est tombé amoureux de la fille du régisseur. Il a fait des pieds et des mains pour l'épouser.

Il mit son clignotant pour tourner vers Zafaranieh.

— Pendant des années, n'ont-ils pas été gardiens dans une propriété du côté de Gholhak ?

— Après le mariage, la famille a déshérité le garçon. Il ne savait rien faire d'autre que des poèmes et de la calligraphie. Depuis son enfance, il était souffrant. La mère de Tahmineh a obtenu du propriétaire qu'il lui confie la garde et l'entretien de la propriété. Elle faisait aussi de la couture. Cela a duré jusqu'à la mort des deux oncles et du père. Puis Tahmineh et ses frères ont pris la relève.

Il gara la voiture devant le restaurant de la mère Sarmadi.

— Et Shirine ? Pourquoi n'est-elle pas venue ?

— Je n'en sais rien.

Elle descendit de voiture.

— En fait, si, je sais. Elle a d'abord prétexté qu'elle avait du travail. Quand j'ai insisté, elle m'a dit tout de go qu'elle n'avait pas la patience de supporter nos roucoulades.

Sohrab ne fit aucun commentaire. Il tira la sonnette. Arezou regarda la poignée de porte. Elle était ronde, blanche, un tournesol gravé dessus.

24

— Non ! Un peu à gauche. Plus bas. Oui, là !

Sohrab fit une marque sur le mur, donna le tableau à Arezou et planta le clou. Il reprit le tableau, l'accrocha au-dessus de la cheminée, descendit du tabouret. Ils se reculèrent côte à côte pour étudier l'effet. Le fond du tableau était marron, blanc et orange pâle, avec au premier plan quelques tons de vert parmi lesquels une tache bleue. De loin, on discernait une véranda avec quelques portes fermées ou entrouvertes qui donnaient sur une cour remplie d'arbres et un bassin rond.

— C'est la maison de toutes les grand-mères en plein été, dit Arezou.

— C'est la maison de Kamran, c'est là qu'il est né comme son père et son grand-père.

— Quel Kamran ? demanda Arezou en s'asseyant dans le canapé à deux places.

— Tout le monde croyait — et croit encore — qu'il était fou. Mais moi, j'ai toujours pensé — et pense encore — que c'était un génie.

Il regarda Arezou.

— As-tu parlé à ta mère et à Ayeh ?

— Non.

Elle regarda le tableau.

Sohrab ne lui demanda pas pourquoi mais elle pensa : « Il devrait me poser la question, insister. »

— Je n'ai pas eu le temps.

Sohrab ne répondit rien. Arezou se dit que s'il avait froncé le sourcil, grogné, dit quelque chose, ils auraient pu au moins avoir un semblant de conversation, elle aurait pu se retrancher derrière des phrases stupides, pour ne pas lui avouer qu'elle hésitait encore, qu'elle avait peur de prendre une mauvaise décision, que…

— J'ai été occupée, dit-elle du bout des lèvres.

Sohrab regarda le tableau.

— J'ai déjà pensé aux témoins : Kamran et Yousof.

— Yousof?

— Le médecin.

Arezou allongea les jambes sur la table basse. Sohrab se leva pour aller redresser le tableau qui penchait un peu puis il revint s'asseoir en allongeant lui aussi ses jambes sur la table.

— Yousof s'est passionné pour le centre de désintoxication des drogués. Non seulement il va régulièrement aux séances avec Tahmineh, mais il s'est mis à faire des recherches et à collaborer avec le Centre…

— Pourquoi changes-tu de sujet? dit Arezou en poussant le pied de Sohrab de la pointe de son soulier.

— Non ! Je comprends. Tu es encore indécise.

Il lui rendit son petit coup de pied. Arezou, absorbée dans le tableau, ne dit rien, ne bougea pas, ne s'étonna pas de ce qu'il avait compris.

— On prend un café? demanda Sohrab en se levant.

Arezou se tourna vers la fenêtre sans rideaux.

— N'est-ce pas dommage de cacher ces beaux cadres de fenêtres et leurs stores? dit Sohrab.

Elle cria en direction de la cuisine :

— Espresso ou *esperesso* ?

Un rire fusa de la cuisine. Arezou regarda de nouveau le tableau. À côté du bassin bleu, il y avait une tache rouge et verte qui, de loin, faisait penser à un arbuste en fleur. Si on se rapprochait très près du tableau, on ne voyait plus que ces taches rouges et vertes. « Peut-être faut-il regarder la vie de loin, se dit-elle, de très près on ne voit que des taches. » Elle se leva. Les rideaux de la cuisine étaient jaunes avec des fleurs couleur de jade. Ils avaient acheté les rideaux ensemble. Le vendeur, au moment de couper le tissu, avait dit : « Félicitations ! Madame a bon goût. » Sohrab avait froncé le sourcil et pincé les lèvres. Arezou riait. C'est Sohrab qui avait choisi le tissu. Après une demi-heure de discussion, Arezou avait fini par céder en disant : « Tu as raison, c'est le plus beau. »

Sohrab dosait le café pendant qu'Arezou admirait les rideaux.

— Pourquoi le jour où tu as cassé mon téléphone…

Le doseur de café se pointa vers Arezou.

— C'est toi-même qui l'as laissé tomber.

— Bon, peu importe ! Pourquoi faisais-tu comme si tu étais un paysan arrivé de sa campagne qui ne sait pas ce que c'est qu'une table, des chaises et des rideaux ?

Sohrab renversa la tête en riant.

— Je cherchais un prétexte pour te revoir.

Il s'appuya contre la banque.

— Peut-être était-ce à cause de ta mauvaise humeur. J'ai paniqué, je me suis mis à dire n'importe quoi.

— Pourquoi as-tu dit que tu ne savais pas de combien de chambres à coucher tu avais besoin ? dit-elle en riant.

Sohrab, lui, ne riait pas.

— Cela, je l'ai su dès la première fois où je t'ai rencontrée. J'avais décidé de t'épouser. Je ne savais pas combien tu en voulais exactement.

Arezou regarda la calvitie naissante, les yeux marron clair, la bouche toujours prête à sourire. Son regard glissa vers les rideaux. « Est-ce qu'il existe vraiment des fleurs de cette couleur ? »

— Yousof et Kamran seront-ils à Téhéran pour Nowrouz ? demanda-t-elle.

Sohrab regarda la cafetière.

— Tout le monde sera là quand tu voudras.

Il retira la cafetière du feu.

— Mais toi, réfléchis bien, ne te presse pas.

Arezou prit deux tasses à café sur l'étagère, des tasses blanches décorées de petites fleurs grises. « En fait, il faut que je me dépêche », songea-t-elle.

— En fait, il faut que je me dépêche.

En partant, elle admira du bas de l'escalier le fenestron du palier, au-dessus du guéridon qu'ils avaient acheté ensemble chez Jaleh, son amie antiquaire. Sur le guéridon, était posé un vase qu'ils avaient déniché au Jom'eh Bazar[1]. Le vase contenait quelques rameaux de fleurs des glaces qu'ils avaient cueillis ensemble dans le jardin. Quand Sohrab lui présenta son manteau, Arezou pensa : « Oui, il existe bien des fleurs couleur de jade. »

---

1. Jom'eh Bazar : « Bazar du vendredi », sorte de marché aux puces organisé dans un parking du centre de Téhéran, près de la place Toup-Khaneh.

25

Il pleuvait. Nosrat ôtait les chiffons humides recouvrant les graines germées. Elle passait une à une les assiettes creuses à Arezou qui les disposait sur la table de la cuisine.

— Pourquoi tant de bruit? Vingt fois elle a répété qu'il fallait l'inviter.

Ses joues charnues étaient en feu.

— Elle est tellement curieuse qu'elle insiste pour que je l'invite.

Elle passa une main sur les lentilles germées.

— Et puis, de nos jours, avoir un petit ami, c'est à la mode. Elle a envie de faire la fière devant ses amies en leur montrant que son Arezou a aussi son petit ami. Quand elle va apprendre que je vais me marier…

Nosrat arbora un large sourire.

— Merci mon Dieu, quelle bonne nouvelle!

Elle essuya ses mains trempées à sa jupe plissée.

— Il le fallait. Tu vas avoir une vie bien organisée, un compagnon. C'est une très bonne chose.

Arezou jeta un œil par la fenêtre. Les branches des arbres se balançaient doucement sous la pluie. Nosrat ramassa les chiffons mouillés sur la table, les roula en boule. La pluie ruisselait sur les vitres.

— Et Ayeh ? Tu lui as parlé ?

Quelques gouttes tombèrent sur la jupe à fleurs.

— Non, pas encore.

Arezou alla vers l'évier, remplit d'eau un pot en plastique, revint vers la table arroser les graines germées. Nosrat examina les jeunes pousses.

— Ne leur donne pas trop d'eau, ma chérie, sinon elles vont pourrir.

Arezou posa le pot sur la table.

— Celles-ci, où vas-tu les mettre ?

— Dans l'arrière-cuisine. Il y a moins de lumière. L'an dernier, elles avaient germé trop tôt. Une semaine après Nowrouz, elles étaient déjà jaunes. Tu l'as dit à Shirine ?

Une assiette dans chaque main, elles se dirigèrent vers la vaste arrière-cuisine. Arezou poussa la petite porte de la pointe du pied.

— Non !

Les murs de l'arrière-cuisine étaient couverts d'étagères jusqu'au plafond, remplies de bocaux de condiments, de confitures, de bouteilles de verjus, de vinaigre et d'eau de rose. Il y avait aussi des caisses de toutes dimensions contenant des conserves et des sacs de riz. Nosrat désigna un coin libre sur les étagères.

— Mets-les là. Pourquoi n'as-tu rien dit à Shirine khanom ?

— Tu la connais, dit-elle en ricanant, c'est une ennemie jurée du mariage et des hommes.

Nosrat poussa vers le fond deux assiettes qu'Arezou avait posées sur l'étagère.

— Gardons de la place pour les autres. Oui, mais la pauvre, après ce qui lui est arrivé…

Elle se dirigea vers la porte.

— C'est vrai, mais Sohrab n'est pas comme les autres, répliqua Arezou en haussant les épaules.

Elle chercha ce qu'elle pourrait bien dire à Nosrat pour lui décrire Sohrab. Elle ne trouva rien et rabaissa les épaules en hochant la tête. Nosrat prit la derrière assiette de graines germées sur la table.

— Je sais. Naïm dit que c'est un vrai monsieur.

— Quand l'a-t-il vu ?

— Les quelques fois où il est venu à l'agence. Une fois, Naïm déchargeait un carton de papier ou je ne sais quoi de la camionnette, il s'est arrêté pour l'aider, ils ont bavardé un moment.

Elle posa l'assiette à côté des autres.

— Mais comment Naïm a-t-il compris que ?…

Elle s'appuya contre la porte de l'arrière-cuisine. Nosrat se redressa en riant.

— Tu ne le connais pas encore ? Du flair, et une curiosité maladive ! Tu veux du thé ?

Tandis que Nosrat regagnait la cuisine, Arezou fit oui de la tête, le regard perdu dans les étagères. Elle pensa : « Il l'a certainement aidé ! »

Derrière quelques cartons de pâtes et deux bocaux d'ail au vinaigre, une boîte était étiquetée : « CE 2. » C'était l'écriture maladroite de Nosrat. Elle alla vers l'étagère, poussa les cartons, prit la boîte, la posa par terre et s'assit. Nosrat l'appelait depuis la cuisine :

— Le thé est prêt.

— Viens par ici, dit Arezou.

Elle sortit de la boîte un cahier avec une couverture verte. Le plastique était un peu fripé. Quand elle l'ouvrit, le ruban adhésif qui retenait la couverture se décolla. Elle feuilleta le cahier.

À chaque rentrée scolaire, ils avaient l'habitude de s'asseoir avec Nosrat et Naïm à la table de la cuisine pour recouvrir les livres de classe. Arezou collait une étiquette sur ses livres et ses cahiers avec son prénom, son nom de famille, celui de sa classe. Puis Naïm dessinait à côté du nom une fleur, un oiseau, tout ce que désirait Arezou : un petit dessin à la taille de l'étiquette.

Elle vida la boîte : les rédactions, le calcul, les dictées. Elle cherchait les dessins. Elle les trouva. Sur la première page : une petite fille aux cheveux tressés avec la raie au milieu. Lorsque Naïm avait terminé ce dessin, Arezou avait trépigné de bonheur. « C'est moi que tu as dessinée ! » Sur la page suivante, il y avait un narcisse à côté des pantoufles d'Arezou. Elle tourna la page, se souvint que les pantoufles étaient un cadeau que Nosrat lui avait rapporté de *Mashhad*. La page suivante montrait la table de la salle à manger que les invités semblaient avoir quittée à l'instant. Sur la table, Arezou avait abandonné sa poupée. La dernière page représentait un perroquet. Son plumage était vert pâle, les ailes d'un vert plus soutenu, le bec rouge et les yeux jaunes. C'était un cadeau de Naïm et Nosrat pour son anniversaire. On lui avait appris à dire « Arezou ». Pendant des années, il avait crié « Ajou » puis, un jour, la porte de la cage étant restée ouverte, il s'était envolé pour ne jamais revenir. Pour chaque dessin, Ajou avait eu dix-neuf ou vingt.

Elle entendit un petit rire. Nosrat se tenait sur le seuil, le plateau de thé à la main.

— Où as-tu été chercher ça ?

Arezou se retourna.

— Tu les as conservés pendant toutes ces années ?

26

— Marjane et sa mère courent au suicide. Elles ont recruté un *wedding coordinator* ! dit Ayeh.

— Un *quoi* ? demanda Mah-Monir.

— C'est-à-dire…

Ayeh regarda Arezou et Shirine. Elle quitta la table de la salle à manger.

— Un organisateur de mariage ! Monsieur… je ne sais plus son nom, organise toutes sortes de cérémonie*ss*[1] : noces, anniversaires, funérailles.

— De cérémonie-*s*, rectifia Shirine.

— Des cérémonie-*s*, des activité-*s*, renchérit Arezou.

Shirine éclata de rire. Mah-Monir s'emporta.

— Oh là, elles vont nous laisser tranquilles ces deux-là ?

Elle se tourna vers Ayeh.

— Continue, ma chérie.

Shirine et Arezou se mirent à enlever le couvert.

— Ton plat était délicieux, comment dis-tu que cela s'appelle ?

Elles allèrent toutes deux à la cuisine.

---

1. Ayeh accorde au pluriel persan un mot d'origine arabe déjà au pluriel.

— Du *vindalou*. C'est Sohrab qui m'a appris la recette.

Elles mirent les assiettes dans l'évier.

— Ah bon ! dit Shirine en posant les verres sur les assiettes. Comment va monsieur ?

— C'est ainsi que tu demandes de ses nouvelles ?!

Shirine regarda l'évier en silence.

— Ils ont décidé de dresser une tente dans le parc de l'oncle de Marjane, disait Ayeh. Au début, Marjane n'était pas d'accord (elle l'imita) : « Le parc de l'oncle, ah non ! Depuis que je suis gamine, je rêve d'un mariage dans un endroit inconnu. » Mais elle a fini par se rallier à l'idée, parce que ce monsieur Machin a promis de… (elle parla plus fort) de faire en sorte que l'endroit qu'elle connaît depuis toute petite soit méconnaissable.

— Eh ! s'écria Mah-Monir, un mariage dans le parc, par ce froid ?!

Arezou débarrassa le saladier et le bol de condiments.

— Ils ont probablement l'intention de distribuer une bouillotte à chaque invité !

Elle repartit vers la cuisine.

— On va installer une tente, dit Ayeh en riant. Monsieur Machin leur a montré une pile de revues européennes de décoration spécial mariages. Il a fait venir directement de Turquie des feux d'artifice pour l'entrée des mariés. J'ai oublié la moitié de ce que m'a raconté Marjane. Elle m'a dit que le salon où l'on signera le contrat de mariage sera décoré comme une église. Tous les invités seront assis sur des chaises face aux mariés.

Arezou et Shirine se regardèrent en riant.

— Le mollah sera probablement habillé comme le pape pour la bénédiction nuptiale, lança Shirine.

Mah-Monir se leva et alla s'asseoir dans un des fauteuils.

— Ne vous moquez pas. En fait, c'est une excellente idée. Pendant la cérémonie, les invités ne tomberont pas sur les mariés comme des sauterelles.

Elle se cala dans son fauteuil.

— Bon, et pour le dîner ?

Ayeh s'installa face à Mah-Monir en allongeant ses jambes sur le bras du fauteuil. Elle allait se remettre à tripoter les feuilles du palmier quand son regard croisa celui d'Arezou.

— Oh, pardon !

Elle retira vivement sa main. Arezou repoussa sa mèche.

— Tu peux enlever les pointes jaunes des feuilles.

Ayeh eut un instant de surprise. Puis elle se jeta sur les feuilles du palmier.

— Marjane m'a dit le nom de tous les plats, mais j'ai oublié. Les mêmes que d'habitude, sans doute : des *losanges*, comme dit Naïm – des lasagnes –, du *shirine polo*, du baghali polo, de l'agneau rôti avec du persil dans les narines. Il y aura deux catégories de serveurs ; pour la cérémonie, un groupe de jeunes filles en complet veston bleu marine, chemise et foulard bleu ; pour le dîner, des filles et des garçons en complet bleu marine et cravate bleue. Toutes les nappes seront de la même couleur, parce que Marmar chérie et son fiancé (elle arrondit la bouche en cul de poule) aiment le bleu.

— Thé ou café ? cria Arezou depuis la cuisine.

Shirine la rejoignit avec le reste de la vaisselle du déjeuner.

— Pour moi du café. (À voix haute.) Monir djan, du café pour vous aussi ? Et toi, Ayeh ?

Tout le monde voulant du café, Arezou prit sur l'étagère la cafetière qu'elle tendit à Shirine.

— Fais-le, toi, tu le fais mieux que moi.

Shirine fit l'étonnée.

— Ce cher Sohrab ne t'a donc pas appris à faire le café ?

Soulevant la cafetière, Arezou fit mine de frapper Shirine. Du salon, la voix forte de Mah-Monir les appelait.

— Shirine, Arezou, vous entendez ? Elles ont commandé les costumes du mariage aux sœurs Farzaneh. Dieu sait combien cela a dû coûter !

Shirine surveillait le café sur le gaz tandis qu'Arezou, le dos tourné, regardait par la fenêtre.

— Ce que Sohrab m'a appris de plus important, c'était que…

Shirine, quittant la cafetière des yeux, se tourna vers Arezou.

— C'était ?

Arezou pivota lentement vers Shirine.

— C'est.

Elles s'observèrent un instant. Shirine revint à sa cafetière, Arezou à ses montagnes. Elle releva le menton en disant :

— Ce que Sohrab m'a appris, c'est de m'aimer un peu plus moi-même, au lieu de toujours m'occuper des uns et des autres.

Il ne restait sur les cimes que quelques bandes de neige. Le café commençait à mousser dans la cafetière. Shirine le versa dans les tasses.

— C'est un mariage à ne pas rater, disait Mah-Monir. Marjane nous a envoyé un carton à chacune.

— Comme je l'ai lu dans un blog, dit Ayeh, « aller au mariage de l'Ami est un impératif de la charia » !

Elle éclata de rire.

Shirine et Arezou retournèrent au salon, l'une avec le plateau du café, l'autre avec une assiette de gâteaux à la crème.

— Tu as entendu, Shirine khanom ? Assister au mariage de l'Ami est un impératif de la charia !

Arezou plongea son regard dans les petits yeux verts.

27

Dehors, il faisait sombre. Les lumières de la ville s'allumaient ici et là.

Elle sortit de la cuisine, descendit les marches, longea le couloir, entra dans la chambre à coucher. Elle alluma la lumière, s'arrêta pour écouter. Quand Ayeh n'était pas là, la maison était plongée dans le silence, un silence apaisant tout d'abord, mais seulement pendant les premières heures, ensuite il devenait oppressant.

« N'est-ce pas justement pour être seule que je vis ici ? » songeait-elle. Quand elle était revenue de France, elle avait habité un certain temps chez ses parents avant de leur annoncer qu'elle allait chercher un appartement pour elle et sa fille. Mah-Monir en avait fait tout un plat : « Tu veux faire vivre ma petite-fille dans un minuscule appartement ? » Elle avait vidé son sac, crié sa fureur, s'était évanouie, avait boudé. Arezou avait alors prétexté que la maison était loin de l'agence, à quoi Mah-Monir avait répondu en colère : « Mais qui t'a demandé de travailler ? Comme si on avait besoin des trois sous que tu gagnes à l'agence pour vivre ! » Arezou avait rétorqué que la maison était trop loin de l'école d'Ayeh. Mais Mah-Monir avait encore protesté : « Je louerai un chauffeur pour ma petite-fille. »

Lors de ces disputes, son père disait à Nosrat « Va préparer de l'infusion de bourrache pour madame », ou bien il éloignait Arezou de sa mère en lui disant tout bas : « Ne t'inquiète pas. On va arranger ça. »

Finalement, Arezou avait déclaré : « Tout ça, ce ne sont que des prétextes. La vraie raison, c'est que je veux vivre indépendante. » Mah-Monir l'avait regardée d'un air ahuri. Nosrat avait couru à la cuisine. Le jour suivant, Arezou avait visité des appartements avec son père. Chaque fois qu'ils entraient dans l'un d'entre eux, son père murmurait : « Pour l'instant, pas un mot à ta mère ! » Quelques semaines plus tard, ils étaient allés signer chez le notaire. En sortant, au moment de monter en voiture, son père lui avait dit : « Pour l'instant, pas un mot à ta mère ! » Arezou avait bien ri et, gardant son sérieux, avait répondu : « Pourquoi as-tu si peur de Mah-Monir ? » Son père s'était concentré un moment sur le volant. « Peur ? Non, je l'aime. » Il avait mis le contact. « Je ne sais pas, peut-être bien que je la crains aussi. » Puis il avait ri : « Quelle différence ? »

Arezou s'allongea sur le lit. Les mains sous la nuque, elle contempla le plafond en se demandant pour la énième fois : « Ai-je pris la bonne décision ? » Elle regrettait que son père ne fût plus là pour la conseiller. Mais qu'est-ce que cela aurait changé ? Son père eût certainement été d'accord. Son père était toujours d'accord avec ce qu'elle disait ou ce qu'elle voulait. Pareil avec Mah-Monir. Peu importait que la mère et la fille ne fussent jamais d'accord. « Comment faisait-il pour nous contenter toutes deux ? » se demandait-elle. Elle se retourna sur le lit, regarda la coiffeuse, les flacons de parfum, les boîtes de crème, les tubes de rouge à lèvres, la photo de ses parents au bord de la rivière, la photo plus grande d'Ayeh enfant qui souriait en montrant les trous laissés par deux dents qui venaient de tomber. C'était elle qui avait pris cette photo de sa fille dans leur appartement de Paris. Ayeh était affalée dans un fauteuil en rotin, dos à la fenêtre, froissant quelque chose dans sa main. Sur la photo, on distinguait une boutique par la fenêtre. Mais si floue que personne n'eût été capable de reconnaître la boulangerie qui se trouvait de l'autre côté de la rue. Elle était la seule à le savoir. Combien de fois n'avait-elle pas traversé la rue en courant, par tous les temps, pour acheter la baguette du petit déjeuner ou du dîner? La boulangerie était tenue par un jeune ménage originaire du midi de la France. Ils venaient juste d'avoir un enfant. Le mari était debout toutes les nuits pour cuire le pain et les gâteaux. Il dormait le jour pendant que sa femme faisait tourner la boutique. Parfois, quand il n'y avait personne au magasin, elle se confiait à Arezou :

— Le bébé n'a pas dormi de la nuit. Il ne m'a pas laissé une seconde de répit.

— Va au moins faire une sieste après le déjeuner, lui conseillait Arezou.

— Et qui tiendra le magasin?

— Eh bien, ton mari!...

— Mon mari? Mais il n'a pas dormi de la nuit à cause de son travail.

— Eh bien, toi non plus! S'occuper de son enfant, n'est-ce pas aussi du travail?

Elle regarda la photo. « L'enfant doit être grand maintenant. Comment s'appelait-il déjà? » Elle ne se souvenait plus. « Était-ce une fille ou un garçon? » Elle se souvenait seulement de la baguette dont elle croquait un morceau en sortant de la boulangerie avant de rentrer chez elle en se disant : « Quelle idiote, cette boulangère ! »

Elle regarda le bureau sur la photo. On ne le voyait qu'en partie. Mais elle se souvenait très bien des livres, des carnets, du papier, du mug rempli de crayons et de stylos. Le jour où elle avait pris cette photo, il pleuvait. Elle avait posé l'appareil sur le bureau. Elle était allée vers Ayeh, lui avait demandé : « Qu'est-ce que tu as dans la main ? » Ayeh avait ouvert la main : « Une chaussette de papa, elle était là. » De son petit doigt elle lui avait montré le bureau. « Ahhh ! » s'était écriée Arezou en prenant du bout des doigts la grosse chaussette blanche toute sale et en la jetant par terre. Elle avait pris Ayeh dans ses bras : « Ayeh va être en retard à l'école et maman à la fac. Si ton père pouvait apprendre que la place d'une chaussette n'est pas sur le bureau ! »

Hamid changeait de chaussettes deux ou trois fois par jour. Une fois par mois il rappelait à Arezou : « Ne lave pas les chaussettes à la machine, hein ? Elles sont 100 % lin. Il faut les laver à la main. » Et Arezou lavait plus d'une vingtaine de paires de chaussettes par semaine, à la main, au savon Le Chat, un savon français qui ressemblait au savon iranien Ashtyani, avec cette différence qu'il ne sentait pas mauvais.

Elle examina un coin du bureau. Combien d'années s'était-il écoulé entre cette photo et le jour où elle avait tendu la main vers le bureau pour prendre un stylo dans le mug et écrire sur un bout de papier « On s'en va ! » ? Elle avait retiré son alliance, l'avait posée sur le papier, était sortie en tenant Ayeh d'une main et sa valise de l'autre. Pendant tout le vol du retour vers l'Iran, elle n'avait cessé de penser en pinçant les lèvres à la corbeille de linge sale pleine de chaussettes 100 % lin. Elle regardait son doigt privé d'alliance en se disant : « Quelle idiote j'ai été ! »

Elle remonta le dessus-de-lit sur ses jambes et regarda l'autre photo, celle où elle se tenait au pied du pin que son père avait planté. La photo avait été prise par son père quelques jours après son retour de France. Ils avaient marché ensemble dans la cour. Était-ce avant ou après avoir pris la photo ? Ils avaient inspecté les fleurs, arraché les feuilles sèches et les mauvaises herbes. « Ne te préoccupe pas de ce que dit ta mère, lui avait-il dit. Si tu veux mon avis, tu as bien fait de divorcer. C'est un minable et un bon à rien. Un homme qui ne pense qu'à lui-même, qui ne s'occupe pas de sa femme ni de son enfant, il faut l'oublier. »

C'était sans doute avant la photo, car sur la photo elle souriait. La fois où elle avait parlé d'Hamid à Sohrab, celui-ci avait hoché la tête : « Nous les hommes, nous sommes des ânes. » La fois où elle lui avait parlé de son père et lui avait demandé : « Et toi, tu as peur de moi ? », avec tout son sérieux, Sohrab avait réfléchi avant de répondre : « Ton père était quelqu'un de bien. »

Elle repoussa le couvre-lit, s'assit sur le lit et dit tout haut : « J'ai pris la bonne décision ! »

28

La Peugeot s'engagea dans l'allée du parc.

— Avec ta Renault poussive ? avait dit Mah-Monir, jamais ! On va commander un taxi.

Elle avait fini par accepter d'aller au mariage de Marjane avec la Peugeot de Shirine. L'allée était encombrée de voitures. Deux ou trois jeunes hommes vêtus de complets gris à l'identique dirigeaient les invités vers les emplacements de parking. Shirine baissa la vitre, dit à l'un d'eux qui s'approchait :

— Et si notre bouée de sauvetage se perd parmi tous ces bateaux ?…

— Bonjour, madame, répondit-il en riant. Je vous en prie, il y a de la place de ce côté. Je vais garer votre voiture immédiatement.

Il tendit la main.

— Voulez-vous me confier vos clefs ?

— Tu ne regarderais pas un peu trop la télévision ? fit Arezou.

Shirine éclata de rire. Le jeune homme, un peu déconcerté, répondit :

— Je vous demande pardon ?

Arezou lui fit un grand sourire. Plus bas, elle dit à Shirine :

— Dépêche-toi de lui donner les clefs, j'ai bu trop d'infusion.

Mah-Monir rejeta les pointes de son foulard de soie sur ses épaules et descendit.

— Arrête d'ingurgiter tout ce que te donne Nosrat.

Elle défit les deux boutons du haut de son manteau de fourrure en jetant un regard circulaire.

— Toutes ces voitures diplomatiques ! Il y a sûrement une foule d'invités étrangers. Viens au moins saluer avant d'aller aux cabinets.

— D'accord ! D'abord la bise à tous ces messieurs les ambassadeurs. Le reste ensuite !

Elle descendit de voiture.

Tables et chaises étaient dressées sous une grande toile de tente sur la pelouse du jardin : nappes bleu marine, sur chaque table une bougie bleue dans un bougeoir en forme de cœur. Les chaises aussi étaient tendues de tissu bleu marine, un grand ruban bleu noué par-derrière. Tout autour de la tente flambaient de grands poêles.

Parmi ceux qui accueillaient à la porte, Arezou ne reconnut que la mère de Marjane, vêtue d'une robe longue en lamé or, les cheveux quasiment de la même couleur. Quand tout le monde eut été salué, félicité, présenté, Arezou chuchota à l'oreille de la mère de Marjane :

— Où sont les cabinets ?

— À côté du vestiaire.

Elle donna un ordre à la jeune fille en complet veston bleu marine.

— Conduis ces dames jusqu'au vestiaire.

Elles prirent l'escalier qui menait à la maison.

— Quel travail ! s'écria Mah-Monir, il faut que je demande à Marjane le téléphone de ce monsieur. Ayeh m'a dit… Tiens, où est Ayeh ?

Arezou se renseigna auprès de la jeune fille au foulard bleu :

— Les amies de la mariée ne sont pas encore arrivées ?

La jeune fille aux yeux bleus et aux lèvres roses lui répondit :

— Elles l'ont accompagnée chez le coiffeur. Ayeh est votre fille ?

— Oui, tu la connais ?

— Oui, répondit-elle en lui ouvrant la porte, je l'ai vue quand on répétait pour la noce.

— Il y a eu répétition pour la noce ? s'étonna Shirine.

— Répétition pour la noce ! répéta Mah-Monir.

La jeune fille plongea la main dans sa poche.

— Voici la carte de notre société. Nous sommes à votre disposition pour les noces d'Ayeh khanom ! Vous pouvez confier vos manteaux et vos foulards à ma collègue.

Mah-Monir prit la carte qu'elle glissa dans son sac en lamé. Au milieu de la pièce étaient disposées de longues rangées de portants comme dans les grands magasins. Une femme prit le manteau de Shirine, le rangea sur un cintre, l'accrocha au portant. À côté du radiateur on avait étendu un grand drap. Un enfant de cinq ans aux cheveux bouclés y était couché, la tête sur un oreiller, agitant les jambes en l'air. Il regardait les dames. Shirine reçut son ticket numéroté. Montrant l'enfant, elle demanda à la jeune femme :

— C'est votre fils ?

— Oui, répondit-elle. Le petit n'arrive pas à dormir. Dors ! gronda-t-elle en prenant le manteau de

Mah-Monir. Les soirs où je travaille, je suis obligée de l'emmener avec moi.

— Son papa ne peut-il pas le garder? demanda Shirine.

— Il est chauffeur de taxi, répondit-elle en prenant le manteau d'Arezou. Il fait les nocturnes sur l'aréoport.

— Moi aller pipi! dit Arezou à Mah-Monir et à Shirine. Je vous retrouve dans le jardin.

Elle se tourna vers la fille aux yeux bleus.

— C'est par là, n'est-ce pas?

La femme acquiesça. Elle ouvrit une porte pendant que Mah-Monir rajustait sa robe longue devant la glace. Elles longèrent un grand corridor.

— J'ai appris que vous organisiez aussi les funérailles?

— Toutes sortes *des* cérémonies.

— *De* cérémonies.

La jeune fille la regarda un instant, éberluée.

— Des noces aux funérailles, en passant par divers types de *sofreh*[1], de fêtes de saints et d'expatriés.

— Des quoi?

— Des anniversaires, des mariages et des cérémonies de diplômes en l'honneur de ceux qui vivent à l'étranger.

— Pourquoi ces gens riches n'achètent-ils pas des billets d'avion pour rejoindre leurs proches à l'étranger?

La jeune fille haussa les épaules.

— Peut-être ont-ils des problèmes : visa, interdiction de sortie…

Elle haussa encore les épaules.

---

1. *Sofreh* : littéralement « nappe »; par métonymie, se réfère à des cérémonies votives, dans un espace privé, autour d'un repas.

— Je ne sais pas. Vous savez, les gens, il faut bien qu'ils s'amusent d'une manière ou d'une autre, non ?

— Ou qu'ils dépensent leur argent ?

La jeune fille éclata de rire. Elle lui ouvrit la porte des cabinets.

— Vous n'avez besoin de rien d'autre ?

Elle se dirigeait déjà vers une porte qui donnait sur l'escalier du jardin, quand Arezou la rappela.

— Dis-moi, est-ce que tu portes des lentilles ?

La jeune fille se retourna.

— Vous êtes forte ! Personne ne s'en était rendu compte jusqu'ici, même pas mes fouineuses de copines de classe.

— Tes copines de classe ?

— Oui, mes copines de fac, dit-elle en ouvrant la porte.

— Quelle discipline ? cria Arezou.

— *Consulting* à l'université Azad.

Arezou entra dans les cabinets, ferma la porte : « Même moi, la demeurée, j'avais compris ! » Les cabinets étaient plus grands que le salon de son appartement. Il y avait un bidet, une cuvette à l'européenne, une autre à la turque, et deux lavabos avec des robinets en forme de paon. Arezou tourna l'une des têtes de paon, mit ses mains sous le bec doré, puis s'essuya avec une serviette rose « Geust ». La marque était brodée en fils d'or. Il y avait une inversion dans l'ordre des lettres. Elle se regarda dans la glace. Était-ce une impression, ou avait-elle les yeux brillants ? Nosrat lui avait dit : « Je touche du bois, mais tu as bien meilleure mine. » C'étaient peut-être ces quelques kilos qu'elle avait perdus.

— Après Nowrouz ? avait demandé Sohrab.

— Après Nowrouz, avait-elle répondu.

Elle alla s'asseoir sur le revêtement rose de la cuvette du WC européen. Cela ressemblait à de la laine de mouton mais c'était de la fibre synthétique. Elle examina le sol en céramique rose à liseré doré. Du jardin, montaient la musique et le brouhaha de la foule des invités. Quand et comment annoncer à sa mère et à Ayeh : « J'ai décidé de me marier » ? Ou plutôt : « Sohrab et moi nous avons l'intention de nous marier. » Ou encore… On frappa à la porte. Quelqu'un appela :

— Arezou ?

Elle se rinça, se dirigea vers la porte en se disant : « Assez d'hésitation et de gamineries ! Il faut en finir tout de suite. »

Elle ouvrit la porte à Shirine.

— Pourquoi t'es-tu enfermée là-dedans ?

Arezou la prit par la main et l'attira à l'intérieur. Elle ferma à clef.

— Tu tombes à pic. Il faut que tu m'aides à me décider quand et comment l'annoncer à ma mère et à Ayeh.

Shirine jeta un regard circulaire.

— C'est les *Mille et Une Nuits* !

Elle se tourna vers la glace qui recouvrait tout le mur derrière le double lavabo. Elle porta la main à son oreille pour resserrer le fermoir de sa boucle d'oreille.

— Annoncer quoi ?

Arezou prit un des flacons de parfum à côté du lavabo, le déboucha : « Tiens, voilà aussi le parfum des *Mille et Une Nuits* », dit-elle en riant. Reprenant son sérieux, elle respira un grand coup :

— Mon mariage avec Sohrab.

Elle s'appuya à la tablette de marbre qui entourait les lavabos. La main de Shirine s'immobilisa sur le fermoir de la boucle d'oreille. Puis elle avança la tête jusqu'à se trouver nez à nez avec Arezou.

— Tu es devenue folle ?

— Quoi ? répliqua Arezou en reculant.

Les yeux verts de Shirine avaient pris la taille de deux pois.

— Je ne te savais pas aussi sotte ! dit-elle en se dirigeant vers la porte.

Arezou lui courut après, l'agrippa par les épaules.

— Attends un peu.

Shirine se dégagea, ouvrit la porte du cabinet de toilette, heurtant deux femmes qui attendaient derrière. Elle se dirigea vers la porte du jardin. Arezou la suivit en courant. En haut de l'escalier, elles durent s'arrêter : les mariés faisaient leur entrée. Des deux côtés du long tapis rouge déroulé depuis le portail du jardin jusqu'à l'entrée de la tente, une vingtaine de garçons et de demoiselles d'honneur habillés en bleu et en rose, chacun avec un panier à la main, jetaient des fleurs sous les pas des jeunes mariés pendant que l'orchestre jouait *Ô béni soit mon amour*. Soudain, un bruit d'explosion fit tourner toutes les têtes vers la terrasse de la maison : un feu d'artifice multicolore illuminait le ciel.

Shirine et Arezou étaient en train d'admirer le feu d'artifice quand surgit Ayeh. Elle grimpait l'escalier quatre à quatre en hurlant de rire.

— Ouf ! J'ai failli mourir de rire. Vous auriez dû voir ça. Dans la voiture, une énorme mouche s'était glissée dans la robe de Marjane. On a eu beau faire, elle ne voulait pas sortir.

Elles descendirent toutes les trois. Arezou retint Ayeh par le bras.

— Viens par ici, laisse passer les gens.

Ayeh s'effaça sur le côté en riant.

— Je répétais : « Ohé, petite mouche, où es-tu passée ? Dans les plis du satin ? Pas de mouche. Sous le tulle ? Non plus. Sous l'organza ? Pas davantage. » J'étais morte de rire. Mais vous deux, pourquoi faites-vous la grimace ?

Shirine regardait le jardin.

— Où est Monir djan ?

Elles arrivèrent jusqu'à elle en se faufilant à travers les tables et les invités. Dans un grand sourire, Mah-Monir s'adressa au couple assis à côté d'elle.

— Ah ! Voilà mes jolies fleurs : Ayeh, qui m'est plus chère que mon cœur ; Arezou, et Shirine qui n'est pas moins que ma fille.

Mah-Monir présenta l'homme et la femme.

— Tu te souviens de monsieur et madame Metanati, Arezou ?

Elle ajouta pour Ayeh et Shirine :

— De vieux voisins. Vraiment le monde est petit.

Arezou, Shirine et Ayeh s'assirent sur les chaises enrubannées. « Shirine est très remontée », songeait Arezou.

Un serveur à cravate bleue prit sur le plateau que tenait une femme en foulard bleu une série de boissons de couleurs différentes qu'il posa sur la table en disant :

— Autour de la tente, vous trouverez des buffets avec des cocktails de kébabs, de l'*ash-e reshteh* et des sushis. Servez-vous, je vous en prie.

Arezou prit une citronnade avec sa tranche de citron sur le bord du verre.

— De la soupe aux nouilles. Et puis quoi encore ?

— Que ma fille est drôle ! s'écria Mah-Monir dont le regard signifiait : « Ferme ta gueule ! »

— Ma chérie, dit-elle à Arezou, nous avons mangé cent fois des sushis au restaurant japonais. Tu ne t'en souviens pas ?

Arezou regarda Shirine, attendant le moment où elles éclateraient de rire toutes les deux. Mais Shirine n'était pas d'humeur à rire. Elle dit au serveur :

— Vous n'auriez pas un peu d'eau ?

— Je vais danser, dit Ayeh.

Arezou eut l'impression d'avoir trop chaud. Elle se sentait mal. Elle comprit qu'elle devait fixer son attention sur autre chose. Elle s'adressa à madame Metanati :

— Quelles nouvelles de cette chère Faezeh ?

Madame Metanati sourit sans desserrer les lèvres. Monsieur Metanati toussa. Mah-Monir se précipita.

— Faezeh djan vit aux États-Unis. Elle est médecin.

Monsieur Metanati toussa un peu plus fort en se lançant dans de laborieuses explications sur la spécialité médicale de sa fille. Arezou, qui avait toujours aussi chaud, pensa : « Cette sotte de Faezeh pour qui je faisais tous les problèmes de maths ! » Elle se souvint des propos de Sohrab : « Les gens ne disent jamais la vérité sur deux choses : l'argent et la réussite de leurs enfants. » Elle regarda Shirine qui tournait quasiment le dos à tout le monde. Elle but une gorgée de sa citronnade tiède. « Pourquoi Shirine se comporte-t-elle ainsi ? Pourquoi madame Metanati dodeline-t-elle de la tête comme une chèvre ? Quel monde ! Il faut que je parle à Shirine. » Mah-Monir coupa monsieur Metanati :

— Ce serait bien étonnant qu'il en fût autrement. Avec une telle mère…

Elle fit un signe de la main à madame Metanati qui, pour la première fois, ouvrit la bouche en riant :

— Oh ! Vous êtes bien bonne.

Arezou remarqua les dents dégarnies et se dit : « Pas besoin de se demander pourquoi elle ne parle jamais ! »

Shirine, de ses petits yeux gros comme des pois, observait attentivement les gens qui dansaient. Monsieur Metanati reprit :

— Et notre gendre, lui, est juriste…

Mah-Monir se leva.

— Je meurs de faim. Arezou, Shirine ! On fait un tour aux buffets des hors-d'œuvre ?

Shirine fit signe qu'elle n'en voulait pas. Mah-Monir passa le bras sous celui d'Arezou qu'elle obligea plus ou moins à se lever. En marchant, elle murmura :

— J'ai les oreilles cassées à force de l'entendre parler de sa Faezeh chérie !

Se faufilant entre les tables, les serveurs, les enfants qui se couraient après, elles finirent par atteindre un buffet tenu par une femme originaire de Ghassem-Abad en robe de la Caspienne. Elle était debout, derrière un grand chaudron. Elle avait de longs ongles vernis, des sourcils tatoués. Elle versait la soupe aux nouilles aux uns et aux autres dans des gobelets en plastique. Mah-Monir prit un gobelet.

— Elle s'imagine que je ne suis pas au courant ? Faezeh n'a jamais été docteur. Le type dont Metanati faisait l'éloge, c'est son deuxième mari.

Arezou prit un deuxième gobelet de soupe des mains de la femme de Ghassem-Abad.

— Eh bien ! Où est le mal ?

Mah-Monir observa un instant le collier que portait la femme debout à côté d'elle et dit tout bas :

— De faux dayamants !

— Des diamants, corrigea Arezou.

Mah-Monir se retourna.

— Qu'est-ce que j'ai dit ?

— Tu as dit « dayamants ».

— Peu importe. De quel mal parles-tu ?

Arezou se dirigea vers un buffet tenu par un homme en costume du Lorestan. Celui-ci attisait un grand braséro où grillaient des mini-kébabs.

— Que Faezeh se soit remariée.

Mah-Monir regarda la grande corbeille de basilic.

— Où ont-ils trouvé du basilic en cette saison ?

— S'ils ont pu dresser une aussi grande tente dans ce jardin, chauffée par des poêles…

Arezou regarda Mah-Monir fixement :

— Moi aussi, j'ai décidé, comme Faezeh, de…

Mah-Monir plongea sa cuillère en plastique dans son gobelet et mangea sa soupe.

— Les pois chiches ne sont pas cuits. Comme Faezeh, de quoi ?

Arezou à l'homme du Lorestan :

— Où avez-vous trouvé du basilic ?

Elle regarda Mah-Monir.

— De me remarier !

— C'est du basilic cultivé en serre.

— Tu as entendu ? répéta Arezou, du basilic de serre.

— De faire quoi ? reprit Mah-Monir en regardant Arezou fixement à son tour.

— De me remarier. Avec Sohrab.

Les nouilles allèrent valser sur la pelouse. Mah-Monir s'éloigna. Arezou la rattrapa par le bras.

— Attends ! Qu'est-ce qui te prend ?

Mais Mah-Monir se dégagea en rugissant.

— Il ne manquait plus que ça !

Elle fut cependant obligée de s'arrêter. La mariée s'approchait en dansant avec Ayeh et quelques autres personnes. Quand elles furent tout proches, Ayeh cria : « Ajou, il faut que tu danses ! Bonne-maman, il faut que tu danses ! » Et avant qu'Arezou ait pu réagir, elle la prit par le bras et l'entraîna. Arezou ne savait pas où était passée Mah-Monir. Au milieu des applaudissements et de la bousculade, avec en fond la voix du chanteur qui répétait *Comme tu es belle ce soir !*, Ayeh secoua les mains d'Arezou.

— Qu'est-ce qui se passe ? Tu as l'air complètement sonnée. Bonne-maman t'a encore dit quelque chose, hein ?

Les gens tout autour leur criaient de danser. Le chanteur s'acharnait : *Comme tu es belle ce soir !*

Arezou agita les bras en l'air, se mit à crier :

— Sohrab et moi…

Un homme de belle taille, les cheveux sur les épaules, surgit en dansant, s'interposa entre elles en chantant de concert : *Comme tu es belle ce soir !*

Ayeh fit quelques pas en arrière puis se rapprocha, tout en dansant :

— Quoi, Sohrab et toi ?

— Nous allons nous marier, cria Arezou.

Ayeh demeura les bras en l'air.

Une petite fille en rose la bouscula. Ayeh trébucha en disant :

— Quoi ?

Et elle tomba par terre.

29

Il ne restait qu'un peu de neige sur les cimes.

Sur le bureau, le mug d'Ayeh était vide. Il portait tout autour cette inscription en anglais : « Je m'aime ! » Mais au lieu de « aime », était dessiné un cœur rouge.

Assise à la table de la cuisine, Arezou contemplait la montagne : « Il n'y a que moi qui n'ai pas le droit de m'aimer. » Ayeh avait écrit dans son blog :

Ça fait plusieurs nuits que je dors chez ma grand-mère. Vous aviez laissé des messages pour savoir ce qui s'était passé, pourquoi mon blog n'était pas à jour, pourquoi j'écrivais plus, comment s'était passé le mariage de Marjane. N'en rajoutez pas car j'ai une tristesse de plus de 100 megas. Le mariage de Marjane m'a crevée. Ces jours-ci, tout me gonfle. Pourquoi ? Même à vous, j'ai honte de l'avouer. Ma mère veut se remarier. Comme si elle avait vingt ans. Ça me tue ! J'en peux plus. J'ai le spleen. Je pète les plombs, j'ai la haine. Elle a pas le droit de me faire ça ! Ça suffisait pas qu'elle divorce de papa ? À l'école, j'avais honte d'avouer aux copains que papa et maman étaient divorcés. Ils allaient tous en balade avec leurs parents. Moi j'y allais avec maman, ou mes grands-parents. Chaque fois qu'il se passait quelque chose, un anniversaire, une fête, une soirée, papa était pas là. Ma mère m'a volé mon enfance. C'était pas suffisant ? Maintenant, faut qu'un étranger prenne la place de papa ? J'en veux pas. Qu'est-ce que ça peut me faire si maman n'a pas pu s'entendre avec papa ? Elle avait qu'à se forcer. Quand on a des enfants, on a pas le droit de dire « mon mari a fait ça, il a pas fait ça... » C'est ma grand-mère qui a raison. C'est le féminisme qui nous a pourri la vie. Les femmes n'ont qu'à pas avoir d'enfants, sinon elles doivent... elles doivent quoi au fait ? Je sais plus ! J'ai envie de pleurer. J'en peux plus. J'ai plus le courage d'écrire.

Le regard perdu dans les montagnes, Arezou se dit qu'Ayeh avait peut-être raison. Le mariage, c'était sans doute bon à l'époque où elle était jeune, où elle avait le droit de faire ce qui lui passait par la tête, n'avait la responsabilité de personne et… Ah ! Si son père avait été là. Elle était en train de fondre en larmes quand le téléphone sonna. Elle tendit une main vers la boîte de kleenex, l'autre vers le téléphone. Elle décrocha.

— Allô ! Bonjour !

Elle écouta.

— Ce n'est pas la peine de t'excuser. Je sais bien que tu es inquiète, mais…

Tout en écoutant, elle s'essuya les yeux.

— Oui, viens, on va parler.

Elle regarda la montagne.

— Moi aussi, il faut que je me teigne les cheveux. Le coiffeur au coin de la rue est ouvert le vendredi. Plus ou moins clair, plus ou moins foncé. Comme dit Nosrat, j'en ai tellement dimanche que j'oublie lundi !

Elle ouvrit le robinet au-dessus de l'évier, fit couler l'eau sur son assiette et son mug de thé à moitié bu. Regarda l'eau couler. Sohrab lui avait dit :

— Ne supplie pas Ayeh de revenir. Ce n'est pas mauvais que la grand-mère et sa petite-fille restent un peu ensemble pendant quelques jours. Elles s'étaient faites à l'idée de te voir seule. Elles se feront à celle de te voir avec moi. On déjeune ensemble ?

— Non, avait-elle répondu. À midi, je passerai chez ma mère. Il faut que je leur parle à toutes les deux.

Elle enfilait son manteau quand Shirine sonna.

L'avenue était calme. Elles marchèrent le long du trottoir. Shirine parlait sans s'arrêter. Elles arrivèrent à une portion du trottoir dont on avait arraché le revêtement. Shirine sauta par-dessus le caniveau à sec sur la chaussée.

— Tout commence à aller bien pour toi. Tu es indépendante. Pourquoi tout recommencer ? « Où es-tu allée ? Avec qui étais-tu ? Pourquoi y es-tu allée ? Qu'est-ce qu'on a pour le déjeuner ? Il faudra me recoudre ce bouton, me repasser ce pantalon. » Auras-tu le courage de supporter tout ça ? Ne dis pas « Sohrab n'est pas comme ça ! » Les hommes sont tous pareils. Ça va tant qu'ils ont besoin de toi…

— Attention ! cria Arezou en la tirant par la manche.

Une moto freina quelques mètres plus loin. Le motard se retourna et cria :

— T'es bigleuse ou quoi ?

— Et ta sœur, rétorqua Shirine.

— Qu'est-ce que t'as dit ?

Arezou évalua la taille du motard, deux fois la leur. Elle passa un bras sous celui de Shirine en disant tout haut :

— Va plutôt faire une aumône pour ce vendredi qui nous a épargné le malheur à toi et moi !

L'homme mit les gaz en grognant et s'éloigna. Elles longèrent l'avenue. Shirine murmura :

— Qu'ils aillent au diable !

— Laisse tomber, dit Arezou.

Un rideau était tiré devant la porte du salon de coiffure. Elles descendirent six ou sept marches pour atteindre une courette entourée de plusieurs portes surmontées de petits écriteaux : « Coupe, Brushing, Coloration, Soins du visage, Épilation, Tatouage, Maquillage pour les noces, etc. » Elles ouvrirent la porte « Coupe, Brushing, Coloration ». Les fauteuils alignés en batterie devant les miroirs étaient tous occupés. Les séchoirs faisaient un tel bruit que les clientes et les coiffeuses étaient obligées de crier. Aux murs étaient juxtaposées de grandes photos de jeunes mariés, yeux noirs, marron, verts ou bleus, lèvres rouge vermillon. Ils fixaient l'objectif ou quelque chose à l'horizon. Arezou se dit en regardant les photos : « On dirait qu'elles attendent toutes quelque chose. »

— Quelle file d'attente pour un vendredi !

« Et moi, qu'est-ce que j'attends ? »

Shirine s'adressa à la femme assise à la caisse :

— C'est pour une coloration.

— Coupe et brushing ?

— Non.

La femme remplit une fiche en criant : « Qui est libre pour une couleur ? » N'obtenant pas de réponse, elle leur dit :

— Veuillez patienter, je vous appellerai.

Elles s'assirent en face de la caissière.

— Mettons que Sohrab ne soit pas du genre à exiger le dîner ou le déjeuner, les boutons à recoudre, les pantalons à repasser, tu te mets quand même un fil à la patte.

Tu vas faire le service. D'ici deux ans, Sohrab aura pris l'habitude et toi, tu n'en pourras plus, etc.

Elle déboutonna son manteau.

— Donne-le-moi, dit Arezou. Je vais aller l'accrocher.

Non sans difficulté, elle alla pendre les manteaux à côté de la porte. Il y en avait déjà une bonne vingtaine d'autres, des crème, bleu marine, marron, des noirs pour la plupart. Elle revint s'asseoir et se mit à observer une photo de jeunes mariées tout en écoutant Shirine.

— Regarde un peu toutes ces femmes mariées autour de toi. En vois-tu une seule heureuse et satisfaite ? Elles n'ont pas d'argent, pas l'audace de divorcer, de vivre seules, de faire face à la famille et aux amis. Sinon, elles n'hésiteraient pas une seconde.

Un rire fusa d'une des tables de maquillage. Une des clientes était en train de raconter quelque chose. Les autres riaient aux éclats.

— Pourquoi, demanda Arezou, toutes celles qui travaillent dans un salon de coiffure se teignent-elles en blond ?

Shirine examina toutes ces femmes et ces jeunes filles habillées de blanc. Il n'y en avait qu'une dont les cheveux n'étaient pas blonds, mais lie-de-vin : celle au ventre arrondi, qui marchait les jambes écartées.

— Il y a beaucoup de couples qui vivent heureux ensemble, dit Arezou.

— Qui par exemple ?

Arezou ne répondit pas. Shirine ricana. Arezou s'obstina :

— Sohrab n'est pas comme les autres !

Shirine ricana de plus belle.

Une grosse femme entra, accompagnée par une jeune fille tout aussi grosse. Elle tenait à la main deux gros cartons de gâteaux. La caissière se leva pour l'accueillir.

— Quelle bonne surprise !

Elle s'approcha pour les embrasser.

— Soyez les bienvenues. Quand êtes-vous arrivées ? Il ne fallait pas ! dit-elle en prenant les deux cartons.

Tandis que les deux grosses femmes retiraient leur manteau et leur foulard, Arezou, Shirine et deux ou trois autres femmes qui attendaient leur tour les regardèrent, médusées. La caissière posa les cartons sur la table : « La mère et la fille sont encore habillées comme des jumelles ? » La mère et la fille portaient en effet toutes deux un collant léopard, une chemise jaune et des tennis blancs. Toutes deux avaient les cheveux blonds, retenus en arrière par un large bandeau, au même motif léopard.

— Ô doux imam ! dit la voisine de Shirine, de quel zoo se sont échappés ces deux hippopotames ?

La grosse femme répondit à la caissière :

— Nous sommes arrivées hier soir, après un vol infernal. Et encore, nous avions la chance d'être en *Férst kélas*[1].

Elle ouvrit son sac verni et doré, en sortit un téléphone qu'elle donna à sa fille.

— *Honey djoun*, va le brancher pour le *tcharger*, il faut qu'on téléphone à *daddy*.

S'adressant à la caissière qui lui demandait des nouvelles de quelqu'un :

— Elle vient d'acheter un *penthouse* dans un *building* à deux ou trois *blocs* de chez nous, plus petit que

1. *Férst kélas* : *First class.* La bourgeoise fraîchement débarquée des États-Unis émaille ses propos de mots anglais plus ou moins intégrés en persan.

le nôtre, c'est vrai. Deux fois par semaine, nous allons ensemble au sauna, aux massages et à la *djym*.

— Où ça ? demanda la caissière.

— À la salle de sports.

« Sa fille s'appelle Honey ? murmura Arezou. Serions-nous restées un peu trop longtemps à l'étranger ? Aurions-nous oublié qu'on dit "Ma chérie" ? »

— Quand tu as épousé Hamid, dit Shirine, tu as aussi pensé qu'il n'était pas comme les autres.

Le téléphone d'Arezou se mit à vibrer dans sa poche.

— Quels autres ? Il n'y avait personne d'autre. J'avais vingt ans. Qu'est-ce que je pouvais comprendre ? Je voulais juste fuir Mah-Monir et aller en France. J'étais si sotte !

Elle appuya sur la touche du téléphone.

— Allô !

— Tu ne l'es pas moins maintenant, susurra Shirine.

Se tournant vers la caissière qui lui offrait des gâteaux, elle refusa d'un signe.

— On en a encore pour longtemps ?

La caissière, un gâteau dans la bouche, releva la tête pour dire que ça y était presque. La femme qui avait parlé des « hippopotames » prit un gâteau en désignant les deux grosses femmes. La caissière avala le sien. Se pencha vers elle.

— Son mari était entrepreneur dans le quartier. Ils ont émigré il y a quelques années. D'après ce qu'elle dit, il aurait ouvert un cabinet d'ingénieur. Mais une de mes clientes m'a assuré qu'en réalité il travaille dans une épicerie.

Quand Arezou eut terminé sa communication, elle resta, le téléphone à la main, à regarder les carreaux en damier noir et blanc.

— C'était Sohrab, il s'inquiète à mon sujet. Jusqu'ici, en dehors de papa, aucun homme ne s'était inquiété pour moi. Alors, je ne suis qu'une sotte ?

La jeune femme enceinte traversa le salon de son pas lourd, quelques serviettes à la main puis, soudain, s'arrêta, porta la main à son ventre. Elle fit : « Oh ! » Le salon s'immobilisa. De la caissière à la fille en train de mixer dans un bol une teinture pour les sourcils, toutes les femmes se figèrent. Puis une vingtaine de blouses blanches se précipitèrent vers la femme enceinte. La caissière les rejoignit en courant :

— Miséricorde ! La voilà encore qui se sent mal !

La jeune fille, qui préparait la mixture dans son bol, se mit à remuer nerveusement de l'eau sucrée dans un verre tandis que la caissière massait les épaules de la jeune femme et qu'une femme blonde, avec une longue cordelette de coton autour du cou, l'éventait. Les clientes parlaient entre elles, l'œil sur leur montre ou sur leur image dans la glace. La femme enceinte, ayant repris ses esprits, se releva en souriant :

— Je vous remercie. Ce n'est rien. J'ai eu un étourdissement.

La caissière rejoignit son poste.

— Et ce sale porc qui a fourgué son père malade et sa grincheuse de mère à la pauvresse ! Tous les jours, il exige son riz et son ragoût, et pour son père la soupe et le kébab.

Elle s'adressa à une jeune fille aux cheveux frisés qui attendait debout :

— Ma chère, on fera l'épilation deux jours avant le mariage, sinon tu vas attraper des boutons, ça va enfler et la veille des noces, comme on dit, « Cherche l'âne pour charger les fèves » !

La femme blonde à la cordelette autour du cou toisa la jeune fille en riant :

— Au début, faut pas effrayer l'âne. Quand les fèves sont chargées, plus de problèmes !

— Mais pourquoi te marier ? demanda Shirine. Où serait le problème de vivre comme ça ?...

— C'est à vous, dit la caissière à Arezou.

Arezou se leva.

— Où crois-tu que nous sommes ? En Suisse ?

Shirine se leva à son tour.

— Fais comme tu voudras. Mais ensuite, ne viens pas te plaindre.

La femme enceinte traversa le salon, une pile de serviettes dans les bras.

Arezou buvait de l'eau, debout devant le réfrigérateur.

— Tu pouvais pas ouvrir les yeux, dit Nosrat, c'est quoi ce que tu as acheté ? T'avais pas de langue pour demander des petites carottes ?

Naïm posa la caisse de Coca par terre.

— Qu'est-ce que j'y peux ? Un vendredi, il n'y avait rien de mieux et encore, je les ai achetées chez ta copine.

Nosrat vida les carottes sur un plateau.

— La pauvre ! Comment va Sabzeh Badji ?

Elle posa le plateau sur la table.

— Pas mal, elle te salue. Elle m'a dit de te dire que son gendre était sa honte et sa ruine, ainsi que celle de sa fille et de ses enfants.

— Pauvre Sabzeh Badji ! Toute une vie à subir la tyrannie d'un mari toxico. Et maintenant celle de la fille, du gendre et des petits-enfants ! Range le Coca dans l'arrière-cuisine.

Naïm prit la caisse de Coca.

— Il n'y avait pas de Coca, j'ai pris du Pepsi.

— Est-ce que j'avais pas dit du Coca ? dit Nosrat, furieuse. Je l'avais même commandé exprès à Mostafa ! Madame nous a répété cent fois qu'elle ne voulait que du Coca.

Naïm partit vers l'arrière-cuisine avec sa caisse.

— Agha Mostafa avait fermé. Les affaires doivent bien marcher pour qu'il trouve le temps d'aller se promener.

— Calme-toi, grogna Nosrat. J'avais oublié. C'était certainement l'enterrement de son frère aujourd'hui.

Elle remua les carottes. Se remit à ronchonner : « Sans les Lors, le bazar ne marche pas[1] ! » Je voulais faire du *havidj polo* !

Arezou, le dos appuyé contre la porte du réfrigérateur, regardait les grosses carottes.

— Bon ! À la place, fais du jus de carotte.

— Quand tu étais petite, tu raffolais du havidj polo !

Nosrat prit un couteau.

— Il y a une foule de choses que j'aimais quand j'étais petite, et que je n'aime plus.

Elle embrassa Nosrat sur la tête à travers le foulard bleu en mousseline. Avant de sortir, elle ajouta :

— Dis-moi, la Princesse et sa petite-fille sont-elles réveillées ?

— Ayeh est sortie tôt ce matin.

---

1. Proverbe signifiant : quand il n'y a pas de naïfs à duper (les gens de la tribu des Lors), les affaires ne marchent pas.

Elle se mit à peler une carotte.

— Sortie ?

— Elle est allée marcher. Elle avait pas le moral.

Elle jeta la carotte dans la passoire.

Arezou se dirigea vers la chambre de Mah-Monir et colla l'oreille à la porte. Pas un bruit. Elle revint vers sa chambre de jeune fille, tendit la main, hésita, regarda la poignée. Quel genre de poignée Sohrab aurait-il choisi ? Le père de Sohrab, son grand-père, ou peut-être son aïeul auraient dit : « Il faut qu'une poignée soit assortie à la porte, la porte à la maison et la maison à son propriétaire. » Elle ouvrit la porte. Il n'y avait que la vue, depuis la fenêtre, qui n'avait pas changé. Quelques mois seulement après le mariage d'Arezou, Mah-Monir avait demandé à une décoratrice d'intérieur de lui faire une chambre d'amis entièrement à l'anglaise. Arezou examina la coiffeuse à tiroirs avec son miroir ovale, les petits tableaux peints à l'huile qui représentaient des hommes et des femmes habillés à l'ancienne mode européenne. Personne ne savait qui ils étaient, ou avaient été, s'ils avaient eu une existence réelle ou n'étaient que le fruit de l'imagination d'un peintre dont on ne savait rien non plus. Les tableaux de la boutique de serrures, eux, étaient tous datés et signés. Arezou, pourtant pas spécialiste en peinture, en avait reconnu certains. Rien dans cette chambre ne rappelait le moindre souvenir. Elle alla vers la fenêtre à large rebord sur lequel étaient disposés des coussins, du même tissu à fleurs que les rideaux et le dessus-de-lit. À l'époque où cette chambre était la sienne, sa chambre d'enfant, le rebord était nu. Par la suite, Nosrat avait cousu un petit matelas, prétextant que ce n'était pas bon pour une fille de s'asseoir sur la pierre froide.

Arezou s'assit sur un des coussins à fleurs, en mit un autre contre son ventre et regarda dehors : le massif de fleurs, le petit mûrier, les bourgeons sur les branches. Chaque printemps, chaque été, l'arbre se transformait en un parasol de verdure. Tout au long de son enfance, le mûrier avait donné ses fruits. À la saison, la jeune Arezou se retrouvait sous l'arbre, cueillait les mûres et les mangeait, ce qui faisait rire son père : « Vu de loin, on dirait que l'arbre a des jambes, c'est peut-être notre nain de jardin, avec sa grosse tête et ses cheveux verts ! » Quand elle ressortait de dessous l'arbre, Mah-Monir criait : « Ne t'approche pas ! Une tache de mûre et je peux dire adieu à ma robe ! Nosrat ! Va lui laver les mains et la figure. » Son père embrassait en riant ses mains et son visage écarlates. Il la prenait dans ses bras en disant : « Au diable les vêtements ! »

Arezou se leva, puis se pencha pour ramasser la chemise de nuit d'Ayeh. Elle la jeta sur le lit et s'en retourna dans le couloir. Toujours pas le moindre bruit dans la chambre de Mah-Monir. La porte de la bibliothèque était entrouverte. Les meubles poussés contre le mur, le tapis roulé jusqu'au grand bureau sur lequel trônait un ordinateur. Un paquet de chips à moitié entamé à côté. Au sol traînait le fil de l'aspirateur. Naïm et Nosrat avaient interrompu leur ménage jusqu'au réveil de Mah-Monir.

Arezou s'assit dans un des fauteuils, face aux rayonnages de livres. Avant le mariage de sa fille, Mah-Monir y avait rangé des statuettes, des vases, quelques photos dans leur cadre. Après le mariage, elle y avait apporté tous ses livres. Puis, elle avait mesuré les étagères restées vides et avait commandé aux librairies en face de l'université des volumes reliés en bleu, dorés à la feuille, pour le métrage voulu. À l'époque, on appelait cette pièce le bureau. S'il arrivait que son père la fasse visiter à quelqu'un, Mah-Monir disait : « Et ici… hum… on a mis les livres d'Arezou », avant de refermer la porte en vitesse.

Arezou se souvint alors de l'été où elles étaient rentrées à Téhéran. Ayeh devait avoir dans les trois ans. Un matin, on l'avait perdue. On avait fouillé toute la maison jusqu'à ce qu'on la retrouve dans cette pièce, sous le bureau, les doigts dans un pot de confiture de mûres. Son père avait éclaté de rire.

— Oh la petite coquine ! Toi aussi, tu aimes les mûres comme ta mère quand elle avait ton âge, n'est-ce pas ?

Mah-Monir s'était précipitée pour prendre Ayeh dans ses bras.

— Mon Dieu ! J'ai pensé qu'on m'avait volé mon enfant.

Ayeh avait collé son visage rieur sur l'épaule de sa grand-mère, maculant de taches de confiture sa robe blanche. Mah-Monir l'avait embrassée.

— Ma petite chérie, nous allons aller nous laver les mains et la figure, changer nos vêtements et faire une belle promenade.

— Promenade ! avait répété Ayeh en riant.

La petite-fille et sa grand-mère étaient sorties de la pièce. Son père avait passé le bras autour de l'épaule d'Arezou.

Arezou s'approcha de la bibliothèque. Sur le rayon du bas, à même le sol, étaient alignés les livres de classe qu'elle avait achetés quand elle était au collège : *Les Mouches, Regard sur l'histoire du monde, Les Misérables*. En rangeant tous ces livres, Mah-Monir avait dit à Naïm : « Ceux-là n'ont pas de belles reliures. Range-les en bas, qu'on ne les voie pas. »

Sur les rayons du dessus étaient rangés d'autres livres d'Arezou, ceux des dernières années de lycée, époque où elle achetait indistinctement tout ce qu'elle trouvait : *Les Mémoires d'Etemadossaltaneh, Rebecca, Histoire de l'Iran, Orgueil et Préjugés, Les Marchands sous les Qajar, Le Journal de voyage de Hajji Pirzadeh*, des dictionnaires d'anglais, de français et de persan. « Ceux-là ne sont pas mal reliés, avait dit Mah-Monir, tu peux les mettre sur l'étagère du dessus. » Sur les rayonnages supérieurs étaient alignés les autres volumes que Mah-Monir avait achetés au mètre.

Arezou revenait vers la porte quand son attention fut attirée par l'ouvrage intitulé *Les Marchands sous les Qajar*. Dans la cour du magasin, la première fois qu'elle était montée dans la vieille calèche, elle s'était écriée : « Regarde ce travail de couture à l'intérieur ! Quel beau bois ! Et ce marchepied !... » Sohrab lui avait raconté son histoire : « Quand mon aïeul accompagna le shah Qajar en Europe, qu'à son insu il fit construire cette calèche, que monsieur le roi s'en aperçut et qu'il en conçut une vive jalousie, mon ancêtre dut offrir la calèche à Sa Majesté. Puis, les caisses du trésor impérial étant vides, il dut prêter au gouvernement, c'est-à-dire au shah, des sommes considérables. Alors, dans sa magnanimité, le shah lui retourna la calèche avec dix chevaux et le titre de Marchand de l'Empire, ou quelque chose dans le genre. »

Arezou ouvrit le livre, chercha la lettre « m » dans l'index et trouva Marchand de l'Empire. À ce moment-là, elle entendit la voix de Mah-Monir qui résonnait dans le couloir : « Nosrat ! » Arezou sortit le livre à la main, le doigt à la bonne page. Elle alla vers la chambre de Mah-Monir. Après avoir frappé, elle entra.

Mah-Monir était assise dans son lit, adossée à un oreiller. Elle avait les cheveux ébouriffés, le visage démaquillé. Arezou se souvint de cette phrase de son père : « Ma femme, maquillée ou non, peut dire à la lune de disparaître ! » Elle se dit qu'il avait raison.

— C'est toi ? dit Mah-Monir. J'ai bien cru qu'après mille ans, Nosrat avait enfin appris à frapper avant d'entrer !

Arezou s'assit sur le bord du lit.

— Tu t'es reposée ?

Mah-Monir rabattit les deux pans de sa robe de chambre. Elle hocha la tête de telle façon qu'Arezou ne sut pas si c'était une réponse. Puis, peut-être pour éviter de regarder Arezou, elle regarda le livre. Arezou l'ouvrit :

— Le nom de l'ancêtre de Sohrab est mentionné ici. C'était un marchand de l'époque Qajar. Il avait même un titre impérial.

Mah-Monir ricana.

— Un de ces prétendus titres que les gens se fabriquent tout seuls. Mais alors, d'où vient ce nom de Zardjou ?

La tête tournée vers la fenêtre, Arezou répéta la version de Sohrab : « Vers la fin de sa vie, mon grand-père s'était passionné pour Zartosht[1]. Il s'était plongé dans l'étude du zoroastrisme. Alors, quand on a imposé l'usage de la carte d'identité, il a choisi le nom de Zartosht

1. *Zartosht* : Zarathoustra.

djou[1]. Mais le préposé de l'état civil ayant omis la syllabe "tosht", nous sommes devenus Zardjou. »

Au milieu de ces explications, Mah-Monir détourna elle aussi son regard de la fenêtre :

— Mais où est donc passée Nosrat ? J'ai un mal de tête abominable !

Arezou avait à peine dit : « Elle est en train de peler les carottes », que Nosrat ouvrit la porte. Mah-Monir éclata :

— Quand donc apprendras-tu à frapper avant d'entrer ?

— Prendrez-vous du thé, ou voulez-vous que je vous fasse une infusion de bourrache ? Ayeh khanom vient d'arriver.

Avant qu'Arezou ait pu dire « Appelle-la », Ayeh déboula dans la pièce. Elle courut embrasser sa grand-mère. Tomba dans le fauteuil face à la fenêtre, sans un regard pour Arezou qui s'assit en face d'elle, la regarda et se retourna vers Mah-Monir.

— Toutes les deux, vous allez m'expliquer sans faire de scandale ni vous évanouir, comme des personnes raisonnables, pourquoi vous n'êtes pas d'accord !

Elle s'appuya au dossier de son fauteuil. Ayeh regardait par la fenêtre, la main sous le menton. Mah-Monir, un châle de laine sur ses épaules, son kleenex à la main, faisait comme si elle parlait toute seule.

— Je m'y suis toujours opposée. (« On reste calme », se dit Arezou.) Tu ferais mieux de te soucier du mariage de ta fille. (« On reste calme », se répéta Arezou.) On a bien raison de le dire, tu as beau interdire, ça te retombe dessus quand même. (Arezou se mordit la lèvre.) Et

1. *Zartosht djou* : « Celui qui cherche Zartosht. »

avec qui ? Encore, si c'était quelqu'un de convenable, je ne me plaindrais pas, mais un vendeur de poignées de porte sur la place Toup-Khaneh ! Je suppose qu'il s'est fabriqué un titre, lui aussi !

Arezou n'entendait plus ses propres appels au calme. Sa lèvre lui faisait mal. Elle avait de la peine à respirer. Mah-Monir en rajoutait :

— Après Hamid, qui était un monsieur, lui, qui avait fait des études, un homme complet, ce... Par notre faute à moi et à ma pauvre sœur, ce garçon merveilleux a gâché sa vie. Dieu soit loué ! Ma sœur est morte avant d'être témoin du malheur de son fils. Mais moi, pour ma honte, j'ai survécu. Alors quoi encore ? Pire que cela ? Non ! Je ne supporterai pas un autre coup dur. Impossible !

Arezou bondit.

— Comment oses-tu insinuer que Sohrab n'a pas fait d'études, qu'il n'est pas d'une grande famille, comme tu dis. Il en vaut cent comme Hamid...

Ayeh bondit à son tour en criant :

— Et voilà que tu en as encore après mon père !

Elle sortit en courant.

Comme si elle avait repris du poil de la bête, Mah-Monir s'écria :

— Tu vois ? Tu vois un peu les ravages que tu fais ? Ma petite-fille n'arrête pas de pleurer depuis des jours. Elle se ronge les sangs.

Elle descendit de son lit.

— Avec ton divorce, tu as ruiné la vie de cette petite innocente. Non contente de ça, tu veux maintenant la jeter dans les pattes d'un beau-père ? Maudit soit le lait qui t'a nourrie !

Le châle glissa sur les épaules et tomba par terre.

— Dieu merci ! Mon cher mari n'aura rien vu de tout cela.

Elle toisa Arezou.

— Le pauvre a déjà eu son compte avec ton divorce.

Les deux mains sur le cœur, elle leva les yeux au ciel.

— Où es-tu, mon chéri ? Où es-tu ? Regarde jusqu'où nous sommes tombés pour nous allier à un vendeur de cadenas de la place Toup-Khaneh !

Elle ramassa son châle.

— Un tel cirque, à mon âge !

Arezou arpentait la chambre :

— Dis-moi, c'est mon mariage qui te gêne, ou bien la famille de Sohrab ?

Mah-Monir roula des yeux furibonds en se ruant vers la porte.

— Un vendeur de cadenas, pouah !

— Son aïeul, son grand-père et son père étaient importateurs de serrures. Mon père, lui, que faisait-il ?

Sur le seuil, Mah-Monir se figea.

— Ta gueule ! N'insulte pas, mon chéri ! Ton père… (Elle tirait sur sa chaîne.) Ton père s'est allié avec moi et ma famille ! S'il a tenu une agence… (Elle tirait sur la chaîne.) Moi… (Elle tirait sur la chaîne.) Moi… (La chaîne se brisa.)

Du jardin, montaient des bruits d'arrosage et les croassements des corbeaux. Arezou avait le regard perdu dans le bouquet de primevères posé sur la table. Quelques pétales jaunes et rouges étaient fanés. Elle prit son sac et sortit en passant devant Mah-Monir :

— Pour la première fois, j'ai décidé de décider moi-même de mon sort.

Elle longea le couloir. Mah-Monir la suivit, tenant à la main sa chaîne brisée. Elle ouvrit la porte de la cour.

— À cause de vous deux, je me tue à…

Mah-Mounir hurla.

— Tu crois vraiment qu'il est amoureux de toi ?

La porte était restée entrouverte. Arezou se retourna. Mah-Monir haussa les épaules en ricanant. Cette fois, elle dit d'un ton calme :

— Es-tu sûre que ce n'est pas pour Ayeh qu'il te ?…

Arezou semblait ne pas avoir compris, comme si on lui avait parlé dans une langue étrangère. Les corbeaux croassaient toujours. En repartant vers le couloir des chambres, Mah-Monir ajouta dans le dos d'Arezou :

— À cet âge, tous les hommes aiment les nymphettes !

Le bruit de l'arrosage cessa. Les corbeaux firent une pause. Le cri que poussa Arezou ne semblait pas venir de la gorge, mais de bien plus profond.

— Comment oses-tu ? Comment te permets-tu ?

Mah-Monir fit deux pas en arrière. Arezou pénétra dans le couloir. Elle parlait d'une voix qu'elle seule et Mah-Monir pouvaient entendre.

— Te souviens-tu de ce domestique que tu avais fait venir de son village ?

Elle fit quelques pas de plus. Sa voix monta d'un ton.

— Je n'allais pas encore à l'école. Nosrat et Naïm ne vivaient pas encore avec nous.

Elle fit un autre pas.

— Te souviens-tu de ce déjeuner dans cet endroit chic où tu étais invitée comme d'habitude, où l'on n'acceptait pas les enfants ?

À chaque pas, le son de sa voix enflait.

— Te souviens-tu que lorsque tu es revenue, tu m'as retrouvée en pleurs, enfermée à clef dans ma chambre ?

Mah-Monir reculait lentement vers sa chambre, poursuivie par Arezou.

— Te souviens-tu de ce que je t'ai dit : « Je resterai dans ma chambre tant que vous n'aurez pas renvoyé le domestique » ?

Mah-Monir s'assit sur le bord de son lit. Arezou cria :

— Et maintenant tu te fais du souci pour une fille de dix-neuf ans qui pourrait en remontrer à des dizaines comme toi et moi ?

Elle se tenait au milieu de la chambre, tremblante de fureur.

Elle ne comprit pas comment elle avait pu sortir de la maison, monter en voiture et regagner son appartement. La dernière chose qui lui restait en mémoire était la figure ronde de Nosrat qui descendait les marches du perron en la suppliant : « Ne pars pas dans cet état. Que je sois damnée, tu vas avoir un accident ! Viens, je t'ai préparé un jus de carotte. »

30

Mohsen posa la demande de location sur le bureau.

— Ils attendent dehors. Ils avaient rendez-vous, mais avec cette affaire à Tajrish…

Arezou lut la demande. Nombre de chambres à coucher : une. Montant du loyer…

Mohsen lui expliqua :

— C'est un couple avec un enfant. Leur situation financière est apparemment calamiteuse. Ils n'ont pas l'argent de la caution. Si je me suis permis de vous déranger, c'est que, avec votre aval, je me décharge de leur affaire pour m'atteler à celle de Tajrish qui vient juste de nous arriver. C'est une boutique à double porte d'entrée. Le propriétaire est prêt à vendre. J'ai un acheteur solide.

Arezou regarda Shirine, penchée sur ses écritures. Ce matin-là, au récit de sa dispute avec sa mère et Ayeh, elle s'était contentée de hausser les épaules en la laissant parler. Puis elle avait téléphoné à sa cousine pour lui donner rendez-vous à déjeuner.

« Il faut que je sorte », se dit-elle. Elle regarda Mohsen.

— Tu t'occupes de la boutique, je me charge de cette affaire.

Monsieur Granit avait construit un immeuble de dix appartements à louer dans une rue de *Gheytarieh*. D'après Amini : « Dix appartements sur un terrain grand comme la paume de la main, c'est-à-dire dix trous à rats. On peut se demander pourquoi Granit n'a pas fait monter les prix. »

Elle feuilleta le dossier, trouva l'adresse de l'immeuble : n° 4, rue des Coquelicots. Elle prit son sac, le dossier, son téléphone. En passant devant Mohsen qui lui avait ouvert la porte, et avant de sortir, elle pensa : « Comment pouvait-elle satisfaire à la fois Ayeh et sa mère ? Que dire à Sohrab ? Que faire avec Shirine qui la battait froid ? »

Elle trouva debout au milieu de l'agence le jeune couple que Mohsen lui présenta. Une petite de quatre ou cinq ans se trémoussait sur le carrelage, une poupée dans les bras, à qui elle ne cessait de parler. La femme avait l'air fatigué. L'homme, maigre, flottait dans un blouson de simili-cuir. La petite fille avait de longs cils et d'épais sourcils noirs. La poupée, elle, n'en avait pas sur sa grosse tête chauve.

Arezou tendit la main à la mère.

— Mon collaborateur m'a dit que vous cherchiez un appartement à louer. Il se trouve que j'en ai un du côté de Gheytarieh.

— Il n'est pas trop grand ? demanda l'homme. Vous savez, notre budget n'est pas…

— Non, ce n'est pas grand, dit Arezou en souriant ; le loyer n'est pas élevé.

Elle ouvrit la porte de l'agence pour laisser passer la famille.

— Je ne l'ai pas encore visité moi-même. Qui sait ? C'est peut-être une bonne occasion…

Ils s'apprêtaient à monter dans la R5. L'homme dit à sa femme :

— Monte devant.

— Non, toi monte à l'avant. Nous, on s'assoit à l'arrière.

L'homme s'assit devant. Arezou jeta un coup d'œil dans le rétroviseur ; la fillette était toujours en train de parler à sa poupée.

— Comment s'appelle ta poupée ?

La fillette se blottit contre l'épaule de sa mère.

— Grosse-tête !

Tout le monde éclata de rire. Arezou lui demanda :

— Et toi, comment t'appelles-tu ?

— Arezou, répondit la fillette.

Cette fois, ce fut au tour d'Arezou de rire de bon cœur.

Ils trouvèrent l'adresse, garèrent la voiture et descendirent. Arezou regarda la rue des Coquelicots en pensant aux jouets d'Ayeh quand elle était enfant : de petits bonshommes de métal rectangulaires sans yeux ni bouche. Dans la ruelle, où un véhicule ne passait qu'avec difficulté, des immeubles de six, huit, dix étages étaient alignés les uns en face des autres, comme deux armées de soldats de plomb prêtes à s'affronter. Il n'était pas encore midi et le jour dans la ruelle était celui d'une fin d'après-midi.

La concierge, une grosse femme au teint rose et aux yeux bleus, leur ouvrit la porte. Le sourire aux lèvres, elle leur souhaita la bienvenue avec un accent très prononcé. L'entrée de l'immeuble était si sombre qu'Arezou ne voyait pas ce que pouvaient être ces choses longues et cylindriques qui jonchaient le sol. La concierge alluma la lumière. Arezou avait beau regarder, elle ne comprenait pas davantage. La concierge leur expliqua : « Les voisins du seconde, ils ont une chien. » La jeune mère tira nerveusement la main de sa fille :

— Ne t'approche pas !

Comme si elle avait été coupable, elle s'efforça de ne pas regarder son mari qui restait bouche bée devant la concierge.

— Bon ! dit Arezou, ils ont un chien. Mais pourquoi ne l'emmènent-ils pas dans la rue ? Une entrée d'immeuble n'est pas faite pour…

La femme au teint rose rajusta son tchador sur sa tête, mit la main sur sa joue en hochant la tête.

— Une chien, vraiment, pour quoi faire ?!

Elle les précéda pour leur montrer l'appartement en leur expliquant que le syndic de l'immeuble avait été chargé de donner un avertissement au propriétaire du chien. Elle entra la première dans l'appartement qu'on ne pouvait visiter sans lumière. La chambre à coucher n'avait pas d'ampoule. La jeune femme attrapa la main de sa fille qui cherchait toujours à s'échapper. Elle demanda à Arezou :

— Excusez-moi, à combien se monte le loyer ?

Elle n'avait encore rien regardé. Arezou s'approcha de la fenêtre du salon qui donnait sur un puits de lumière central… sans lumière. Elle se rappela le sous-sol de la maison de Tahmineh, ses briques, son bassin turquoise, sa grande voûte, ses fenêtres qui, même au crépuscule, laissaient passer une lumière diffuse. Elle entendit chuchoter le mari et sa femme dans la pénombre de la chambre. Elle devinait leur conversation. « Comment pourra-t-on ? – On économisera… – Un endroit moins cher… – Peut-être pourra-t-on obtenir une réduction. »

Devant le mur en ciment du puits de lumière, Arezou s'imagina la fillette et sa poupée. Dans ce mouchoir de poche, n'allait-elle pas étouffer ? « C'est tout près de mon lieu de travail », avait dit la mère. Le père, lui, travaillait sûrement dans deux endroits différents. Il ne leur resterait probablement que le vendredi pour emmener au parc la fillette et Grosse-tête. Puis la fillette grandirait. Aller au parc avec papa maman finirait par la lasser. Au lieu de Grosse-tête qui ne pouvait ni parler ni entendre, elle trouverait des amis qui, eux, sauraient. Il faudrait à la jeune fille une fenêtre avec une plus belle vue, une maison plus spacieuse, un endroit où, pendant la journée, il ne ferait pas nuit ; une maison qui laisserait entrer la lumière, pas ce hall sombre et ces crottes de chien… N'était-ce pas son droit ? Arezou sortit son téléphone portable, composa un numéro. Sohrab décrocha au premier coup.

Ils descendirent de voiture à proximité de l'agence.

— Il sera prêt dans deux semaines ?

Elle était tout sourire, Arezou, de très bonne humeur :

— Absolument ! Les peintures et le changement de la moquette, tout sera fait dans moins de deux semaines.

Le mari toussota.

— Pour la signature du bail, c'est vous qui nous préviendrez ou monsieur Zardjou ?

— C'est moi. Peut-être en milieu de semaine prochaine. Vous avez une préférence pour le jour et l'heure ?

La femme et son mari répondirent par un grand sourire et un hochement de tête qui signifiait que cela n'avait aucune importance.

Arezou se tourna vers la fillette.

— Au revoir, occupe-toi bien de Grosse-tête, d'accord ?

La fillette donna la main à sa mère en riant. Elles se dirigèrent vers une Peykan qui ressemblait à un vieux chien blanc tout tacheté de marron. La femme avait passé son bras sous celui de son mari et chuchotait avec lui en riant. Le chien blanc tacheté se mit en route. Par la fenêtre arrière, la petite fille agitait vers Arezou son rameau de fleurs des glaces. Celle-ci agita la main. En regagnant l'agence, elle réalisa que dans la rue des Coquelicots il n'y avait pas un seul arbre.

31

Shirine regarda sa montre. Éteignit sa calculatrice. Prit son sac. Se leva.

— Peut-être rentrerai-je un peu tard. À plus !

Arezou répondit sans détacher son regard de la photo d'Ayeh sur le bureau.

— À plus ! Passe un bon moment.

Shirine hocha la tête et sortit. Arezou se retourna. Dans la cour, Naïm était en train de tailler les rosiers. Elle décrocha le téléphone, composa un numéro :

— Deux rosiers ont gelé, ma mère et Ayeh boudent toujours. Shirine fait la gueule. Je n'ai rien pour le déjeuner et je n'ai le courage de rien faire.

Derrière la vitre, Naïm lui montra un troisième rosier gelé.

— Non, quand tu seras là, ce sera déjà la fin de l'après-midi. Je grignoterai un bout du déjeuner de Naïm. Nosrat lui a certainement préparé quelque chose.

Elle attrapa un trombone dans une boîte, tout en l'écoutant.

— Je ne sais pas, la nuit dernière, je n'ai même pas dormi deux heures. Est-ce que tu penses que ça vaut tout ce bazar ?…

Elle se tut, déplia le trombone.

— Non, ce n'est pas ce que j'ai voulu dire, mais pour le moment, ne vaudrait-il pas mieux ?...

Avec le bout du trombone, elle gratta une page du calendrier.

— Elle déjeune encore avec sa cousine. Elle n'a même pas fait mine de m'inviter.

Après avoir jeté dans un sac de plastique noir les racines et les branches mortes, Naïm sortit de la cour. Arezou jeta le trombone tout tordu dans le cendrier.

— Je ne sais pas, il faut que je réfléchisse. Et toi, qu'est-ce que tu manges pour le déjeuner ?

On frappa quelques coups à la porte. Naïm entra en murmurant.

— Quoi ? fit Arezou en clignant des yeux. Notre Naïm agha est devenu pantomime. Au revoir, à plus !

Elle reposa le combiné :

— Que se passe-t-il ?

Naïm s'avança :

— Restez-vous pour le déjeuner ?

Arezou ramassa un paquet de cigarettes sur le bureau.

— Je reste. J'ai beaucoup de travail.

Pourquoi devait-elle se justifier aux yeux de Naïm ? Celui-ci remonta ses lunettes, alla prendre un mouchoir sur la table basse.

— Quand Shirine khanom est partie, je lui ai demandé pourquoi Arezou khanom ne l'accompagnait pas. Elle m'a répondu que le temps où elles étaient copines était passé.

Se tenant bien droit, il passa un coup de kleenex sur les accoudoirs des fauteuils.

— Je n'ai pas bien *enterré*[1] ce qu'elle voulait dire.

Dans la cour, le lierre courait sur le mur, tout en bourgeons. De jeunes pousses commençaient à sortir. Les arbustes élagués, courts et nets, ressemblaient à de petits garçons un jour de rentrée des classes à l'école primaire : cheveux coupés de frais, debout dans la file, attendant que le surveillant donne l'ordre d'entrer en classe pour bourgeonner à leur tour. Tout bas, elle murmura : « Les mots de Shirine n'avaient aucun sens. Elle a dit ça comme ça. »

— Qu'a préparé Nosrat pour le déjeuner aujourd'hui ?

— Du ragoût aux haricots verts.

— Réchauffe-le, on le mangera ensemble.

Elle se leva en même temps que Naïm. Sortit de la pièce. Les trois premiers bureaux de l'entrée étaient vides. Seul le quatrième était occupé par Tahmineh qui écrivait. Elle se leva quand elle aperçut Arezou.

— Tu n'es pas partie déjeuner ?

Arezou se souvint que Tahmineh n'allait jamais déjeuner à l'extérieur. Elle se rapprocha, se pencha sur la feuille de papier. Tahmineh lui expliqua :

— Je note le sens des expressions que je ne connais pas.

Arezou lut : « Terrain et dépendances, valeur, droit de saisie, mandataire, location directe, loyer inscrit au contrat. »

— Où as-tu trouvé tout ça ?

— Dans nos contrats, dans le code civil. J'ai pensé qu'il fallait que j'apprenne ces termes, dit-elle en rajustant sa guimpe grise.

---

1. Jeu de mots en persan entre *mafhum* (« compris ») et *madfun* (« enterré »).

Ses yeux avaient la même couleur que la guimpe.

Arezou approuva d'un hochement de tête :

— Très bien !

Elle pensa : « La voilà sortie de ses lectures de la Danielle Steel locale, bravo ! »

— Tu as déjeuné ? dit-elle soudain sans attendre la réponse. Tu as envie d'un tchélow kébab ? Naïm agha, cria-t-elle vers la cuisine, apporte-moi mon sac qui est dans mon bureau.

Saisissant son sac, elle poussa presque Tahmineh vers la porte. À Naïm qui lui demandait : « Et le ragoût ? », elle répondit : « Tu peux tout manger ! »

— Madame Mosavat n'est pas là ? demanda le maître d'hôtel.

— Non ! dit Arezou. Elle n'est pas là !

Elle jeta un regard au maître d'hôtel qui prenait la commande :

— Comme d'habitude, grillade de poulet, salade, bière sans alcool ?

— Non ! Pour moi, tchélow kébab.

Elle se tourna vers Tahmineh.

— Et toi, qu'est-ce que tu prends ?

— Tchélow kébab !

Le maître d'hôtel s'éloigna. Arezou revint à la jeune fille.

— Tu disais ?

Tahmineh posa son sac sur le rebord de la fenêtre, à côté du pot d'azalées.

— Je ne sais pas grand-chose du mariage de mes parents ni des disputes qu'il entraîna au sein de ma famille paternelle. En fait, maman n'en a jamais beaucoup parlé. Chaque fois que j'interrogeais un de mes frères, on me répondait : « La famille de papa avait ses opinions, mais on s'aimait bien. »

Elle effleura de la main les azalées.

— Quelles belles fleurs ! Je n'ai jamais entendu mes parents hausser le ton quand ils parlaient entre eux.

Arezou, la main sous le menton, était tout ouïe.

— Tu aimais beaucoup ton père ?

« Encore une question idiote », se dit-elle aussitôt. Tahmineh hocha la tête, les yeux rivés sur la salière.

— Le soir, quand nous étions tous ensemble, maman faisait de la couture. Papa nous lisait le *Livre des Rois*[1]. Mes frères ne se disputaient jamais.

Le serveur était un jeune garçon originaire de *Kerman*. À ce que savait Arezou, il suivait des cours du soir. Il posa sur la table deux bols de yaourt aux échalotes et du pain puis s'éloigna. « Il a le même âge qu'Ayeh », songea-t-elle. Elle tendit la main, rompit un morceau de pain qu'elle plongea dans un des deux bols.

— Que s'est-il passé après la mort de ton père ? Tu n'aimes pas le yaourt aux échalotes ?

Tahmineh prit le deuxième bol.

— Finalement, ma grand-mère paternelle s'est réconciliée avec nous. Maman nous a emmenés chez elle, Sohrab, Esfandyar et moi. On a eu beau faire, Mazyar n'a rien voulu savoir. Je n'en ai pas grand souvenir. C'était une vieille femme. Elle a beaucoup pleuré. Ensuite, on a déménagé à Sar-Tsheshmeh.

Le maître d'hôtel posa les assiettes de kébab sur la table et se retira.

— Parle-moi de Mazyar, dit Arezou.

---

1. Le *Livre des Rois* (*Shahnameh*) (XIe siècle) de Ferdowsi.

Tahmineh ôta la noix de beurre qui était sur la grillade. Elle la déposa dans la soucoupe.

— Je n'aime pas le beurre. Il était membre d'un de ces groupes de gauchistes. Quand nous avons déménagé de Gholhak, il a disparu.

Elle découpa son kébab.

— Pendant un ou deux ans, il nous a téléphoné.

Elle prit une tomate dans le plat, la posa dans son assiette.

— Un jour, il est venu voir ma mère, mais il s'est disputé avec Sohrab et Esfandyar.

Arezou mit un morceau de kébab sur son riz. Elle le mangea en regardant la jeune fille. « Quels beaux yeux ! se dit-elle, les mêmes que ceux de sa mère. »

Tahmineh saupoudra son kébab de *sumak*.

— Le jour où on nous a téléphoné qu'il avait été exécuté, ma mère s'est évanouie.

Le riz blanc prit une couleur pourpre. Arezou voyait bien qu'elle n'avait pas très faim.

— C'est à cette époque que ses migraines ont commencé ?

Tahmineh, la cuillère dans la bouche, acquiesça d'un hochement de tête. Toutes deux se tournèrent vers le parc. Quelqu'un était assis sur un des bancs rouges. Tahmineh faisait semblant de manger.

— Quand Sohrab et Esfandyar sont partis pour le front, la santé de maman s'est détériorée.

Arezou mangea un peu de pain avec du yaourt aux échalotes.

— Quand, par la suite, Esfandyar est mort au front et que Sohrab…

Elle fit un petit tas de riz au bord de son assiette.

— C'est à cette époque que j'ai rencontré ta mère dans la rue, exact ?

Tahmineh hocha la tête.

Arezou pensa : « Pauvre mère ! » Les yeux de la jeune fille semblaient s'être assombris. « Et moi qui la torture avec toutes mes questions ! » Elle repoussa son assiette.

— Sohrab n'a pas abandonné ses séances, au moins ?

Tahmineh eut comme un éclair dans les yeux. Elle secoua énergiquement la tête.

— Absolument pas. Il s'y est fait un tas d'amis.

Elle se mordit les lèvres.

— Il y en a même un qui a perdu son frère au front, tout comme Sohrab.

Son regard se détourna vers le parc.

— Un autre a perdu toute sa famille sous les bombardements.

Revint à Arezou.

— Le fait de savoir que d'autres sont aussi malheureux que vous, d'une certaine façon… Je ne sais pas… Comme dit mon frère, ça vous redonne du courage, pas vrai ?

Arezou hocha la tête en silence. Regarda les azalées. S'écria soudain :

— Tu aimes la plombières ?

Tahmineh cligna des yeux plusieurs fois :

— Je n'en ai jamais mangé.

— Tu vas en manger maintenant, dit Arezou, ravie.

Elle chercha des yeux le garçon. Tahmineh repoussa son assiette.

— Madame Sarem ?

Arezou posa son regard sur la jeune fille.

— Je voulais vous demander conseil.

Arezou l'interrogea du regard.

— À quel sujet ?

— J'ai décidé d'aller à l'université.

Arezou cligna des yeux plusieurs fois.

— Bravo !

— Le déjeuner n'était pas bon ? Vous n'avez rien mangé ! dit le maître d'hôtel.

— Au contraire ! dit Arezou, succulent, mais nous n'avions pas très faim.

Le serveur vint desservir.

— As-tu choisi un domaine ?

— Vous désirez un dessert ? demanda le serveur.

— Oui, le droit !

Arezou dit en riant au serveur :

— Deux plombières.

À la sortie du restaurant, Arezou dit :

— Au fait, je ne sais même pas le nom de ta mère !

— Papa l'appelait *Roudabeh.*

32

Ayeh ôta sa guimpe en entrant, son manteau, lança son sac à dos sur le fauteuil et courut embrasser Shirine.

— Bonjour, tante Shirine !

Elle se tourna vers Arezou, lui montrant le dossier orange qu'elle tenait à la main.

— J'ai récupéré la traduction de mes documents. Il me manque le cachet du ministère des Affaires étrangères. Envoie Naïm ou Mohsen, ou qui tu veux.

Arezou, qui jouait avec son stylo dans la main, jeta un coup d'œil dans la cour. Puis elle se leva, ramassa son sac, son téléphone portable et enfila son manteau. Elle prit la chemise orange des mains d'Ayeh.

— Je vais y aller moi-même.

Elle se dirigea vers la porte qu'elle allait refermer, quand elle entendit :

— Le ministère n'est pas fermé à cette heure ?

Le bus était vide.

Elle s'assit sur un des sièges côté fenêtre, près des vitres poussiéreuses. Elle n'était pas en colère. Ni déprimée. Juste fatiguée. Elle avait envie, avec ce bus, d'aller non pas avenue Sepah mais dans un lieu où elle ne connaîtrait personne, où elle ne verrait personne, où elle ne parlerait à personne. Qu'est-ce qui lui avait pris d'aller avenue Sepah ? Qu'est-ce que Sohrab pouvait bien faire pour elle ? Même s'ils se mariaient, que pourrait-il faire ? Si ce n'est l'écouter, lui prendre les mains, la regarder dans les yeux et lui dire : « Tu as raison ! » N'était-ce pas justement cela qui était important ? Jusque-là, à part son père, qui lui avait parlé ? Qui lui avait donné raison ? Sohrab lui disait encore bien d'autres choses. Des choses que les hommes n'ont pas l'habitude de dire aux femmes. Ou du moins, qu'Arezou ne leur avait jamais entendu dire comme : « Non, les rides sous les yeux, ce n'est pas laid, plutôt joli. » (Idem pour les cheveux blancs, la couperose.) Ou : « C'est moi qui vais préparer le thé. » (Ou le café, le dîner, le déjeuner.) « La vaisselle, c'est pour moi. » (Ou bien : « Je vais laver le sol de la cuisine, la R5 bleu marine. ») Quand Shirine l'entendait parler ainsi, elle se mettait à ricaner. Un jour, Arezou lui avait dit :

— Tu ne crois pas que tu es exagérément pessimiste ?

Les yeux verts avaient pris une teinte de jade.

— Pessimiste ? Non, réaliste.

Le bus prit le toboggan. Sur le balcon d'une maison, une femme étendait son linge.

Shirine n'avait pas le droit de mettre tous les hommes dans le même panier, sous prétexte qu'Esfandyar avait disparu après des années d'amour passionné, sans donner la moindre nouvelle. Peut-être en avait-elle le droit, mais… il y avait sûrement des exceptions, n'est-ce pas ? Un jour, elle le lui avait dit. Shirine lui avait répondu :

— Moi, je n'en connais pas.

— Moi, si ! Papa, avait répliqué Arezou.

Mah-Monir disait toujours : « Ton père était un homme exceptionnel, car moi, j'étais une femme exceptionnelle. C'est moi qui ai construit cette vie. S'il n'y avait eu que ton père, nous serions encore dans ce minable deux-pièces au fond du quartier d'Amin-Hozour. »

Son père ne faisait jamais le thé. Il ne faisait pas non plus la vaisselle. Il ne permettait pas plus à Mah-Monir de travailler. « N'est-ce pas dommage, disait-il, de si belles mains ? » Est-ce que son père voyait les rides autour des yeux de Mah-Monir ? Il la voyait, semblait-il, telle qu'au premier jour, plus de quarante ans auparavant, dans une des ruelles d'Amin-Hozour. Il le racontait à qui voulait l'entendre (ou pas) :

— C'était au cœur de l'été. Le soleil était au zénith. Son tchador avait glissé sur ses épaules…

Mah-Monir le coupait :

— Je ne portais pas le tchador !

Son père semblait en être resté à cet été-là, debout au milieu de la rue, sous le soleil brûlant, le regard perdu dans le vague :

— J'ai dit « Béni soit Dieu ! », j'ai aussitôt fait des recherches. En moins d'une semaine, maman allait faire la demande en mariage.

— Ta « mère », corrigeait Mah-Monir, ta mère a fait la demande en mariage.

— Comme vous voudrez, Princesse, disait son père en riant.

Sohrab lui avait dit : « Ils s'y feront. »

« Oui, pensa-t-elle, mais avant qu'ils s'y fassent, que de disputes, d'aigreurs, de fiel ! Combien de cajoleries pour se réconcilier ? Combien de reculades devant Ayeh et Mah-Monir ? Combien de remords ? Tout ça pour quoi ? Pour vivre avec Sohrab ? Si c'est pour me mettre les nerfs en boule, à quoi bon les plaisirs d'une vie partagée avec lui ? Je finirai probablement par lui casser la vaisselle sur la tête. Supposons qu'il soit le plus cohérent, le meilleur, le plus délicieux de tous les hommes, combien de temps tiendra-t-il ? Jusqu'à quand me supportera-t-il ? Et puis ensuite ? » Elle ferma les yeux et pensa : « Peut-être m'y ferai-je moi aussi ? Il faudra bien que je m'y fasse ! »

L'autobus s'arrêta à la station de l'École infirmière. Quelques personnes montèrent pendant que d'autres descendaient. Elle se souvint de la jeune mère avec ses sacs, ses paquets, son bébé aux grands yeux coiffé d'un bonnet jaune. Son mari avait-il fini par accepter ? Ou bien non ? Était-elle à nouveau enceinte, ou pas ?

Deux jeunes filles se tenaient debout à la barre. Elles portaient une blouse, des pantalons, une guimpe bleu marine. L'une disait à l'autre :

— Elle est morte avant même qu'on l'amène dans le service pour lui donner un sérum. Pauvre fille ! On avait le même âge : vingt-deux, vingt-trois. Quand sa mère l'a appris, elle s'est évanouie. Toi, tu as quel âge ? Dix-neuf ? T'es encore qu'une gamine, ma petite !

Elles éclatèrent de rire. Ayeh avait dix-neuf ans mais elle ne se prenait pas pour une gamine. Elle n'était jamais montée dans un bus. Elle était têtue et soupe au lait. Parfois, elle se rebellait contre sa mère et pourtant… Le bus freina brutalement. Le sac d'Arezou tomba. Elle se pencha pour le ramasser. « Dieu merci, Ayeh est en vie et en bonne santé. » S'il lui arrivait quelque chose, que ferait-elle ? S'évanouirait-elle comme cette mère dont la fille était morte ? Quand elle était enfant, Arezou s'était souvent demandé si Mah-Monir la pleurerait.

Bien qu'il ne fît pas froid dans le bus, Arezou frissonna. Au fond du bus, un enfant geignait.

— Tu me fatigues, disait sa mère. Combien de jouets faut-il que je t'achète ? Avec quel argent ?

C'était la première fois qu'Arezou avait crié devant sa mère. « Je n'aurais pas dû. Je n'aurais pas dû lui rappeler cette histoire de domestique. Je ne l'ai jamais fait pendant toutes ces années, alors pourquoi maintenant ? »

Le bus arrivait place Toup-Khaneh. Elle se leva.

— J'ai pris la bonne décision !

33

Mah-Monir quitta la nappe des haft sin.

— Encore une année. La bonne année…

Du coin de l'œil, elle surveillait Arezou, elle-même captivée par la course du poisson rouge dans son bocal de cristal.

— Je vais me changer. Nosrat ! Va surveiller le sabzi polo. Surtout, qu'il n'attache pas ! Naïm, emporte les jacinthes dehors. Il ne faut pas qu'elles fanent avant l'arrivée des invités.

Elle se dirigea vers la porte du salon imitée par Ayeh qui se leva en repoussa sa chaise :

— Je vais téléphoner à papa.

Nosrat et Naïm échangèrent un regard en direction d'Arezou, se levèrent à leur tour. Nosrat avait mis un foulard à fleurs. Elle portait une robe grise à fines rayures violettes. Naïm rayonnait dans sa chemise bleu ciel à petits carreaux roses.

La porte du salon se referma sans bruit.

Son regard glissa du bocal à l'assiette de jujubes, au bol de *samanou*, puis vers la photo de son père dans son cadre en argent. « Nul ne sait aussi bien que ma femme orner la nappe des haft sin », répétait-il. Il avait raison. Mah-Monir montrait le goût le plus exquis dans la disposition des haft sin. La main sous le menton, Arezou interrogea l'homme aux lèvres rieuses sur la photo : « Ai-je bien fait ? Ai-je eu tort ? Si tu avais été là, qu'aurais-tu dit ? Quel parti aurais-tu pris ? Le mien ? Celui de Mah-Monir ? Tu aurais sûrement trouvé une solution, n'est-ce pas ? »

Elle regarda par la fenêtre. Le ciel était couvert : « Tu aurais certainement trouvé la solution ! » Elle se leva enfin, se dirigea vers le fauteuil aux bras dorés, prit son sac, l'ouvrit pour y prendre une cigarette. Sa main toucha quelque chose au fond : c'était le petit cadenas en argent incrusté de nacre. Il sonnait quand on actionnait la clef dans la serrure. Au moment de lui dire au revoir, Sohrab lui avait mis dans la main un petit paquet. Elle l'avait ouvert dans le bus, en rentrant de l'avenue Sepah. Avait introduit la clef dans la serrure. La sonnerie avait bien amusé la femme enceinte assise à côté d'elle.

— On dirait un enfant qui rit !

Son portable sonna. Elle remit le cadenas dans son sac, alla près de la fenêtre, appuya sur la touche et dit : « Allô ! »

Dehors, il neigeait, ou peut-être pleuvait-il. À l'autre bout du fil, Shirine n'avait pas sa voix habituelle.

— Il a téléphoné !

— Qui ça ?

— Il a téléphoné.

— Tu pleures ?

— Il a téléphoné au moment même du changement d'année[1].

Arezou regarda par la fenêtre. Il neigeait.

— Bonne année ! dit Shirine. Je te rappelle.

La main d'Arezou retomba. Avec le téléphone. Il pleuvait.

---

1. Cf. note de la p. 39.

GLOSSAIRE

Ash-e reshteh : sorte de soupe épaisse faite de nouilles, de légumes et de viande, souvent préparée pour des anniversaires, des occasions festives ou rituelles.

Baghali (ou *baghala*) *polo* : riz pilaf aux fèves.

Bahmani : type de petite brique rouge.

Bakhtyari : nom d'une grande tribu d'Iran, migrant dans les montagnes du Zagros.

Barbari : sorte de pain en forme de galette allongée, striée sur le dessus.

Boroujerd : ville de l'ouest de l'Iran.

Chendjeh : sorte de brochette d'agneau.

Dough : petit-lait du yaourt, souvent aux fines herbes.

Esfandyar : personnage du *Livre des Rois (Shahnameh)*, grand rival de Rostam.

Faloudeh : sorte de glace à l'amidon, arrosée de jus de citron.

Farmanieh : quartier nord de Téhéran, près de Tajrish.

Gheytarieh : quartier nord de Téhéran, au sud de Farmanieh.

Gholhak : quartier nord-ouest de Téhéran (s'y trouve la résidence d'été de l'ambassadeur de Grande-Bretagne).

Ghormeh sabzi : ragoût d'agneau aux haricots et fines herbes, avec parfois différentes sortes de fines herbes.

Ghottab : petite pâtisserie fourrée aux amandes.

Halim : bouillie de blé et de viande, plat sucré.

Hassan-Abad : place située au sud de Toup-Khaneh, près du grand bazar.

Havidj polo : riz pilaf aux carottes.

Kandahar : ville d'Afghanistan (cf. note de la p. 72).

Kerman : ville du sud-est de l'Iran, entre le Fars et le Baloutchistan.

Koloutcheh : petit biscuit rond, mou et fourré, spécialité du nord de l'Iran.

Koukou sabzi : sorte d'omelette aux fines herbes, cuite au four généralement.

Lavash : une des diverses sortes de pains iraniens ; galette très fine, séchant très vite.

Lighvan : localité de la région de Tabriz (Azerbaïdjan iranien), célèbre pour son fromage blanc ; le fromage lui-même (du type feta).

Mandjil : ville du nord-ouest de l'Iran, sur la route Téhéran Rasht.

Mashhad : la ville sainte du Khorassan, province orientale d'Iran, où se trouve le tombeau du saint imam Reza.

Noun-e nokhodtchi : petits-fours à la farine de pois chiche.

Ousta, Ostad : maître.

Peykan : nom du modèle de voiture le plus commun en Iran ; produit de montage de la marque Hillmann.

Polo : riz pilaf.

Pride : modèle d'automobile ordinaire de la marque Kia.

Roudabeh : personnage du *Livre des Rois (Shahnameh)*, mère de Rostam, femme de Zal.

Sabzi polo : riz pilaf aux fines herbes, traditionnel avec le poisson, au repas de Nowrouz.

Samanou : plat sucré typique de Nowrouz et d'autres cérémonies, à base de germes de blé confits. Il fait partie des *haft sin*, les « Sept S ».

Sangak : sorte de galette de pain cuit au four sur des cailloux chauffés à blanc.

Sar-Tsheshmeh : quartier central de Téhéran, proche du grand bazar.

Shirine polo : riz pilaf aux écorces d'orange et fruits secs.

Shishlik : sorte de brochette d'agneau.

Sohrab : personnage du *Livre des Rois (Shahnameh)*, fils de Rostam.

Sumak : sumak des teinturiers ; donne de grosses fleurs en grappes. Broyées en poudre, les Iraniens en accompagnent leurs grillades, ce qui donne un petit goût acidulé et une belle couleur pourpre.

Tarkhineh : soupe aux galettes de boulgour et de yaourt, ou de jus de grenade.

Taskébab : sorte de ragoût avec ou sans viande, légumes et pruneaux.

Tchélow kébab : riz blanc et grillade d'agneau.

Tokhm-e sharbati : petites graines utilisées pour la préparation d'un sirop.

Vindalou : recette de cuisine indienne très épicée.

Zafaranieh : quartier nord-ouest de Téhéran.

Du même auteur :

COMME TOUS LES APRÈS-MIDI, Zulma, 2007.

UN JOUR AVANT PÂQUES, Zulma, 2008.

Le
Livre
de
Poche

Composition réalisée par Asiatype

Achevé d'imprimer en mars 2009 en Espagne par
LITOGRAFIA ROSÉS S.A.
Gava (08850)
Dépôt légal 1ère publication : août 2008
Edition 02: mars 2009
Librairie Générale Française – 31, rue de Fleurus – 75278 Paris Cedex 06

31/2446/8